Jörg Magenau

Liebe und Revolution

Roman

Klett-Cotta

Klett-Cotta
www.klett-cotta.de
© 2023 by J. G. Cotta'sche Buchhandlung Nachfolger GmbH,
gegr. 1659, Stuttgart
Alle Rechte vorbehalten
Cover: Anzinger und Rasp Kommunikation GmbH, München
unter Verwendung einer Abbildung von © Andy Bridge
Gesetzt von C.H.Beck.Media.Solutions, Nördlingen
Gedruckt und gebunden von GGP Media GmbH, Pößneck
ISBN 978-3-608-98748-5
E-Book ISBN 978-3-608-12203-9

1

Die Nacht, an die er immer wieder zurückdachte, auch jetzt, hier, mitten unter den Schaulustigen vor der Oberbaumbrücke, hatte er ganz allein am Strand verbracht. Er hatte sich auf die Isomatte gelegt, ohne schlafen zu können, weil er mit Sternezählen nicht fertig wurde. Nie zuvor hatte er so viele Sterne gesehen, nie zuvor so tief ins Universum hineingeschaut. Der Pazifik dröhnte, warf unermüdlich Welle um Welle an den Strand, so wie seit Ewigkeiten und für alle absehbare Zukunft. Schwarz rollten die Wellen heran, um weiß aufzuschäumen und gurgelnd im Dunkel zu verlöschen. Paul kam es so vor, als wäre der Himmel räumlich, als ließe sich die Entferntheit der einzelnen Lichtpunkte darin abschätzen – oder vielmehr die Dauer des Unterwegsseins der Lichtstrahlen.

Altert das Licht unterwegs? Hat es eine Geschichte?

Und da, während er nach oben schaute und sich nicht sattsehen konnte, hörte er es schaben und schnaufen und scheuern. Der Strand geriet in Bewegung. Sieben riesenhafte Meeresschildkröten kamen in breiter Front aus dem Wasser. Wie eine Panzerarmee krochen sie auf ihn zu und an ihm vorbei, um sich mit dem Hinterleib in den Sand einzugraben und ihre Eier abzulegen.

Das dauerte, das war ein mühevolles Geschäft.

Die Schildkröte, die ihm am nächsten war, schaute ihn aus ihren hundertjährigen Augen an, als wüsste sie einen Menschen aus Erfahrung einzuschätzen. Paul rührte sich nicht, weil er das Schauspiel nicht stören wollte. Doch hinter den Schildkröten, kaum waren sie fertig mit ihrer Legestrapaze und machten sich schwer atmend auf den Weg zurück ins Meer, näherte sich eilig ein gebückter, kleiner Mann mit einem zerbeulten Strohhut auf dem Kopf, grub seine Arme in den lockeren Sand, holte die Eier, eins nach dem anderen, heraus und verstaute sie vorsichtig in einem Sack. Er lachte glückselig in Pauls Richtung, nickte mehrmals und hielt den Zeigefinger vor den Mund, vielleicht, um Paul zu signalisieren, dass er die Tiere nicht erschrecken dürfe, vielleicht aber auch, um ihm eine Art Schweigegelübde abzunehmen.

Paul hatte keine Ahnung, ob es in einem revolutionären Land erlaubt war, Schildkröteneier zu stehlen.

Im Universum fallen Raum und Zeit zusammen, dachte er. Lichtjahre sind ein Zeitmaß und geben trotzdem die Entfernung an. Was er als gleichzeitig und nebeneinanderliegend wahrnahm, stellte, wie er wusste, tatsächlich ein wildes Durcheinander vergangener Äonen dar, weil es von den näher gelegenen Sonnen vielleicht bloß tausend, von den ferneren aber Millionen Jahre gedauert haben mochte, bis das von ihnen ausgesandte Licht hier am Strand sein Ziel erreichte, indem es in seine Pupillen fiel und auf der Netzhaut ein Bild erzeugte, dem nichts Wirkliches entsprach, weil die Sterne, die er sah, vielleicht schon lange nicht mehr existierten. Oder war Wirklichkeit das, was er für sich zusammenfügte?

Knapp über dem Holzkreuz, am oberen Ende des Strandes, hing als fingernageldünne Sichel der Mond. Der immerhin war gegenwärtig, leuchtete in Echtzeit oder nur um eine gute Sekunde versetzt. Wie auf einem Gemälde von Caspar David Friedrich sah er aus, aber dann würde es sich bloß um die Ostsee handeln und nicht um die palmengesäumte Küste Nicaraguas, und er, Paul, stünde als sinnender Mönch im Nebel. Das Kreuz erinnerte an all die Fischer, die nicht zurückgekehrt waren von ihren Fahrten, damit die verlorenen Seelen sich um diesen Orientierungspunkt herum versammeln konnten. Direkt dahinter mündete der Rio Casares in den Pazifik, ein munteres Flüsschen in felsigem Bett. An Waschtagen standen die Frauen des Dorfes dort bis zur Hüfte im Wasser und im Seifenschaum.

Am nächsten Morgen deutete nichts auf die nächtlichen Ereignisse hin. Die Schildkröten hatten keine Spuren hinterlassen. Paul schaute den Fischern zu, die ihre Boote über den Strand zogen, um noch vor Sonnenaufgang hinauszufahren aufs Meer, das in rötlichen Streifen aufleuchtete.

So weit weg diese Nacht auch war – ob in Kilometern oder in Monaten gerechnet –, blieb sie in ihm lebendig. Er trug sie mit sich herum, die Sterne, das Meer, die Schildkröten, auch jetzt, wo er versuchte zu verstehen, was sich direkt vor ihm unter dem trüben Berliner Novemberhimmel ereignete.

Normalerweise huschten nur ein paar Rentner über die Oberbaumbrücke, denen anzusehen war, wie unwohl sie sich im Visier der Grenzsoldaten fühlten. Die Backsteinzinnen mit den traurigen, von Birken bewachsenen Turmstümpfen, der vermauerte Arkadengang, der hässliche viereckige Wachturm und die Panzersperren in der Mitte der Fahrbahn wirkten wie eine Kriegskulisse, ein Minenfeld, und Paul stellte sich gerne vor, wie es früher gewesen sein musste, mit der U-Bahn oben drüberzufahren und flussaufwärts zu schauen, wo in der Ferne die Schlote eines Kraftwerks qualmten. Er konnte ja nicht ahnen, dass das in ein paar Jahren wieder möglich sein würde. Die Gleise waren mit Stacheldraht und durch ein rostiges Metalltor verrammelt, das ihn an den Eingang zu einem Schrottplatz erinnerte. Am anderen Ufer wurde die Brücke durch das quer über die Straße geklotzte Grenzkontrollgebäude abgeriegelt, ein flacher Plattenbau, der im gelben Neonlicht der Peitschenleuchten zu zerfließen schien.

Exakt zwei Jahre zuvor, im November 1987, war er aus Nicaragua zurückgekehrt. Dort, auf dem Aeropuerto Augusto César Sandino, hatte er sich von allem, was ihm lieb geworden war, verabschiedet. Die Frauen herzten und drückten ihn der Reihe nach, während die Kinder zwischen ihnen herumsprangen, und sie wurden nicht fertig damit, ihn abzuküssen und zu umarmen, obwohl der Flug nach Havanna schon ausgerufen worden war. Paloma hockte still daneben auf ihrem Schwanz, hechelte mit seitwärts aus dem Maul hängender Zunge und blickte in stummem Schmerz zu ihm auf. Pablo, wie Paul dort hieß, kraulte sie hinter den Ohren. Ein ums andere Mal, während er so gebückt neben der Hündin stand, wurde er gefragt, wann er wiederkomme, und jedes Mal sagte er in seinem holprigen Spanisch: »El año que viene, definitivamente«, so sicher war er sich, nach allem, was geschehen war. Er konnte nur hoffen, dass nicht alles vergeblich gewesen sein würde und dass die Kooperative im neuen Gebäude gerüstet wäre für die Zukunft.

Er hatte sogar darüber nachgedacht, das Studium aufzugeben und in Managua zu bleiben, weil er weder Amanda noch Hartmut und am allerwenigsten Sigrid im Stich lassen wollte, der sie aber nicht helfen konnten. Sie hatten das Mögliche getan. Doch die Hoffnung war schwächer geworden mit jedem Tag, an dem sie nichts von ihr hörten, so dass die zersetzende, quälende Ungewissheit allmählich in eine noch schrecklichere Gewissheit überging. Wenn Sigrid noch am Leben wäre, hätte sie längst ein Zeichen gegeben. Irgendwie hätte sie das geschafft. Ein Mensch kann doch nicht einfach spurlos verschwinden.

Inzwischen war das nächste Jahr vorbeigegangen, 1989 war auch schon fast um, und er lebte in diesem eingemauerten Berlin wie ein Zombie vor sich hin. Die Tage reihten sich aneinander, ohne dass er ihnen viel Interesse entgegenbrachte. Er schöpfte aus den Farben und Gerüchen seiner Erinnerungen, aus den Bildern, die in ihm lauerten und so plötzlich wie wilde Tiere im Dschungel hervorbrachen. Das Getümmel auf dem Markt von Masaya. Das Gelb der wimmelnden Küken in einem flachen, runden Korb und daneben das versonnen lächelnde, in sich versunkene Mädchen. Das fette Grün der zu einem Haufen aufgeschichteten Melonen. Die roten Basecaps der Nicas. Die allgegenwärtige rot-schwarze Fahne. Die dämmerige Seilmacherwerkstatt voll altertümlicher hölzerner Gerätschaften, Schwungräder und Kurbeln. Der aufdringlich süße Duft exotischer Früchte an Yolandas Saftbude. Die Marimbaspieler mit den sehr blauen Papageien auf Schultern und Köpfen. Der Geruch von nassem Staub nach dem Abendregenguss. Der Schwefelqualm aus dem Vulkankrater – eine Straße führte dort hinauf und bis an den Rand des Höllenlochs, in das er mit Sigrid und Hartmut hinabgeschaut hatte – und dann der weite Blick über die Kette der schwarzvioletten Bergkegel.

Doch auch die Schuldgefühle blieben und raubten ihm alle Energie, so dass er die Entscheidung einer baldigen Rückkehr immer weiter vor sich herschob. Seine Solidarität verlor unmerklich an Kraft, und auch der Briefwechsel mit Amanda und ihren Söhnen, die ihm Wunschzettel schickten – Schuhe, Stifte, Hefte, Musikkassetten, por favor! –, schlief in dem Maße ein, in dem seine Spanischkenntnisse einrosteten. Dabei hatte es sich doch um ein wirkliches Liebesverhältnis gehandelt, eine Liebe zur spanischen Sprache und zu Land und Leuten, für die Paul in die Ferne hatte reisen müssen, um sie zu erleben, da sie zu Hause, der eigenen Gesellschaft und deutschen Landschaften gegenüber, vollkommen ausgeschlossen war. Vielleicht liebt man ja überhaupt weniger die Menschen als die Landschaften, oder Menschen in ihrer jeweiligen Landschaft, ohne das eine vom anderen unterscheiden zu können. Zu lieben ist in der Ferne nun mal leichter als zu Hause.

Solidarität ist die Zärtlichkeit der Völker, lautete der Wahlspruch der Brigade, und tatsächlich war das mehr als nur ein Spruch von Che Guevara, denn genau so hatte Paul die Arbeit und den Aufenthalt empfunden, ohne je darüber nachzudenken, dass dann ja auch er selbst und die ganze Brigade im Rahmen dieser Völkerzärtlichkeit als Volksteil zu betrachten wären und nicht bloß als eine zusammengewürfelte Truppe, die sich jenseits alles Volkhaften verstand. Dabei waren sie selbstverständlich *los alemanes*, die Westdeutschen, genauer gesagt, aus Alemania Federal beziehungsweise Westberlin. Sie waren es nicht nur für die

Nicas, sondern auch für die Brigadisten aus den USA, Frankreich oder Italien, denen sie hier und da begegneten. Streng genommen war Pablo deutscher, als Paul es sich je vorstellen konnte.

Das Wort »Mauerfall« gab es noch nicht, und es wäre auch gewiss nicht das richtige Wort gewesen, um das, was sich vor ihm abspielte, zu beschreiben. Die Mauer stand fest wie immer, da fiel niemand runter und nichts fiel um. Doch auf der Brücke tat sich was. Da waren Leute. Einzelne zunächst, dann immer mehr. Sie erschienen in dem nachtschwarzen Durchlass zwischen Mauer und Brückengeländer wie in der Luke einer soeben gelandeten Raumfähre.
 Gibt's doch gar nicht, dachte Paul.
 Er hatte noch keine Ahnung von der historischen Bedeutung des Augenblicks. Woher auch. Geschichte ist ja immer erst dann Geschichte, wenn alles vorbei ist. Aber wann ist schon alles vorbei?
 Die Frauen hatten es sich nicht nehmen lassen, zum Flughafen mitzukommen. Die Camioneta war vollbeladen, alle saßen hinten auf der Pritsche, noch verkatert von der Fiesta am Abend zuvor, die stattgefunden hatte wie alle paar Wochen, wenn Brigadisten verabschiedet wurden, ganz so, als ob nichts passiert wäre. Was hätten sie auch tun sollen. Eine übriggebliebene Flasche *Flor de Caña* zirkulierte, Paul schmerzten die Beine, weil er so viel getanzt hatte, mindestens ein Mal mit jeder, vor allem aber mit Meira, die ihn mit rhythmischen Beckenstößen auf offenem Parkett in Verlegenheit brachte und die ihm die schwarz-rot gestreifte Stoffhose genäht hatte, die er zum Abschiedsfest und von da an so lange trug, bis sie Monate später in Berlin, brüchig

geworden, entlang der Naht aufriss. Dann mit der schönen María, mit Rosario López und natürlich mit Amanda, die ihm die liebste von allen geworden war, seit sie ihn in ihre Familie aufgenommen hatte.

Kaum war ein Tanz zu Ende, wurde er gleich wieder aufgefordert. Das hatte etwas Verzweiflungsvolles. Sie stürzten sich ins Feiern, weil es weitergehen musste. Sie feierten gegen das Geschehene an, bekämpften ihr Entsetzen mit Freude. Sein Hemd war nassgeschwitzt, aber das machte ihm nichts aus, es war heiß, alle schwitzten, Schwitzen gehörte dazu, man griff in Feuchtigkeit und glitschige Haut, die Haare tropften, es spritzte bei jeder Bewegung. Paul war so aufgekratzt, dass er seine Angst und seine Bedrücktheit und all seine Befürchtungen vergaß. Niemand wollte darüber sprechen. Sie feierten das Leben, diesen Augenblick. Víctor warf Uniformjacke und Mütze ab, wackelte mit den Hüften und rief: »Patria libre!« Hartmut, der mit Lijia tanzte und sich, während sie vor ihm Pirouetten drehte, mit beiden Handflächen den Schweiß aus den Stoppelhaaren strich, lachte laut auf: »Sie hat ›Qué rico!‹ gesagt. Tritt mir auf den Fuß und sagt: Wie köstlich!«

Hartmut hatte dann auch eine kleine Ansprache gehalten, ihnen gedankt für ihre Arbeit, vor allem aber den Frauen für ihre Gastfreundschaft. »Wir denken an Sigrid«, hatte er mit leiser Stimme hinzugefügt, »sie gehört zu uns, und wir werden alles tun, sie zu finden«, worauf die Frauen in ein beschwörendes Murmeln verfallen waren. Aus ihrer Unglückserfahrenheit heraus wussten sie, mit der Ungewissheit zu leben, ohne sich dadurch die Stimmung verderben zu lassen.

»Du hättest es verhindern können«, hatte Paul da zu

Hartmut gesagt. »Du hast uns immer weitermachen lassen, obwohl du überhaupt nicht mehr an die Sache glaubst.«

»Was denn sonst«, hatte Hartmut erwidert. »Gibt's eine Alternative? Verloren hast du dann, wenn du aufhörst. Und außerdem sind wir nicht in der Kirche.«

»Aber du hättest Sigrid aufhalten können. Du hättest das gekonnt. Auf dich hätte sie gehört, wenn du ihr klargemacht hättest, dass sie für uns unverzichtbar ist.«

»Das wusste sie doch eh. Ich bin nicht ihr Vormund. Jeder muss selber wissen, was er tut und lässt.«

»Aber wenn du gar nicht mehr an die Revolution glaubst?«

»Das entscheidet sich nicht im Glauben, sondern im Handeln.«

»Dann hättest du sie nicht gehen lassen dürfen.«

»Ihre Sache.«

Die Nähmaschinen hatten sie beiseitegeschoben, so war die Werkstatt zur Tanzfläche geworden. Das Banner mit der Parole *Aquí no se rinde nadie* und dem Namen der Kooperative *Magdalena Herrera de Gutiérrez* prangte wie immer an der hinteren Wand. Das Bildnis der Namensgeberin, das zwischen gerahmten Fotos von Staatspräsident Daniel Ortega in Uniform und einem Paul nicht bekannten bärtigen Comandante hing, zeigte ein fromm aussehendes junges Mädchen mit weißem Haarband und geblümter Bluse, kaum zu glauben, dass diese brave Studentin, zweiundzwanzig Jahre alt, als Kämpferin der FSLN in einem Gefecht mit Somozas Truppen getötet worden war. Zur FSLN war sie gestoßen, nachdem einer ihrer Brüder nach der Verhaftung verschwunden blieb und befürchtet werden musste, dass er, wie es den Gepflogenheiten des Diktators im Umgang mit

Oppositionellen entsprach, erschossen und seine Leiche in den Krater des Vulkans von Masaya geworfen worden war. Allerdings erzählten die Frauen verschiedene Geschichten über sie. Eine handelte von Magdalenas Liebe zu dem Guerillero Germán Gutiérrez, mit dem sie in die Wälder gegangen und dort, wegen eines Verräters in den eigenen Reihen, ums Leben gekommen sei. In einer anderen war die gute Magdalena keine Studentin, sondern Näherin gewesen und verwandelte sich mit ihrem Tod in eine Art Schutzheilige ihrer Zunft.

Paul tanzte bis zur Erschöpfung. Víctor taumelte und hielt sich an ihm fest, indem er ihm den Arm um die Schulter legte. Das T-Shirt mit dem aufgenähten Policía-Emblem klebte ihm am Leib. Männerfreundschaften wachsen mit dem Alkoholpegel, obwohl Paul gegenüber Víctor immer ein wenig misstrauisch blieb. Amanda hatte ihm erzählt, Víctor sei früher einmal bei der Guardia gewesen, habe aber rechtzeitig vor der Revolution die Uniform gewechselt, ein Wolf im Schafspelz, er solle sich also vor ihm hüten.

Die Frauen tranken *Flor de Caña* aus Blechbechern und sangen gemeinsam, mit trotzig erhobener Faust, die Hymne der FSLN: *Adelante marchemos compañeros, avancemos a la revolución!* Paul sang aus voller Kehle mit und war für Momente so siegesgewiss, wie er das nie für möglich gehalten hätte nach allem, was geschehen war. Als Pablo gehörte er dazu, selbst seine Ängste waren Teil des Ganzen, es gab ein Ziel, Bewegung, Kraft, Gemeinschaft, aber eben auch das Risiko und die Gefahr. Alles war richtig, auch wenn es schiefging. Dass er in der folgenden Zeile *sueño* statt *dueño* sang – *nuestro pueblo es el sueño de su historia* – und damit das Volk vom Besitzer – *dueño* – zum Traum – *sueño* – der eigenen Geschichte machte, fiel niemandem auf. Er hatte das immer falsch verstanden und liebte die Hymne der Sandinisten gerade deshalb, weil sie ihn an Goyas berühmte Radierung *El sueño de la razón produce monstruos* erinnerte und damit an den Streit, ob *sueño* mit Traum oder mit Schlaf zu übersetzen wäre.

Darüber dachte er jetzt wieder einmal nach, am Rande der Oberbaumbrücke und inmitten des anschwellenden Getümmels, wo die Freudenschreie und das Gejohle immer lauter wurden, denn es ist doch ein fundamentaler Unterschied, ob die Monster den Schlaf der Vernunft nutzen, um ihr Unwesen zu treiben, oder ob es die Vernunft selbst ist, die ihre Monster träumend gebiert, ob also die Abwesenheit der Vernunft Grund allen Übels ist oder ganz im Gegenteil ihre träumerische Produktivität. Es ist der Unterschied zwischen Aufklärung und Surrealismus, der im Spanischen in einem Wort steckt, so dass beides in eins zusammenfällt, und wenn die Sandinisten das so verstanden hätten, wie Paul irrtümlich meinte, dann hätten sie damit auch den Zweifel an sich selbst ins revolutionäre Programm integriert und die Revolution als eine Art monströsen Schlaftraum begriffen. Dann wären sie eine surrealistische Avantgarde und das Politische ein Phantasma des Unbewussten. Aber so war es eben nicht. Der Sturz eines Diktators ist keine Kunstaktion, und der Krieg gegen die Contras, der auch jetzt, im November 1989, noch nicht wirklich beendet war, ist es ebenso wenig.

Doch vielleicht lag genau darin der Fehler. Vielleicht ist es weder der Schlaf noch der Traum, der die Monster gebiert, sondern die Schlaflosigkeit, die Nervosität, der Argwohn, die Überreiztheit. Wie sonst würde es zu erklären sein, dass Daniel Ortega sich im Lauf der Jahrzehnte vom Revolutionär im Präsidentenamt in einen feisten, kleinen Diktator verwandeln würde, der all das verkörpert, was die Sandinisten einst zu bekämpfen angetreten waren, als müsse ein Naturgesetz vollstreckt werden, das festschreibt, dass einer die frei gewordene Stelle besetzt, die ein gestürzter Tyrann hinterlässt, und, indem er diese Leerstelle füllt, dann allmählich dessen Gestalt annimmt und sich selbst in so ein uniformiertes Monster verwandelt, wie es die Schlaflosigkeit hervorbringt. Wenn es stimmt, was Marx behauptet hat, dass alle geschichtlichen Tatsachen und Personen sich zweimal ereignen, zuerst als Tragödie und dann, in der Wiederholung, als Farce, dann wäre Somoza die Tragödie und Ortega die Farce. Wer an der Macht ist, ist irgendwann nur noch an der Macht, um die Macht zu verteidigen. Dann darf er keinen Moment in erholsamen Schlaf sinken, weil er von Verrätern umzingelt ist. Das Volk jedoch, von dem Paul so begeistert sang, träumte seine eigenen Träume. Aber es waren eben nur Träume, weil niemand auf der Welt die Geschichte – noch nicht einmal die eigene – besitzen kann. So lag Paul mit seiner unwillkürlichen Korrektur der Hymne näher an der Wahrheit, als er ahnte.

Am Morgen, als sie den Abschiedskaffee in der Küche tranken, schrieb Amanda Briefe, die Paul nach Deutschland mitnehmen sollte. Luis tanzte freudestrahlend mit Pauls Rucksack um sie herum. Paul wollte alles hierlassen bis auf das Wenige, was er am Leib trug, und die dicke Jacke, die er brauchen würde, wenn er in Schönefeld aus der Maschine der Aeroflot steigen und im nieselgrauen Berliner November ankommen würde. Mitnehmen wollte er nur einen Packen Hemden und die Hose aus der Kooperative als neue Haut für die Heimat, sichtbares Zeichen seiner Zugehörigkeit und dafür, dass er die alte abgestreift hatte. Außerdem den Pflasterstein, Sigrids Pflasterstein, den er für sie aufzubewahren versprochen hatte, auch wenn er wohl der erste Passagier mit einem Pflasterstein im Gepäck sein würde. Luis machte aus dem Rucksack seine Schultasche, packte sie auch gleich mit seinen Sachen voll und wäre am liebsten sofort losgezogen, obwohl es an diesem Tag keine Schule gab. Er war zehn Jahre alt, der mittlere von drei Brüdern. Den ältesten hatte Paul nie kennengelernt, weil er eingezogen worden war und irgendwo im Norden, in der Gegend von Estelí, gegen die Contras kämpfte.

Um sich zu revanchieren, brachte Luis die kostbarsten Dinge, die er besaß, und machte sie Paul zum Geschenk. Zuerst nahm er das Medaillon ab, das er an einer Schnur um den Hals trug, und legte es Paul um. Es zeigte einen bärtigen Kirchenheiligen mit langem Stock und Jesuskind auf dem Arm. »San Cristóbal«, sagte er. Paul trug das Medaillon aus abgegriffenem, rauem Kunststoff seither immer, nur die mürbe Schnur hatte er durch einen Lederriemen ersetzt. Zudem überreichte Luis ihm ein Passfoto und dazu sein FSLN-Halstuch, und schließlich legte er noch seine Klick-Klack-Kugeln auf das Tuch, was Paul total aus der Fassung brachte, denn diese an den Enden einer kurzen Wäscheleine befestigten Plastikkugeln hatte Luis ebenso wie sein jüngerer Bruder David eigentlich immer zur Hand, so wie alle Kinder in Managua ständig mit diesen Klackerkugeln herumliefen, die auf Spanisch Tiki-Taka hießen und die einen ohrenbetäubenden, die Stadt systematisch durchlöchernden Lärm erzeugten. MG-Salven aus Kinderhand. In Deutschland waren sie auch einmal Mode gewesen, aber das war schon eine Weile her, und wenn Paul sich daran versuchte, schlugen ihm die Kugeln schmerzhaft auf die Finger.

Die Ersten am Mauerdurchlass bewegten sich wie in Zeitlupe. Vorsichtig, tastend traten sie heraus, als prüften sie den Boden eines unbekannten Planeten auf seine Festigkeit hin und fürchteten, darin zu versinken. Behutsam machten sie ihre ersten Schritte auf fremdem Terrain, das, so kam es Paul vor, eine andere Konsistenz besitzen musste als ihre gewohnte Umgebung. Sie wechselten nicht bloß das politische System, sondern die geologische Struktur oder die physikalische Beschaffenheit. Vielleicht war die Erdanziehungskraft im Westen stärker oder die Dichte der Luft. Oder die Zeit lief in einem anderen Tempo, so dass die Bewegungen gedehnt und fast bis zum Stillstand verlangsamt wurden. Doch mit der nachdrängenden, von hinten schiebenden Menge beschleunigte sich der Vorgang, und bald sah es so aus, als würden die Neuankömmlinge magnetisch angezogen wie Eisenspäne, die aneinander festklebten, und in einer einzigen machtvollen Bewegung schnellten sie vorwärts, einem Ziel entgegen, das sie doch eigentlich bereits erreicht hatten. Sie waren da. Sie hatten es tatsächlich geschafft. Es war wahr. Doch jetzt wurden Rufe laut: »Zum Ku'damm, zum Kurfürstendamm!«, und schon gab es ein neues Ziel, dem vermuteten Glanz, dem lange entbehrten Reichtum entgegen.

Weltenwechsel erhöht die Schwerkraft, dachte Paul. Also eher Mars- als Mondlandung. Dann wären alle, die wie er in erregter Erwartung am Kreuzberger Straßenrand standen, um die »Brüder und Schwestern aus dem Osten« willkommen zu heißen, Marsmännchen. Mars macht mobil! Und tatsächlich warfen die Kreuzberger den Ostlern, die jetzt als kompakte Masse aus der schmalen Öffnung des Grenzübergangs quollen, Schokoriegel und Schultheiß-Dosen zu, als gäbe es da drüben nichts Süßes und kein Bier. Die Dose war das Erkennungszeichen der westlichen Hemisphäre, wo den Grenzgängern eine Wüstenwanderung bevorzustehen schien, die sofortige Flüssigkeitszufuhr plus Energiespende erforderte. Wie geblendet taumelten sie ins Licht, Schlafwandler, die Arme schützend erhoben, als hätte schon jemand Scheinwerfer aufgebaut, um den Moment für die Geschichtsbücher auszuleuchten. Aber es war dunkel, da war niemand außer den nun ebenfalls zahlreicher werdenden Anwohnern aus SO 36, die vermutlich genau wie Paul in einer Sondersendung der Abendschau den Regierenden Walter Momper und seinen Amtsvorgänger Eberhard Diepgen gesehen hatten, wie sie in trauter Eintracht und tiefer Ergriffenheit und ganz atemlos die Tragweite der Ereignisse einzuschätzen versuchten.

Paul hatte überhaupt nicht verstanden, worum es ging, und erst allmählich aus Mompers Gestammel herausgehört, dass die Grenzübergänge geöffnet werden sollten oder schon geöffnet worden waren. Das gibt's doch gar nicht, hatte er da zum ersten Mal an diesem Abend gedacht, unmöglich, unfassbar, und weil das so ganz und gar jenseits seiner und nicht nur seiner, sondern jeglicher Vorstellungskraft lag, hatte er die Lederjacke über sein Nica-Hemd mit dem aufgestickten rot-schwarzen Banner gezogen, von denen er zehn Stück aus Managua mitgebracht hatte, so dass er diese Hemden aus dickem weißem Leinen im Wechsel und also eigentlich immer tragen konnte, und war hierhergekommen, kurz bevor die ersten Wagemutigen über die Oberbaumbrücke vorrückten, dem Ort ihrer Sehnsucht entgegen, um tatsächlich und genau so, wie es dann später in den Geschichtsbüchern stehen würde, »Wahnsinn! Wahnsinn!« auszurufen. Paul hörte sogar vereinzelte »Freiheit! Freiheit!«-Rufe und fragte sich, ob das ernst gemeint sein konnte, auch wenn dies sicher nicht als Stunde der Ironie zu betrachten war. Oder sollten die Bierdosenwürfe womöglich ironisch gemeint sein? Ein bärtiger Mann trat auf ihn zu, umarmte ihn umstandslos und reichte ihn weiter an die Frau an seiner Seite, die ihn drückte und ihm ins Gesicht schrie: »Ich fass es nicht! Ich fass es nicht!« Offenbar musste man in dieser Nacht alles zweimal sagen, einmal nach hinten und einmal nach vorne, zuerst für sich und dann für die Ewigkeit, so wie man sich zwickt, um den Wirklichkeitsgehalt eines Traums zu prüfen.

Eigentlich hatte er nur sechs Wochen in Nicaragua bleiben wollen, dann aber den Aufenthalt immer wieder verlängert, bis sechs Monate daraus geworden waren, doch erst als die Abreise unmittelbar bevorstand, auf dem Flughafen, als die Frauen ihn der Reihe nach umarmten, wurde ihm klar, dass er nicht mehr wegwollte und dass es eine Art Fahnenflucht war, in dieser Situation zu gehen. Doch da schoben sie ihn schon durch die Sperre, er solle sich beeilen, Paloma winselte, stupste ihn zum Abschied mit ihrer feuchten Schnauze an und sah ihm hinterher, sie roch nach ranziger Ziegenmilch, und auch diesen süßen, käsigen Gestank vermisste Paul schon, als er heulend zum Gate lief. Er konnte es nicht fassen, dass es nun vorbei war. So viel Zuneigung hatte er erfahren, und doch könnte er niemals wirklich diesen Menschen und ihrer Welt angehören. Er weinte um die Liebe, die er empfunden hatte, um das Leben, das so schnell verging, um die Toten und Vermissten und um Paloma, die er hinter sich bellen hörte, er weinte um die Vergänglichkeit der Dinge und der Hoffnungen und um die Vergeblichkeit allen Tuns, er weinte, weil er nirgendwo zu Hause und auch hier nur ein Gast gewesen war, es beutelte ihn, weil er nichts begriff, weil er blind und taub und stumm geblieben war, wie immer im Leben, er weinte um seine Feigheit und darum, dass sich nichts mehr ändern ließ, wenn es erst einmal geschehen war. Was hätte er darum gegeben, noch einmal ankommen zu dürfen und die Zeit noch einmal von vorne zu durchleben, besser, intensiver, wahrhaftiger, wirkungsvoller, doch er war nicht mehr der, als der er vor einem halben Jahr gekommen war, er hatte sich verändert, und die Zeit ließ sich nicht zurückdrehen.

Was ihm widerfuhr, verstand er immer erst im Nachhinein und also immer zu spät. Dass Schule mehr ist als ein Ort, an dem man Freunde trifft, hatte er erst begriffen, als die Schulzeit vorbei war. Dass er Philosophie studierte, beruhte eher auf einem Gefühl als auf guten Gründen, hatte mit Plan und Perspektive nichts zu tun, und jetzt war das Studium auch schon fast wieder vorbei, jedenfalls wäre es an der Zeit, irgendwann einmal einen Abschluss zu machen. Er hatte mit Platon angefangen, weil er dachte, man beginnt am besten am Anfang und arbeitet sich dann im Schnelldurchlauf bis in die Gegenwart vor, hatte es aber nie bis zu Aristoteles geschafft, sich stattdessen in Marx verloren, denn die obligate *Einführung ins Kapital* bei Wolfgang Fritz Haug, der zugehörige Lektürekurs und Haugs Vorlesung zur *Warenästhetik* waren die nie wieder erreichten Höhepunkte seines Studiums, weil sich daraus die ganz konkrete Frage des persönlichen Engagements ergab, die ihn dann schließlich bis nach Nicaragua brachte.

Bei Haug lasen sie auch Schriften von Gorbatschow, auf den ihr Lehrer große Hoffnungen setzte. Vielleicht würde sich der leninistische Staatssozialismus doch erneuern und aus der ideologischen Erstarrung des Machtapparats lösen lassen. *Glasnost* und *Perestroika* waren in aller Munde, Zauberworte, Weltveränderungsbeschwörungen. Gorbatschows Reformbemühungen passten zu Haugs Konzept eines pluralen Marxismus, so dass das, was dort in der Sowjetunion geschah, ihnen als aussichtsreicher Aufbruch und nicht als Abbrucharbeit erschien. Vielleicht ließen sich – bei »Strafe des Untergangs«, wie Haug gerne sagte – Sozialismus und Demokratie ja doch vereinen, waren Organisation und Subjektivität kein Widerspruch, sondern ineinander verzahnte Prinzipien, und vielleicht würde marxistische Kritik zu einem Instrument werden, das nicht nur auf Ideologie und kapitalistische Wirklichkeit, sondern auch auf den Marxismus selbst anwendbar wäre. Das leuchtete Paul ein, der in Gorbatschow einen Macher sah, der die Geschichte nach seinen Vorstellungen veränderte, einen Überblicker, der wusste, an welchen Schräubchen es zu drehen galt, und nicht einen einsamen Mann auf verlorenem Posten, der zu retten versuchte, was nicht mehr zu retten war. Seinen berühmtesten Satz »Wer zu spät kommt, den bestraft das Leben« hatte Gorbatschow damals noch nicht ausgesprochen. Genau genommen würde er diesen

Satz auch niemals aussprechen, weil es sein Pressesprecher war, der ihn formulierte. Aber was änderte das schon. Der Satz war zu schön und passte zu gut ins Bild, um ihn Gorbatschow nicht in den Mund zu legen. Ahnte er, dass er mit seinem Neuen Denken selbst zu spät kam, dass es längst zu spät war und alle Bemühungen vergeblich sein würden?

Alle, die sich um Haug sammelten, hatten auch die frischen Bilder des zerstörten Reaktors in der Ukraine vor Augen, dieses katastrophale Trümmerfeld, das im Unterschied zu den radioaktiven Teilchen, die auf Europa herunterregneten, sichtbar war und eine eigene Symbolkraft entwickelte: Tschernobyl stand für das Scheitern des Sozialismus, der genauso explodieren würde wie das Atomkraftwerk an diesem fernen Ort, von dem Paul zuvor nie etwas gehört hatte. Sogar die Ukraine musste er im Atlas nachschlagen, um sich eine Vorstellung von ihrer Größe und genauen geographischen Lage zu machen. Sie lachten zwar über die Kalten Krieger und die Atomlobbyisten, die erklärten, so etwas könne im Westen niemals geschehen, das sei nur in der technisch rückständigen sozialistischen Ökonomie möglich. »Und was ist mit Harrisburg? Mit Sellafield?«, fragten sie dann. Doch das Wort »marode«, das im Zusammenhang mit den sozialistischen Ländern eine erstaunliche Konjunktur in den Medien erlebte, erhielt durch die Explosion in der Ukraine ein unauslöschliches Bild. Paul trank monatelang keine Milch, aß keinen Salat und schon gar keine Pilze aus Polen oder Weißrussland. Die Pfifferlinge verfaulten in ihren Körbchen in den Supermarktregalen.

Während er damals, im Haug-Kreis, darüber nachzudenken begann, ob auch er sich womöglich als Sozialist verstehe, war es mit dem Sozialismus tatsächlich schon fast vorbei. Auch mit der Liebe war es meistens so gewesen, dass Paul erst nach der Trennung darüber nachdachte, worum es hätte gehen können, aber er war sowieso immer bei den falschen Frauen gelandet. Die, die er begehrte, interessierten sich nicht für ihn und erschienen ihm vollkommen unerreichbar in ihrer Schönheit, und die, von denen er sich verführen ließ, waren solche, auf die er von sich aus nie verfallen wäre. Und wenn es sich dann doch einmal fügte, wie einst mit der wirklich sehr geliebten Esther aus dem Biologie-Leistungskurs, endete das, was er für eine lebenslange Zukunft gehalten hatte, nach einigen rauschhaften Monaten und allerersten Liebesnächten ziemlich abrupt damit, dass sie, die seine Freunde »die blonde Bombe« nannten, ihm am Lippstädter Bernhardbrunnen, nachdem sie seine Umarmung starr wie die einsame Brunnenfigur da oben auf ihrer Säule erduldet hatte, in knappen Worten mitteilte, einen anderen kennengelernt zu haben. Er blieb übrig, er blieb zurück. Das war das Muster, das sich seither beständig wiederholte.

Er wusste, dass er kein Draufgänger war. Er lebte mit der schmerzlichen Gewissheit, mit allem zu spät zu kommen, vor allem aber mit dem Begreifen. So viel hatte er immerhin begriffen. Im Lauf seiner dreiundzwanzig Lebensjahre war ihm klar geworden, dass das Verstehen ein unendlicher, immer erst im Nachhinein einsetzender Prozess ist, mit dem er niemals fertig werden würde. Das war nicht sein Problem, es war ein Problem der Zeit. Erleben und Denken fielen auseinander, dagegen war nichts zu machen. Je intensiver er sich mit einem Erlebnis beschäftigte, desto entschiedener entzog es sich ihm, veränderte sich in der Betrachtung, fächerte sich auf in unterschiedlichste Bedeutungsmöglichkeiten, wurde zu etwas ganz anderem als dem erlebten Augenblick, so dass er manchmal das Gefühl hatte, ausgerechnet die Dinge am besten zu erfassen, die er sofort wieder vergaß, ja die vielleicht gar nicht in sein Bewusstsein gerieten, sondern sich unerkannt am Boden ablagerten wie Sandkörner.

Geschichte stellte er sich wie eine riesige Sanduhr vor, bei der das Material, das im oberen Glaskolben als Zukunft bereitliegt, durch den engen Schlund der Gegenwart fällt, um sich unten als Vergangenes anzuhäufen. Zeit vergeht nicht, sie sammelt sich an. Wenn er diesen Vorgang zu erfassen suchte – in der Sauna am Hermannplatz zumeist, denn er liebte es, dort in der Hitze zu schwitzen –, kam ihm das Rieseln und Rinnen wie ein Stillstand vor, so unmerklich vollzog es sich. Fünfzehn Minuten konnten sich in eine Ewigkeit verwandeln. Dabei bedeutete es für jedes einzelne Sandkorn einen jähen Sturz in den reißenden Abgrund der Zeit, um unten, im neuen Zusammenhang einer veränderten Ordnung, gleich zur Ruhe zu kommen, bis das Geschehen von vorne begann, wenn der nächste Saunagast das Glas umdrehte und damit das eben Vergangene wieder in Zukunft verwandelte. Geschichte war ein andauernder Umschichtungsprozess, ohne dass dabei auch nur ein einziges Sandkorn verloren ging oder hinzugefügt wurde.

Eine revolutionäre Situation zeichnet sich durch das Bewusstsein und den Willen der Akteure aus, das Kontinuum der Geschichte aufzusprengen, hatte Paul bei Walter Benjamin gelesen. Revolutionäre müssen das Stundenglas zerbrechen! Die Gegenwart lässt sich nicht festhalten. Sie ist nichts als der Umschlagpunkt, eine Passage, ein Zwischenraum. Das wissen Revolutionäre am besten, die sich von dem, was war, abstoßen, um mit einem großen Tigersprung in einer besseren Zukunft zu landen, während die Gegenwart ein flüchtiges Provisorium ist, das möglichst schnell überwunden werden muss. Sie leben immer im Transit, historisch gesehen.

Die Menschen, die nacheinander in einer endlosen Reihe aus der Maueröffnung strömten, waren selbst solche Sandkörner, die aus der Vergangenheit in die Zukunft stolperten oder auch umgekehrt, aus einer Zeit in die andere, und die nicht wussten, wohin es sie verschlug. Paul hatte keine Ahnung, dass auch er selbst in diesem Moment aus den gewohnten Zusammenhängen herausgeschleudert wurde, weil die Welt sich veränderte. Er war nicht der unbeteiligte Zuschauer, der er zu sein glaubte, weil es keine unbeteiligten Zuschauer gibt, wenn das ganze System in Bewegung gerät. Dabei hatte er sich sein Leben lang als bloßer Beobachter gefühlt. Seine Erfahrung sagte ihm, dass es auf ihn nicht ankam, weil er gar nicht bemerkt wurde. Er war immer bloß dabei, irgendwie.

Das war sogar in Nicaragua so gewesen, anfangs jedenfalls, als sie vom Flughafen über die Carretera Norte und einmal quer durch Managua fuhren und er zum ersten Mal diesen Berghang sah, auf dem die riesigen weißen Lettern FSLN prangten. Efe, Ese, Ele, Ene. Frente Sandinista de Liberación Nacional.

»Das mit der Schrift auf dem Berg haben die Sandinisten in Hollywood geklaut«, sagte Hartmut.

»Also ist das hier auch eine Traumfabrik?«, fragte Paul.

»Na ja«, sagte Hartmut. »Más o menos. Ein mühsamer Traum. Un sueño fatigoso. Revolution ist kein Kino, sondern Alltag. Das spürst du bei jedem Handgriff. Aber wenn du Illusionen hast, fällt dir die Arbeit leichter. Veränderung ist machbar, Herr Nachbar. Die Sandinisten beweisen es jeden Tag. Diktator gestürzt. Neue Wirtschaftsordnung. Alphabetisierungskampagne. Gesundheitsoffensive. Das ist mehr als ein Traum. Entiendes?«

Auf einer Brache vor dem FSLN-Berg mühte sich ein kleiner Junge mit einer rostigen, viel zu großen Schubkarre ab, ohne dass zu erkennen gewesen wäre, welches Ziel er ansteuerte.

»Was macht er da?«, fragte Paul. »Die Schubkarre ist doch leer!«

»Das ist Teil der Inszenierung«, kicherte Hartmut. »Sie heißt: die Überwindung der Vergeblichkeit. Oder: Aufbruch in die Zukunft.«

Hartmut hatte Paul und die anderen Neuen am Flughafen abgeholt. Er saß am Steuer eines klapprigen VW-Pritschenwagens, dessen Motor dröhnte und stotterte. Er trug Dreitagebart, Stoppelfrisur und eine verspiegelte Pilotenbrille und kaute Sonnenblumenkerne, deren Schalen er während der Fahrt aus dem Fenster spuckte. Mit den Fingern am Lenkrad gab er sparsame Zeichen, wenn er auf nicaraguanische Besonderheiten hinweisen wollte: auf die Zeitungsverkäufer, die vor roten Ampeln zwischen den Autos auf und ab liefen und *Barricada* oder *El Nuevo Diario* ausriefen; auf die Kinder, die schreiend über die wartenden Autofahrer herfielen, mehr Schnorrer als Händler, denn die Kaugummis, Kämmchen und all der nutzlose Kleinkram, den sie feilboten, waren nur ein Vorwand, um die Hand aufzuhalten; auf die dicken Frauen mit seltsamen Rüschenschürzchen, die am Straßenrand Fruchtsäfte, vor allem aber Coca-Cola verkauften, die sie zuvor jedoch aus den Flaschen in Plastiktütchen umfüllten. Pfandflaschen waren viel zu kostbar, um sie aus der Hand zu geben. Also sah man überall Leute an zugeknoteten Tüten nuckeln, denen sie eine kleine Ecke abgebissen hatten, um sich die Flüssigkeit direkt in den Mund zu drücken. »El bolso! Das ist die hiesige cultura de la bebida!«, brüllte Hartmut gegen den röhrenden Motor an und ließ zum ersten Mal sein hämisches Meckern hören.

Hartmut spickte seine Sätze gerne mit spanischen Wörtern. Der Flugplatz war der *aeropuerto*, der VW-Pritschenwagen die *camioneta*, die Gemeinschaftsunterkunft die *casa grande*. Die spanischen Bezeichnungen machten aus gewöhnlichen Dingen etwas Besonderes, veredelten sie, als handle es sich um exotische Früchte. Aber auch der Sprecher selbst wurde dadurch ein anderer. Jedes spanische Wort trieb diese Verwandlung voran. Revolutionäre sprachen Spanisch. Das war Paul schon lange klar. Das galt zumindest seit dem Spanischen Bürgerkrieg, mal abgesehen davon, dass damals ja auch die Faschisten Spanisch gesprochen hatten. Und es galt für Kuba und Chile, für El Salvador und Nicaragua. Deshalb hatte Paul begonnen, Spanisch zu lernen und den Spracherwerb nicht bloß als einen Akt der Solidarität und als Vorbereitung auf seine Reise begriffen, sondern als einen ersten Schritt hinein oder vielmehr hinaus in eine andere Existenz, die es ihm erlaubte, das eigene, immer ein wenig fragwürdige und schuldbehaftete Deutschtum hinter sich zu lassen.

Paul saß neben Hartmut in der Mitte, direkt unterm Rückspiegel, an dem ein Kruzifix und ein Fidel-Castro-Püppchen baumelten. Die anderen hockten hinten auf der Pritsche beim Gepäck. Er konnte sich kaum rühren, denn rechts klebte eine Frau an ihm, auch wenn sie versuchte, das zu vermeiden, indem sie ganz an die Seite rutschte und den rechten Arm aus dem Fenster hängen ließ. Schenkel, Hüften und Schultern berührten sich. Paul tat so, als merke er das nicht. Sie trug ein blaukariertes Hemd, das sie wegen der Hitze vor dem Bauch zusammengeknotet hatte, ihr hellblondes Haar zu einem dünnen Pferdeschwanz gerafft. Durch nichts gab sie zu erkennen, dass sie Paul registrierte; sie war nach ihm ins Fahrzeug geklettert, ohne etwas zu sagen, und hatte seither geschwiegen, als hätte er sie durch seine Ankunft gekränkt. Dass sie Sigrid hieß, wusste Paul nur, weil Hartmut sie ihm beim Einsteigen vorgestellt hatte, aber auch da hatte sie nicht zu ihm hergeschaut und kein Wort gesagt.

An einer Kreuzung mussten sie anhalten, weil eine Menschenmenge die Straße blockierte. Rasch waren sie umringt von fröhlichen Demonstranten, alle lachten, klatschten in die Hände, skandierten etwas und winkten ihnen zu, zwei Männer, die sich gegenüberstanden, spielten Gitarre, ein Feuerchen flackerte auf der Straße, weiter hinten verbrannten Autoreifen zu dickem schwarzem Rauch, Fahnen wurden geschwenkt, die blau-weiß-blaue Nicaraguas und die rot-schwarze der Sandinisten, es roch nach verbranntem Gummi, nach Gegrilltem, nach Mais, nach feuchter Hitze und Staub. Paul schaute durchs Rückfenster nach hinten, um sich zu vergewissern, ob sein Rucksack noch dort lag. Rudi, der zusammen mit seiner Freundin am Flughafen in Havanna zur kleinen Reisegruppe gestoßen war, hatte es sich dort bequem gemacht und benutzte den Rucksack als Kopfstütze. Sein Palästinensertuch hatte er sich um den Kopf gewickelt.

Auch wenn Paul nicht verstand, was der Grund der Zusammenkunft war, kam es ihm so vor, als ob diese Menschen nicht *gegen* etwas demonstrierten, sondern *für* etwas. Sie versammelten sich zu ihrer eigenen Freude, bloß um sich zu spüren, um eine Gemeinschaft zu bekunden, um anwesend zu sein. Vielleicht hieß Revolution so viel wie dafür sein, und zwar von Herzen, für die Regierung, für den Friedensprozess, für die Entwicklung des Landes, für alles Kipplige und Wacklige und Prekäre, weil es nur so sein konnte und weil es zwischen Dafür und Dagegen keine Kompromisse gab. Darin bestand das Fest.

Auf dem struppigen Ödland, wo früher einmal, vor dem großen Erdbeben, das Stadtzentrum gewesen sein musste und wo jetzt Rinder weideten, standen Plakatwände mit Kinderzeichnungen und Parolen zum achten Jahrestag der Revolution: *Somos un pueblo que trabaja y combate para vencer!* Oder, auf einem Bild mit Sonne, Bäumchen und Kindern, ganz schlicht: *Queremos vivir en paz!* Hartmut kicherte wieder und sagte: »Komisch, dass die Leute hier alles ganz toll finden, was sie in der DDR ablehnen, Propaganda inklusive. Nur weil es hier bunter und wärmer ist. Sozialismus unter Palmen: super. Sozialismus im Kiefernwald: Kacke. So einfach ist das.«

Paul nickte zustimmend und lachte mit, fühlte sich jedoch ertappt, denn er war sich alles andere als sicher, ob sein Internationalismus ihn auch nach Grönland oder Sibirien oder in andere unwirtliche Weltgegenden getragen hätte. Sozialismus wollte er schon irgendwie – aber nicht den schlecht gelaunten in der DDR. Und Sonne war nun mal wirklich besser als Regenwetter.

»Wenn es dir echt um die Sache geht, pickst du dir nicht die Länder raus, die dir zusagen«, schob Hartmut hinterher. »Dann gehst du dorthin, wo du gebraucht wirst. Egal, wo. Sozialismus gibt's nur ganz oder gar nicht. Alles andere ist Augenwischerei. Hab ich kein Verständnis für.«

Aus der Vorbereitungsgruppe wusste Paul, dass Hartmut der SEW angehörte. Das waren die Leute, die Nicaragua stur mit k schrieben, aller Völkerzärtlichkeit zum Trotz. Paul hatte sich deren Mitglieder immer als ziemliche Trottel vorgestellt, die alles, was in Moskau und Ostberlin verlautbart wurde, mit ihren Einheitspartei-Betonköpfen abnickten. Hartmut machte jedoch einen anderen Eindruck auf ihn, so lässig, wie er hinterm Steuer saß. Neben ihm kam er sich wie ein ahnungsloser Trottel vor, und das war er ja auch. Hartmut zündete sich eine Zigarette an und lehnte sich entspannt zurück, man muss halt warten, bis es weitergeht. Den Rauch blies er sorgfältig gegen die Windschutzscheibe, als wollte er sie imprägnieren.

»Gibst du mir auch eine?«

Wortlos schnippte Hartmut eine Marlboro aus der Schachtel und hielt sie ihm hin. Er war von Anfang an vor Ort gewesen und hatte die Brigade mit aufgebaut, hatte also schon etliche Unterstützer kommen und gehen sehen und den Heimvorteil inzwischen auf seiner Seite. In der Soligruppe, an der Berliner Basis, sprach man ehrerbietig von ihm als *el responsable*. Wenn es irgendein Problem zu lösen galt, dann löste Hartmut es. Man konnte ja nicht einfach zum Baumarkt fahren und dort Zement, Rohre, Fliesen und so weiter kaufen, weil es erstens keinen Baumarkt und zweitens immer nur dies oder das und vielleicht gerade etwas ganz anderes gab, wenn man wusste, wo. Also waren Organisationstalent und Beschaffungsschlauheit gefragt, wie sie eher in der DDR, nicht aber unter Westmenschen gediehen. Hartmut trieb alles irgendwo auf. Eigentlich war er Deutschlehrer, doch als Kommunist bekam er in Westberlin keine Anstellung. Radikalenerlass. Berufsverbot. Nicht mal als Briefträger durften Kommunisten arbeiten. Also hatte er sich in Eigenregie zum revolutionären Bauleiter umgeschult und damit vielleicht auch den SEW-Mief hinter sich gelassen. Jedenfalls zeichnete sich sein Handeln durch eine ganz andere Entschlossenheit aus, als sie für Paul jemals erreichbar gewesen wäre.

Paul wusste noch nicht einmal, warum er eigentlich nach Nicaragua gekommen war und was er hier suchte. Vielleicht einfach nur etwas von Bedeutung. Eine Rolle für sich in der Geschichte. Das Gefühl, ein Schauspieler zu sein, der immer nur sich selbst spielt und auf ein neues Engagement wartet, hatte ihn nie verlassen. Seltsam, dass »Engagement« ein so positiv besetzter, aktivischer Begriff war, etwas, das linke, politisch entschiedene Menschen für sich gepachtet hatten. Sie alle waren »engagiert«. Paul hoffte bloß darauf, ein Engagement zu erhalten. War er deshalb hier?

Glaubte er tatsächlich an die Veränderbarkeit der Welt oder wenigstens einer Gesellschaft und daran, dass er mit seinen zwei linken Händen dabei gebraucht würde? Zwei linke Hände mit zehn Daumen dran, wohlgemerkt. Er sehnte sich nach einer Erfahrung, die aus ihm und seinem Leben etwas Besseres machen würde. Wenn er nicht die

Welt verändern würde, würde die Welt ihn verändern, dachte er, womit dann auch die Welt sich schon ein kleines bisschen verändert hätte. Das eigene Leben ist der unmittelbare revolutionäre Verantwortungsbereich eines jeden. Deshalb war er ja aus Lippstadt nach Berlin gezogen, um dort direkt im Mauerschatten zu wohnen. Er wollte raus aus dem, was er verächtlich Spießertum oder Bürgerlichkeit nannte, ohne zu ahnen, dass dieser durchaus verbreitete Affekt vielleicht spießiger war als das Spießertum selbst und dass die wahren Außenseiter es vorzogen, möglichst unauffällig zu bleiben.

»Heute Abend ist ein Encuentro Internacional de Jazz«, sagte Hartmut, als er Sigrid und Paul vor der *casa grande* absetzte, wobei er das Wort *Jazz* so aussprach, als würde er auf Deutsch ja sagen und ein langes, zischendes s daran anhängen. »Kommt ihr mit?«

»Wo denn?«, fragte Sigrid zurück, und das waren tatsächlich die ersten Wörter, die Paul von ihr hörte. Sie hatte eine überraschend tiefe Stimme, ziemlich rau, vielleicht hatte sie zu viel Staub gefressen unterwegs.

»In so einem Edelschuppen, Hotel Mercedes, direkt am Aeropuerto. Zieht euch was Feines an.«

»Ich weiß nicht.«

»Na komm schon. Dann seht ihr mal, was es in Nicaragua alles gibt. Dort sind die Leute, die sich für was Besseres halten.«

»Ich komme mit«, sagte Paul und nahm zu seiner Überraschung wahr, dass Sigrid neben ihm nickte und, während Hartmut mit jaulendem Motor davonfuhr, vor sich hin murmelte: »Den Keilriemen müsste man mal richten.«

Um sieben holte Hartmut sie ab. Sigrid trug ein luftiges, lindgrünes Kleid, das schlanke Beine sichtbar werden ließ, Paul seine guten Jeans. Hartmut kam tatsächlich in einem hellen Sommeranzug, in dem er wie ein neureicher Mafioso aussah. Sie nahmen dieses Mal ein Taxi für die Strecke, die sie ein paar Stunden zuvor in die andere Richtung gefahren waren, die Straßen waren jetzt frei, die Demonstration hatte sich aufgelöst. Im Taxi dröhnten Aircondition und Nica-Musik, Liebesschnulzen im Dreivierteltakt, nervöses Marimba-Geklöppel, Akkordeon, schrubbende Gitarrenbegleitung, so dass Paul sich wirklich auf den Jass zu freuen begann. Ja, ja, Jass! Wieder war er zwischen Hartmut und Sigrid eingekeilt, dieses Mal auf dem Rücksitz, und weil es schon dunkel geworden war, konnte er nichts mehr von den mit Wellblech oder auch nur mit Pappe gedeckten Bretterbuden erkennen, die ihn am Nachmittag schockiert hatten. Die Siedlungen der Armen entlang der Hauptverkehrsstraße verschwanden spurlos in der Nacht, weil sie keinen Stromanschluss besaßen. Nur im giftgrünen Neonlicht einer Tankstelle tauchten ein paar Hütten auf, Müllhaufen, Schweine und Hunde am Straßenrand, bevor mit der Flughafennähe die festen Gebäude und die Lichtquellen zunahmen.

Der Taxifahrer verlangte zwölftausend Córdobas, als er in die überdachte Zufahrt des Hotels Mercedes einfuhr und sie vor dem gleißend hellen Foyer aussteigen ließ. Das waren ungefähr drei Mark oder ein Dollar siebzig, was Paul ebenso läppisch vorkam wie die fünfzehntausend Córdobas, die eine Eintrittskarte für den Jazz-Abend kostete. Doch Hartmut bestand auf dem üblichen Preis, viertausend, holte ein mit einem Gummiband zusammengehaltenes Bündel Geldscheine aus der Hosentasche, zählte dem Fahrer, der nun zu schreien begann, vier Sandinos in die Hand, die aber dessen Gebrüll – *Mierda santa! Hijo de puta!* Und so weiter – nur noch steigerten, als würde er fürs Brüllen bezahlt, die Geldscheine jedoch ließ er einen nach dem anderen aus dem Autofenster heraus zu Boden flattern, während er Gas gab und fluchend davonfuhr. Wie aus dem Nichts erschienen ein paar dreckige Kinder, sammelten das Geld blitzschnell auf und waren auch schon wieder verschwunden. Hartmut kicherte und sagte nun seinerseits *hijo de puta* und in die Richtung von Paul und Sigrid: »Ist eh nur Spielgeld.«

Ein Indio im Frack, mit glänzendem, nach hinten gekämmtem Haar, öffnete ihnen mit einer angedeuteten Verbeugung die Tür, sie durchquerten die protzige, mit Louisquatorze-Sesseln ausgestattete Eingangshalle und einen verlassenen Speisesaal, um hinter dem Gebäude in den Garten hinauszutreten, wo sie die Gäste um den Pool versammelt vorfanden. Im Wasser, das von bunten Lampen in ein Farbenspiel verwandelt wurde, zogen ein paar Schwimmer ihre Bahnen. Im Hotel waren Dollars die offizielle Währung, und weil Paul und Sigrid keine dabeihatten, holte Hartmut ihnen zwei Tequila Sunrise an der Bar, bevor er in der Menge verschwand. Wenn nicht das Dröhnen eines landenden Flugzeugs alle Geräusche unter sich begrub, konnten sie an seinem aufperlenden Lachen, das aus dem Gläserklirren, Stimmengewirr und der eher sanften, von einem Saxophon dominierten Musik deutlich herauszuhören war, den Weg verfolgen, den er zwischen den Menschen einschlug, kostbaren Damen mit glitzernden Halsketten, Herren mit manikürten Fingernägeln und Pomadefrisuren.

»Wir trinken Tee«, sagte Paul. »Te-Quila.«

Sigrid machte sich nicht die Mühe, das Gesicht zu verziehen, ein Lächeln wenigstens anzudeuten.

Ein junges Liebespaar aus New York trat auf sie zu, das Sigrid und Paul zunächst für ihre Landsleute hielt. Die beiden versicherten sie der Solidarität des amerikanischen Volkes, das eine ganz andere Meinung habe als ihr Präsident. Sie schämten sich dafür, dass Reagan die Contras unterstützte, deshalb seien sie hier, um das deutlich zu machen. Paul kam es seltsam vor, vom amerikanischen Volk zu sprechen. Das waren doch lauter Einzelne, die Haus und Hof mit der Waffe verteidigten, eine tief gespaltene Gesellschaft, nicht nur in Schwarz und Weiß. Aber was machte eigentlich ein Volk zum Volk? Sie stießen mit ihren Cocktails auf die Revolution an, während der Moderator auf der Bühne die nächste Band, die aus Kuba kam, vorstellte und mit dem Ausruf *Patria libre! O morir!* Den Konzertbesuch zu einer Sache von Leben und Tod dramatisierte.

»Wie findst'n das alles?«

Sigrid schaute ihn zum ersten Mal direkt an. Nie zuvor hatte Paul so blaue Augen gesehen. Vielleicht lag es daran, dass sich der Pool in ihnen spiegelte, der das Licht mit feinen Wellenbewegungen in Schwingung versetzte. Paul konnte gar nicht mehr wegschauen. Diese Augen saugten ihn auf, man konnte ertrinken in ihnen.

»Ekelhaft. Lass uns gehen.«

2

Dem Osten entkommen und in den Westen gelangen zu wollen, war eine Sehnsucht, die Paul zwar nachvollziehen konnte, die ihm aber ziemlich naiv erschien. Als ob hier alles besser wäre, nur weil es mehr zu kaufen gab. Sollten sie doch ihren halbgaren Sozialismus und ihren humorlosen Staat reformieren und etwas Besseres daraus machen, anstatt wegzulaufen. Eine Wirkliche Demokratische Republik anstelle eines Landes, das bloß so hieß. WDR statt DDR! Am Abend zuvor hatte Paul die Schriftstellerin Christa Wolf in den Ostnachrichten gesehen, wo sie eine Erklärung verlas. Sie sprach von einer verfehlten Politik und von der *Ohnmacht der Worte gegenüber einer Massenbewegung*, versuchte aber dennoch mit nichts als Worten die Menschen dazu zu bewegen, *in ihrer Heimat* zu bleiben und sich für Veränderungen, freie Wahlen, Rechtssicherheit, Demokratie und Freizügigkeit einzusetzen. Das fand Paul auch, aber genau darauf hatten die Menschen, die von der Oberbaumbrücke zum U-Bahnhof Schlesisches Tor zogen, keine Lust, jedenfalls jetzt nicht oder nicht mehr, sie rissen die Arme in die Höhe wie siegreiche Fußballspieler nach dem Schlusspfiff, das Spiel ist aus, dachte Paul, doch nach dem Spiel ist vor dem Spiel, nach der Saison ist vor der Saison, dann geht alles wieder von vorne los, wann ist schon alles vorbei.

Paul sah nichts als freudestrahlende Gesichter. Andauernd wurde er umarmt, er trank aus einer Sektflasche, die herumgereicht wurde, eine junge Frau sprang ihm von hinten auf den Rücken und schrie ihm ins Ohr: »Alter! Alter! Ick gloob's nich!«, und dann küsste sie ihn auch noch auf die Schläfe, bevor sie in der Menge verschwand und den Nächsten besprang, während Paul mitgezogen, mitgerissen, fortgespült wurde und sich, nun auch selbst immer euphorischer, rechts und links unterhakte, bis jemand fürs Geschichtsbuch und also in die Zukunft hinein rief: »Wir sind das Volk!«, und immer mehr Stimmen in den Ruf einfielen und auch Paul sich rufen hörte: »Wir sind das Volk!«, sich dabei aber auch gleich lächerlich vorkam, was maßte er sich denn da an, während aus der Ferne auch schon das unvermeidliche Echo ertönte: »Wir sind ein Volk!«, und das war in diesem Moment ja auch nicht ganz falsch, sofern diese Gemeinschaftlichkeitsaufwallungen nicht immer eine Illusion sind, weil doch jeder Einzelne einzeln bleibt und sich bald wieder in der vertrauten Konkurrenz mit allen anderen befindet. Wie hatte Hartmut damals gesagt? Illusionen erleichtern den Alltag, oder so ähnlich. Aber das war Paul jetzt egal, er schwamm mit, die Strömung war zu stark, um sich nicht von ihr tragen zu lassen, und als ein Typ, der aussah wie Rübezahl, von ihm wissen wollte, wie man am besten zum Ku'damm komme, zeigte er eifrig auf den nahen Eingang zur Hochbahn, Schlesisches Tor, aber da trieb es sowieso alle hin, es gab kein Entrinnen.

Vor dem Gebäude stand der Kerzenverkäufer, der seit Jahr und Tag durch die Kreuzberger Kneipen zog, mit langen, selbstgefertigten Kerzen im Rucksack, einer ledernen Schildmütze auf dem Kopf, halblangem, wirrem Haar, einem maskenhaften Lächeln im immer leicht beleidigten Gesicht und dem immergleichen, leiernden Sprüchlein auf den Lippen: »Kerzen kaufen, Kerzen kaufen!« So rief er auch jetzt, eine Kerze in der erhobenen Hand, als wolle er der Revolution ein Licht aufstecken, doch Kerzen waren wieder einmal nicht das, was die Menschen gerade brauchten. Die Menge staute sich vor den Toren, in der Eingangshalle und schubweise die Treppen hinauf bis auf die beiden Bahnsteige und schwappte dann auch gleich hinein in die Züge der U1, die in raschem Takt ein- und ausfuhren, als wäre der Fahrplan vorausschauend auf das historische Ereignis eingerichtet worden.

Als Paul seinen Namen rufen hörte, stand er eingezwängt auf dem Bahnsteig. Aus den Augenwinkeln erkannte er links in der Menge, nur ein paar Meter entfernt, Beates roten Schopf. Großer Gott, wie lange war das her! Zweieinhalb Jahre! Und doch kam es ihm vor, als hätten sie sich gestern erst in Portbou getrennt. Wie sehr hatte er sie, seit sie ihn dort verlassen hatte, vergessen wollen, ohne dass ihm das je gänzlich gelungen wäre, weshalb er sich auch jetzt nicht entscheiden konnte, ob ihr Auftauchen ihn freute oder bedrängte. Also wich er nach vorne aus, in den Waggon hinein, er hatte gar keine andere Wahl, als dem Druck der Menge nachzugeben, doch als die Türen sich schlossen und die U-Bahn anfuhr, winkte ihm Beate zwischen all den glücklichen Gesichtern hindurch zu und kämpfte sich, klein, wie sie war, zu ihm durch, während sich rings um sie herum allgemeiner Gesang erhob: *So ein Tag, so wunderschön wie heute!*

»Dass wir das noch erleben dürfen!«, sagte sie, strahlend, nachdem sie es endlich zu ihm geschafft und – das war wohl unvermeidlich heute – ihn umarmt hatte. Paul wusste nicht, ob sie damit die Tatsache ihrer überraschenden Wiederbegegnung oder diesen *wunderschönen Tag* meinte, der tatsächlich eine Nacht war, und erwiderte einigermaßen unbestimmt: »Man müsste jetzt rüberfahren, da ist es bestimmt schön leer.«

Beate setzte ihren ungläubigen Pumucklblick auf, mit dem sie ihn immer verrückt gemacht hatte. »Ach du, da kommst du jetzt eh nicht hin, müsstest ja gegen den Strom schwimmen. Das liegt dir nicht.«

Sie trug eine türkisblaue Jacke und hatte einen ihrer unverzichtbaren Schals um den Hals geschlungen. Im Sommer waren die Schals aus Seide, im Winter aus Wolle, aber immer sehr bunt und so groß, dass Paul sich anfangs gefragt hatte, ob sie etwas zu verbergen habe, ein Muttermal vielleicht oder unschöne Falten am Hals. Wenn du wissen willst, wie alt eine Frau wirklich ist, dann schau auf ihren Hals, der sagt die Wahrheit, hatte so ein alter Haudegen in der Redaktion neulich beim Mittagessen verkündet, doch Beate hatte diesbezüglich nichts zu fürchten. Vielleicht war ihr Hals ein bisschen zu lang, weshalb sie trotz des Schalgeschlings so aussah, als ginge sie grundsätzlich mit hoch erhobenem Haupt durchs Leben, ihrer Kleinheit zum Trotz.

Sie stand so dicht vor ihm, dass er ihre Sommersprossen hätte zählen können oder die Risse in ihren immer etwas zu trockenen Lippen, die sie vergeblich mit der Zunge zu befeuchten versuchte. Ein paarmal hatte er diese rissigen Lippen geküsst, aber eigentlich nur dann, wenn er sich von ihr verabschiedete und schon in der Jacke an der Tür stand. Dann war der Kuss unverdächtig gewesen, eine kleine Intimität ohne Hintergedanken, ein Kuss, aus dem nichts folgte.

Er hatte ihr nie offenbart, wie sehr er die ganze Zeit in sie verliebt war, er hatte es einfach nicht geschafft, nicht einmal in Portbou und auch nicht in jener Nacht, die er neben ihr in ihrem Bett verbracht hatte. Es war spät geworden, sie hatte ihm Gedichte von Ingeborg Bachmann vorgelesen, erst Earl Grey Tea gekocht, dann eine Flasche Sauvignon blanc aus dem Kühlschrank geholt und ihm schließlich, während sie sich endlich aus dem Schal wickelte, angeboten, bei ihr zu schlafen, was er in der leisen Hoffnung annahm, dass es jetzt endlich passieren würde. Er hatte sich noch gewundert, warum ihm ihre großen, schweren Brüste zuvor nie aufgefallen waren, und überlegt, ob sie deshalb, um die Brüste zu bedecken, immer einen Schal trug. Aber dann drehte sie sich bloß zur Seite, ohne ihn zu berühren, und er starrte an die von einer Lavalampe beflackerte Zimmerdecke, kämpfte mit sich und überlegte, ob sie vielleicht darauf wartete, dass er endlich loslegte, oder ob sie ihn dann als dämlichen Macho, der ihre Großmut ausnützte, rausschmeißen würde.

Er wusste das nie bei diesen Frauen, die sich so emanzipiert wie mädchenhaft gaben in ihrer mit allen Wassern gewaschenen Unschuld, und Beate machte es ihm auch nicht gerade leicht, so abgewendet, wie sie sich am Bettrand eingerichtet hatte. Aber das konnte auch bloße Pose sein, ein ins Ungefähre adressiertes Alibi der Unschuld, denn wie passte das dazu, dass sie ihn in ihr Bett eingeladen hatte, also rückte er ein bisschen näher an sie heran, tastete mit der Hand über die Decke, ohne ihr zu nahe zu kommen, nur damit sie die Bewegung und seine Unruhe spüren konnte, und in der Erwartung, sie würde dann ihrerseits ein wenig mehr Nähe herstellen. Aber nichts geschah, sie rührte sich nicht, und je mehr Zeit verging, desto schwieriger schien es ihm, jetzt noch aktiv zu werden, das hätte er doch schließlich sofort tun müssen, was würde sie denn von ihm und seiner Leidenschaft halten, wenn er so viel Zeit brauchte, um sich zu entscheiden, entweder man fängt sofort damit an oder gar nicht, aber keinesfalls erst dann, wenn unübersehbar geworden ist, dass man sich nicht traut. Er verfluchte seine Feigheit, während er ihren gleichmäßigen Atemzügen lauschte. Sie schlief den Schlaf der Gerechten, hatte also wirklich nicht mit ihm gerechnet. So wenig kam er als Geliebter für sie in Frage.

Er war ihr ein Freund, der gute Freund. Er war es so sehr, dass sie ihn auch in ihren eigenen Liebesangelegenheiten ins Vertrauen zog und ihm ihr Leid klagte. Sie war in einen Spanier verliebt, der in Barcelona lebte und wie fast alle Spanier Javier hieß. Und wenn sie nicht Javier hießen, dachte er, hießen sie Juan. Oder Pablo, verdammt. Javier war Architekt und hatte sich auf die behutsame Restaurierung alter Gebäude spezialisiert. Beate hatte Paul einmal erzählt, wie und wo sie ihn kennengelernt hatte, aber das hatte Paul sofort wieder vergessen, er wollte sich mit den Details dieser Bekanntschaft nicht belasten. Allerdings war es um dieses Verhältnis auch nicht gerade zum Besten bestellt. Beate reiste zwar immer wieder für mehrere Wochen nach Barcelona zu Javier und schrieb ihm nach ihrer Rückkehr umfangreiche Briefe. Aber dann musste sie lang und sehnsüchtig auf seine knappe Antwort warten, über deren Eintreffen sie Paul informierte, als gäbe es auch für ihn nichts Schöneres, als diese Freude mit ihr zu teilen.

So war Spanien zum Land der unbekannten Liebe, zum Land der vergeblichen Hoffnung geworden, für Beate ebenso wie für ihn. In der spanischen Sprache verknüpfte sich die uneingelöste Utopie der Freiheit mit erotischer Sehnsucht. Paul stellte sich den Spanier als feurigen Liebhaber vor, mit dem er sowieso nicht konkurrieren konnte, und das wäre ja auch eine plausible Erklärung für Beates Desinteresse an einer sexuellen Beziehung mit ihm gewesen. Wenn sie zurückkehrte, teilte sie ihren Trennungsschmerz mit Paul und breitete ihm ihren Verdacht aus, dass Javier sie gar nicht liebe, dass er vielleicht einfach nur eine Deutsche schick finde und sie ihm nicht mehr sei als eine erfreuliche Abwechslung, eine rotblonde Attraktion. So einer wie Paul, der alles andere als eine Abwechslung war, denn er stand immer zur Verfügung, kam ihr gerade recht, um diese Sorge in Worte zu fassen, und deshalb durfte er auch neben ihr liegen, weil von ihm sowieso keine Gefahr ausging. Spanier müsste man sein.

Am Halleschen Tor stieg er aus.

»Ich will zum Checkpoint Charlie«, sagte er, »mal sehen, was da so abgeht.«

Beate griff nach seiner Hand und ließ nicht mehr los.

»Ich komme mit, Paul.«

Sie hätten in die U6 umsteigen können, aber sie gingen zu Fuß, über den menschenleeren Mehringplatz, an der Friedenssäule mit der geflügelten Siegesgöttin vorbei, denn die Stadt war voller Siege, und die Friedrichstraße hinauf, wo ihnen ein paar hupende Trabbis entgegenkamen, was in Paul ein seltsames Glücksgefühl auslöste. Oder lag das daran, dass Beate seine Hand hielt?

»Die wollen alle ganz entschieden dahin, wo wir schon sind. Ist das nicht crazy?«, sagte er.

»So mies ist es hier ja nun auch wieder nicht. Würdest du an deren Stelle nicht auch lieber hier leben wollen?«

»Ja, aber nur, wenn ich's nicht schon täte. Wenn du hier bist, willst du weg.«

»Ach Quatsch, Paul, du bist doch auch wieder zurückgekommen, sonst wärst du jetzt nicht hier.«

»Du willst immer da weg, wo du herkommst.«

»Morgen früh sind alle wieder zu Hause und gehen zur Arbeit. Oder meinst du, es wäre besser, wenn sie sich im Westen arbeitslos melden?«

»Wenn es wirklich 'ne Revolution sein soll da im Osten, dann müssen sie bleiben, wo sie sind. Das ist doch das Revolutionäre, dass du endlich mal nicht woandershin willst.«

»Warum wolltest du dann weg? Warum hast du deine Revolution nicht zu Hause gemacht?«

»Weil hier nichts geht. Weil hier alle so satt sind.«

»Und was wäre daran so schlimm? Ist das nicht das Ziel jeder Revolution?«

»Kommt drauf an, was die Leute zufrieden macht. Revolutionen sind immer woanders. Französische Revolution. Russische Revolution. China. Lateinamerika.«

»Vielleicht ist das ja unser Glück.«

»Die Deutschen schaffen's bloß bis zur Meuterei. Dann wird die Republik ausgerufen, und alles geht den Bach runter.«

»Warum ist aus uns eigentlich nie was geworden, Paul? Wir waren doch eigentlich wie geschaffen füreinander. Alles hat gepasst, wir konnten reden, hatten dieselben Interessen und so. Aber irgendwas hat gefehlt.«

»Keine Ahnung«, murmelte Paul verblüfft. Warum sagte sie das jetzt?

Vielleicht war er damals vor seiner eigenen Unfähigkeit davongelaufen, als er sich in der Mittelamerika-Solidaritätsgruppe engagierte und für die Brigade in Managua meldete. Man kann auch aus Feigheit mutig sein und sich etwas trauen, nur weil man nicht weiß, wo's langgeht im Leben. In den Semesterferien hatte er in Lippstadt ein Praktikum bei der Lokalzeitung *Der Patriot* absolviert, über die Eröffnung eines Radweges, die erfolgreiche Sanierung einer Krankenhauskantine und eine neue Wasseraufbereitungsanlage im Freizeitbad berichtet, er hatte Flohmärkte, ein amerikanisches Volksfest mit Rodeo und Ratssitzungen besucht und sich dabei so gelangweilt, dass er den Plan, möglichst bald ein Volontariat zu beginnen und Journalist zu werden, erst mal zurückstellte. Immerhin gab es einen Dienstwagen mit dem Logo der Zeitung auf den Türen. Wenn er damit durch die Gegend fuhr, kam er sich bedeutend vor, dann war er jemand, ein Journalist, der, wo auch immer er hinkam, freundlich empfangen wurde, denn nichts wollten die Leute lieber, als etwas über sich in der Zeitung zu lesen, und sei es auch nur den Hinweis, im patriotischen Wettbewerb um den größten Gartenkürbis gewonnen zu haben. Dann fuhr Paul von Kleingarten zu Kleingarten und machte Fotos der stolzen Gemüsezüchter.

Außerdem vermisste er Beate, die ihre Ferien in Barcelona verbrachte, dann aber mit dem Spanier nach Berlin zurückkehrte und in Lippstadt anrief, um zu fragen, ob Javier bei Paul wohnen könne, solange er nicht da sei, sie würde dann auch seinen Ficus gießen. Obwohl es ihn schmerzte, sich vorzustellen, wie der Spanier und Beate in seinem Bett übernachteten, wie sie sich Bratkartoffeln in seiner Bratpfanne machten und am Morgen Kaffee in seiner Kaffeemaschine, konnte er schlecht Nein sagen. Nein sagen fiel ihm sowieso schwer, und auf den Gedanken, zurückzufragen, warum Javier denn nicht bei ihr wohne, kam er nicht. Also sagte er Ja und litt die folgende Woche darunter, eindeutig am falschen Platz zu sein und das falsche Leben zu leben und Beate in Javiers starken Armen zu wissen.

In der Zeitungsredaktion gab es nur Einzelkämpfer, keinen Sinn für das große Ganze, jeder Artikel Stückwerk, so dass sich die provinzielle Realität aus lauter unbedeutenden, zusammenhanglosen Einzelheiten zusammensetzte. Er wollte schreiben, wollte mit Geschriebenem sein Geld verdienen, aber diese Arbeit an der Basis der Bedeutungslosigkeit machte ihn müde. Wenn das die gesellschaftliche Wirklichkeit war, dann wollte er ihr so schnell wie möglich entkommen in andere, bessere Wirklichkeiten hinein.

Als Problem hätte Paul das alles nicht bezeichnet. Er hatte keine Probleme, nie. Er wusste gar nicht, was das ist. Für ihn war »Problem« immer ein Erwachsenenwort gewesen. Erwachsene hatten unentwegt Probleme, so dass er sich als Kind darunter etwas Gewaltiges, Fürchterliches, Niederdrückendes vorgestellt hatte, etwas, dem er nicht gewachsen wäre und über das er auch nichts hätte sagen können. Er hatte vielleicht Schwierigkeiten, in der Schule zumal, aber niemals Probleme. Auch in Berlin, als er in der U-Bahn von türkischen Jugendlichen angerempelt und gefragt worden war: »Hast du Problem?«, hatte er das entschieden verneint. Nein, keine Probleme, alles klar, Mann. Ebenso ging es ihm mit dem Wort »Idee«. Auch Ideen hatte er nie, weil sie ihm stets als etwas Heiliges, Großes erschienen waren. Kant hatte Ideen gehabt und natürlich erst recht Hegel, Beethoven, Einstein oder Bob Dylan. Obwohl die Dylan-Platten immer schlechter wurden seit einiger Zeit – *Infidels* ging noch, *Empire Burlesque* war erträglich, aber *Knocked Out Loaded* unter aller Kanone –, konnte er mit Ideenmenschen nicht mithalten, auch wenn er nach und nach begriff, dass die Leute schon das, was sie auf einen Einkaufszettel schrieben, Ideen nannten. Sie hatten halt so 'ne Idee, was sie morgen kochen würden. Ideen oder das, was als solche bezeichnet wurde, waren für Paul entweder zu groß oder zu klein, zu genial oder zu banal. Deshalb verzichtete er darauf zugunsten von Projekten, Plänen oder einfach nur Vorhaben und war seltsam erleichtert, bei Haug oder vielmehr bei Marx zu erfahren, dass *die Ideen einer Zeit immer nur die Ideen der herrschenden Klasse* waren und dass Marx den Hegel'schen Idealismus *vom Kopf auf die Füße* gestellt hatte, indem er die Ideen auf ihre materielle Basis zurückführte.

Auch die Reise nach Nicaragua folgte weniger einer Idee als einem Wunsch, dem seit Jahren aufgestauten Wunsch, endlich einmal die Initiative zu ergreifen. Vor allem aber war sie eine Flucht, so wie sie auch für die anderen Brigadisten eine Flucht gewesen war. Sie flohen alle einzeln, indem sie sich in das hineinstürzten, was sie »Engagement« oder »Solidarität« oder »Zärtlichkeit der Völker« nannten. Wundersamerweise schmälerte das ihr Engagement und ihre Solidarität und ihre Zärtlichkeit kein bisschen. Das Gute und das Nützliche sind deshalb nicht weniger gut und nützlich, wenn sie nicht um ihrer selbst willen, sondern aus ganz anderen Motiven heraus geschehen.

Hartmut entkam dem Berufsverbot als Lehrer. Von Cornelia wusste Paul, dass sie eine schreckliche Kindheit mit einem furchtbaren Vater hinter sich und einmal versucht hatte, sich die Pulsadern aufzuschneiden. Ohne die Narben an ihren Handgelenken hätte Paul ihr das gar nicht geglaubt, so fröhlich, ausgeglichen und hilfsbereit, wie sie war. Elisabeth, die in Krefeld lebte, hatte sich von ihrem Mann getrennt oder er sich von ihr. Auch sie war Lehrerin. Sie trug in der Tropenhitze Nicaraguas dieselben wallenden, geblümten, bodenlangen Kleider, die sie bestimmt auch im deutschen Sommer und im Unterricht anhatte, und dazu flache Sandalen. Ihren Aufenthalt in Mittelamerika betrachtete sie als eine Art Kur, weil sie den radioaktiven Fallout in Europa fürchtete.

»Seit einem Jahr habe ich solche Schmerzen an der Schilddrüse, obwohl ich täglich Jodtabletten nehme«, hatte sie Paul schon während der Anreise anvertraut, als sie in einer Bar in Havanna, an deren Holzdecke riesige Ventilatoren gemächlich ihre Rotorblätter kreisen ließen, auf den Anschlussflug warteten. »Ich brauche Abstand, um mich von der Strahlenbelastung zu erholen.«

Paul ließ die Eiswürfel in seinem Glas mit Rum klimpern und sagte: »Na ja. Ich habe 'ne Zeitlang keine Milch getrunken. Keine Ahnung.«

Alfred, ein dicker kleiner Mann mit einem fusseligen Bart, arbeitete auf der Baustelle wie ein Pferd, das keine Gnade kennt. Er war schon früh am Morgen durchgeschwitzt, trug stets dasselbe salzverkrustete T-Shirt und stand am liebsten mit der Flex und einer Schutzbrille ausgerüstet in Lärm und Betonstaub. Ansonsten schlief er, in den Pausen ebenso wie am Abend, da lag er schnarchend in der Hängematte vor der *casa grande*, wo auch Paul für die ersten Wochen seines Aufenthalts unterkam.

Die *casa grande* war in Wirklichkeit eine Holzbaracke mit vergitterten Fenstern und einer Pressspanplatte als Tür, die sich in der feuchten Luft wellte und schon lange nicht mehr in den Rahmen passte. Neben dem Eingang hingen zwei Nicaragua-Fahnen mit einer Pistole als Emblem in der Mitte und dazwischen eine Bleistiftskizze von Carlos Fonseca, an seiner dunklen Brille immer leicht zu erkennen, die ein künstlerisch ambitionierter Brigadist hinterlassen hatte. Darunter stand in krakeliger Schrift: *Comandante Carlos, Carlos Fonseca, tayacán vencedor de la muerte!* Das war eine Zeile aus der allgegenwärtigen Fonseca-Hymne. Paul musste im Wörterbuch nachschlagen, was das bedeutete, *tayacán*. Führer. Oder Kutscher. Und dann: Bezwinger des Todes.

Das Innere des Gebäudes bestand aus einem einzigen großen Raum, in dem sie ihre Isomatten und Schlafsäcke ausrollten. Die Moskitonetze und die Wäscheleinen, auf denen Handtücher, Hosen, Socken und T-Shirts hingen, gewährten einen lockeren Blickschutz, aber wenn Paul sich abends hinlegte, schlief er sowieso sofort ein. An der Decke klebten angeschimmelte Styroporplatten mit vergilbten Rändern, die aussahen, als würden sie demnächst herunterfallen.

Einen Wasserhahn gab es nur am Spülstein im Hof und daneben, hinter einer Plastikplane, einen Gartenschlauch als Dusche, allerdings wurde das Leitungswasser rationiert und tageweise abgestellt, so dass Paul, wenn er sich abspritzen wollte, im Trockenen stand, bis er lernte, auf die Wochentage zu achten. Im Hof gackerten die Hühner von Doña Sonia, die mit ihrem Töchterchen und mehreren Söhnen den hinteren Teil der Baracke bewohnte. Sie verwaltete den Schlüssel und passte auf, dass tagsüber nichts gestohlen wurde, denn um fünf Uhr dreißig frühmorgens war Abmarsch zur Baustelle, und dann kehrten sie erst am Abend nach Einbruch der Dunkelheit zurück, die tatsächlich hereinbrach, so rasend schnell, wie die gewaltige Sonne in einem nur wenige Minuten dauernden Glutrausch unterging.

Bei Doña Sonia lief die ganze Zeit *Radio Sandinista*, dessen Programm auf Paul allerdings keinen besonders revolutionären Eindruck machte, wenn nicht gerade die Fonseca-Hymne lief. Musik fürs Herz. Fast in jedem Song kamen die Wörter *corazón*, *amor* und *alma* vor, offenbar vermuteten die Sandinisten im Bereich von Herz und Seele die größten Mangelerscheinungen, oder sie setzten auf die Liebe als natürliches Gegengewicht zu ihrer martialischen Freiheit-oder-Tod-Rhetorik.

Auch Sigrid hatte ihren Schlafplatz in der *casa grande*. Paul beobachtete von seiner Isomatte aus, wie sie auf der anderen Seite des Raumes hantierte. Sie hielt sich meistens abseits, lag an arbeitsfreien Tagen mit einem Buch draußen in der Hängematte und schaute nicht auf, wenn Paul mit Rudi und Andrea, die der Freiburger Alternativszene angehörten, neben der Tür auf dem Boden hockte und eine Runde Skat spielte. Die beiden hatten sich vor der Reise verlobt, trugen ihre Ringe allerdings nicht am Finger, sondern in Rudis linkem Ohrläppchen und in Andreas linkem Nasenflügel. Während Rudi, der auf seinem Palästinensertuch hockte, einen Joint drehte, ging Sigrid in demonstrativer Gleichgültigkeit an ihnen vorbei über den Hof, um sich zu duschen, und Paul konnte über die Spielkarten hinweg die Umrisse ihres Körpers hinter der Plastikplane erahnen, die schmale Hüfte, die schlanken Arme, die kleinen, spitzen Brüste. Sie war größer und drahtiger als Beate, eher der sportliche Typ. Wenn sie dann in ihrem blaukarierten Hemd mit nassen, in ein Handtuch geschlungenen Haaren zurückkehrte und weiterlas, konzentrierte er sich auf das Spiel und sah nicht zu ihr hin.

Rudi lehnte es grundsätzlich ab, sich zu duschen. Er wusch sich auch nur zurückhaltend, weil er es unsolidarisch fand, als Brigadist die knappen Wasserreserven der Nicaraguaner zu verbrauchen.

»Wir sind doch nicht hergekommen, um denen was wegzunehmen«, sagte er. »Ich wasch mich, wenn wir mal wieder baden gehen.«

Mit dieser Position blieb er jedoch allein. Selbst Andrea zog es vor, sich abzuduschen, wenn sie verstaubt und verschwitzt von der Baustelle zurückkehrten. Und Paul, der in seinen kurz abgeschnittenen Jeans und mit ausgelatschten Turnschuhen nicht gerade adrett wirkte, hielt Sauberkeit für eine unverzichtbare Brigadistentugend.

Sigrid hatte immer einen leicht genervten oder missgelaunten Gesichtsausdruck, vor allem dann, wenn sie sich auf ihre Lektüre konzentrierte. Immerzu dröhnte irgendwo ein Fernseher oder ein Radiogerät, Kinder wuselten herum, Hunde, Katzen und die Hühner. Auch Paul hätte gerne mehr Zeit und Ruhe gefunden, um sich Notizen zu machen, alles aufzuschreiben, was er erlebte, wozu er schon deshalb zu selten kam, weil immer irgendjemand etwas von ihm wollte und weil er abends nach der Arbeit ganz einfach zu müde war, um ohne Tisch und Stuhl, denn so etwas gab es nicht in der *casa grande*, auf dem Boden hockend die Tageserlebnisse in sein Heft zu kritzeln. Also listete er wenigstens noch ein paar Vokabeln auf, die ihm wichtig waren.

mermar – abnehmen, verkürzen
cobijar – beherbergen, beschützen
responsable – verantwortlich
el martillo – Hammer
el alambre – Draht
el corriente – Strom
el porvenir – Zukunft
la suposición – Vermutung

Wenn er es doch einmal schaffte, mehr aufzuschreiben, konnte er sein Gekrakel am nächsten Morgen kaum noch entziffern. Aber dann sagte er sich, dass er froh sein sollte, das Berliner Eremitendasein hinter sich gelassen zu haben. Dort hatte er ganze Nächte am Schreibtisch verbracht und Sätze aneinandergereiht, der Vorgang des Schreibens war ihm wichtiger gewesen als das, was er schrieb, er hatte sich damit in einen Zustand höherer Daseinsmelancholie hineingesteigert, eine im Schreiben generierte Einsamkeitslust, die er umso schöner und schmerzlicher erlebte, je länger er durchhielt, und dazu gehörte auch die Erkenntnis, dass es dabei um nichts ging, um nichts als dieses Gefühl selbst, so dass er die vollgeschriebenen Blätter am nächsten Tag getrost hätte wegwerfen können, denn lesen würde er sie sowieso nie wieder, doch er hob alles auf, weil sich vielleicht doch der eine oder andere Gedanke oder eine in irgendeiner Zukunft relevant werdende Erinnerung darin verbergen könnte.

Im Niemandsland an der Mauer hatte er sich immer wohl gefühlt. Exterritorial. Am Kanal, der Treptow von Kreuzberg trennte, fand er im Juni auf dem Grünstreifen am Fuß der Mauer wilde Erdbeeren. An der Schlesischen Straße gelangte er durch mehrere verfallende Hinterhöfe hindurch ans Ufer der Spree, die sich hier breit machte und eine natürliche Grenze zwischen den Stadthälften bildete. Da hockte er manchmal spätabends auf dem Sofa, das jemand dort abgestellt hatte, rauchte eine Zigarette und schaute über den öligen, ihm immer irgendwie bedrohlich erscheinenden Fluss und nach links hinüber zur ruinenhaften Oberbaumbrücke. Ab und zu glitt ein Boot der DDR-Grenztruppe vorbei, dessen Lichtkegel nervös über die Wasserfläche zuckte. Vermutlich versuchte mal wieder jemand, im Schutz der Nacht ans hiesige Ufer zu gelangen. Paul nahm verwundert zur Kenntnis, welche Kraft Illusionen hatten, denn Illusionen waren es doch wohl, die die Leute dazu brachten, ihr Leben aufs Spiel zu setzen, um in den Westen zu gelangen.

Drüben zu leben wäre ihm nun allerdings auch nicht eingefallen. Da war es stets grau und versmogt, wenn er von einer der Aussichtsplattformen, die den Blick über die Mauer ermöglichten, in die östliche Stadthälfte hineinschaute. Jedenfalls war es ihm immer so vorgekommen, als ob dort auch das Wetter schlechter wäre. *You Are Leaving The American Sector!* In der jenseitigen Welt sah er Männer mit Aktentaschen unterm Arm durch zähen Nebel schreiten. Trabbis knatterten vorbei, altertümliche Gelenkbusse bogen um die Ecke und stießen dicke Rußwolken aus. Fahrzeuge, Menschen und sogar die Hunde deuteten geheimnisvolle, fremde Leben in unbekannten Zusammenhängen an. Es waren zeichenhafte Existenzen, auf die Paul starrte wie auf einen kunstvoll inszenierten Schwarzweißfilm im Programmkino, Sergei Eisenstein zum Beispiel, von dem er neulich erst, tief beeindruckt, *Panzerkreuzer Potemkin* und *Alexander Newski* im Arsenal gesehen hatte. Alles war zurechtgemacht für seine Augen: Sieh her, so leben wir hier in unserer farblosen Schemenhaftigkeit. Sogar die Straßenbäume wirkten wie eine Theaterkulisse aus Pappe, extra aufgebaut, um das Stadtbild zu vervollständigen.

Das andere Universum lag als Parallelwelt direkt nebenan. Paul empfand das als Gewinn. Alles war doppelt, wie gespiegelt, das Fremde und das Vertraute, das Ferne und das Nahe, das Unergründliche und das Alltägliche. »Im Drüben fischen« hatte er in einer Seminararbeit über die deutsche Teilung geschrieben, weil er das witzig fand, doch es war ihm als Rechtschreibfehler angestrichen worden. Wenn er ab und zu für einen Tag die Hauptstadt der DDR besuchte, wurden ihm auch immer die Beine so schwer wie jetzt den Neuankömmlingen, und er fürchtete, vom nächstbesten Vopo verhaftet zu werden, weil er gedankenlos auf den volkseigenen Boden gespuckt oder darüber nachgedacht hatte, eine rote Fußgängerampel zu missachten. An den Gründerzeitbauten fand er die gleichen Hoftore und Haustüren vor wie im Westen, identisch gearbeitete Treppengeländer, die gleichen bunten Glasfenster in den Treppenhäusern und, sofern nicht abgebröckelt, ähnliche Stuckverzierungen an Decken und Fassaden, und wenn ihn ein Hauswart anraunzte, was er hier zu suchen habe, vernahm er den gewohnten Berliner Tonfall, nur ein bisschen derber, wie ihm schien. Die andere Welt bestand aus bekannten Elementen, so dass ihm schwindlig wurde, wenn er sich darin bewegte.

Als er noch in Neukölln gewohnt hatte, in einer eisigen Ein-Zimmer-Hinterhauswohnung in der Heidelberger Straße, direkt an der Mauer, war er einmal frühmorgens aufgebrochen, um die unmittelbare Nachbarschaft auf der anderen Straßenseite zu erkunden. Das war eine Weltreise gewesen, für die er ein Tagesvisum benötigte, das er Wochen im Voraus beantragen musste, eine Reise auf die erdabgewandte Seite des Mondes, Friedrichstraße, Grenzkontrolle, Fahrkarte auf Karton wie in der Vorkriegszeit, S-Bahn mit Holzbänken bis Treptower Park und um sich herum all diese schweigsamen Gestalten, die angestrengt an ihm vorbeisahen. Er hatte einen Ostberlin-Stadtplan dabeigehabt, auf dem das westliche Gebiet als weiße Fläche dargestellt war, Terra incognita. Kein Wunder, dass die Ostler, die jetzt über die Oberbaumbrücke strömten, fürchteten, im Boden zu versinken. Bis in die eigene Straße hatte er es dann aber gar nicht geschafft, weil er keinen Passierschein hätte vorzeigen können und aus der blöden Angst heraus, ein Verbot zu übertreten und als Fluchthelfer festgenommen zu werden.

Damals standen gegenüber noch die Altbauten, die kurz darauf abgerissen wurden, wo er, aus seiner Haustür tretend, Menschen auf Balkonen sitzen sah, die ihm zuwinkten, wenn der Wachposten im nahen Grenzturm gerade nicht aufpasste. Meistens richtete der Soldat sein Fernglas in Pauls Richtung; die beiden großen, im Licht aufleuchtenden Linsen waren das Erste, was Paul am Morgen sah, wenn er an der Ecke Schrippen holte, doch er gewöhnte sich daran, derart unter Beobachtung zu stehen, als wäre er ein Waldtier, das abgeschossen wird, wenn die Schonzeit vorbei ist. Die Balkone ragten in den Todesstreifen hinein, es musste schon einigermaßen makaber sein, so zu wohnen, aber er wohnte ja selber so ähnlich, wenn auch auf der hiesigen Seite der Mauer, hockte in seiner eiskalten Bude, in der ihm im Winter das Klo einfror, und las Sartres *Das Sein und das Nichts*, indem er den Text mit Buntstiften traktierte, und wenn ihn, was nur selten geschah, alte Schulfreunde aus *Wessiland* besuchten, freute er sich daran, wenn sie sich über diese absurde Randlage entsetzten und ganz und gar unerträglich fanden, was ihm als adäquater Aufenthaltsort erschien, existentiell gesehen.

Alles in seinem Leben war provisorisch. Er lebte in wechselnden Provisorien und hatte sich vielleicht gerade deshalb Westberlin als Aufenthaltsort ausgesucht, weil diese halbe Stadt mit ihrem prekären Sonderstatus selbst so ein historisches Provisorium darstellte, allerdings ohne dass Paul dies begriffen hätte, denn für ihn war die Mauer ein unumstößliches Faktum. Sie würde noch ewig stehen, das war ihm völlig klar, und sie stand auch schon immer, obwohl er sehr wohl wusste, dass sie am dreizehnten August 1961 errichtet worden war, knapp zwei Jahre vor seiner Geburt. Doch an der deutschen Teilung und an der Existenz der Mauer gab es nun wahrlich nichts mehr zu rütteln. So war es eben, es kümmerte ihn weiter nicht.

Hier, direkt an der Mauer, hatte er Rückendeckung und die ganze westliche Welt vor sich. Von hier aus, dachte er, überblicke ich alles. Dass der Bürgersteig, der zu seiner Haustür führte, zum DDR-Territorium gehörte, störte ihn ebenso wenig wie die alte Kastanie, die im Sommer den Hinterhof verdunkelte, und das Obdachlosenasyl auf der anderen Hofseite, aus dem in der Nacht verwirrte Stimmen und manchmal die Rufe »Feuer, Feuer!« zu hören waren. Ob die Feuerwehr im Zweifelsfall überhaupt hätte anrücken dürfen oder dafür eine Sondergenehmigung der DDR-Behörden gebraucht hätte, wusste er nicht. Über ihm wohnte ein Palästinenser, der unentwegt auf den knarrenden Dielen hin und her lief wie ein Raubtier im Käfig, unter ihm ein alter Mann in einer verfilzten Strickjacke, der in den Nächten ächzte und stöhnte und fluchte, so dass Paul dann doch froh war, als er nach der Rückkehr aus Nicaragua eine etwas weniger trostlose, aber dennoch bezahlbare Wohnung am Lausitzer Platz fand, in der ein Kachelofen stand, der deutlich besser wärmte.

Aus seinen Weltschmerzorgien hatte ihm erst Beate herausgeholfen, einfach dadurch, dass sie in sein Leben trat. Sie fiel ihm im Kapitalkurs auf, weil sie sich so selbstverständlich in die Diskussionen einmischte und offenbar keine Scheu kannte, sich zu äußern, obwohl Haug ein strenger Lehrer war, der erlebbar machte, dass unscharfes Denken ihn sehr schnell ungeduldig werden ließ. Begriffe klopfte er sorgfältig auf ihre Bedeutungen hin ab, um sie wissenschaftlich exakt zu gebrauchen, so dass er alles Halbgedachte, Halbgare, halbverdaut Dahingesagte aufgriff und umwendete, um aus den Dummheiten, die er wie tote Käfer aufspießte, Anschauungsobjekte zu machen, was zwar immer lehrreich war, aber auch auf Kosten des dann dumm aussehenden Redners ging – und neben Haug sah in dieser strengen Schule der Ideologiekritik zunächst jeder dumm aus. Er ließ sich, ungewöhnlich für einen Professor, duzen, doch Paul brachte es lange Zeit nicht fertig, ihn vertrauensvoll mit »Wolf« anzusprechen, obwohl er genau das für ihn war: ein Wolf in den Wäldern des Denkens, der Vorurteile grimmig zerriss.

Paul brachte in diesem Kreis kaum ein Wort heraus, und

wenn er sich doch einmal meldete, dann wuchs in den Minuten, bis er endlich drankam, seine Panik, weil die Sätze, die er sich mühsam zurechtgelegt hatte, ihm allmählich wieder entglitten, während die Diskussion bereits eine andere Richtung nahm oder jemand anderes in der Zwischenzeit genau das, was er hätte sagen wollen, sagte, aber in viel schöneren Worten, nicht stammelnd wie er, sondern präzise und aus der Fülle eines souveränen Wissens. »Hat sich erledigt«, war alles, was er noch sagte, wenn er dann endlich drankam.

So ein Souverän war auch Beate, die schon deshalb hohes Ansehen genoss, weil sie Buchbesprechungen und Filmkritiken für die *Frankfurter Allgemeine* schrieb und damit ihr Studium finanzierte. Die FAZ galt zwar als bürgerliches Blatt und wurde als »Fabrikantenzeitung« verhöhnt, erfreute sich aber gerade deshalb allergrößter Aufmerksamkeit. Haug hatte sogar ein Buch mit dem schönen, an Brecht erinnernden Titel *Zeitungsroman oder Über den Kongress der Ausdrucksberater* über sie geschrieben. Ein FAZ-Abo gehörte zum guten Ton. Man muss doch wissen, was der Klassenfeind denkt, denn der Klassenfeind dachte, um ehrlich zu sein, viel feiner und differenzierter und umfassender als man selbst und ging keineswegs in der Bestimmung, Klassenfeind zu sein, auf. Das verboten ja schon die schlichten Grundregeln der Dialektik. Regelmäßig nahmen sie sich Artikel aus dem Wirtschaftsteil oder einen Leitartikel von Friedrich Karl Fromme vor, um sich an diesem Garanten reaktionärer Gesinnung in ideologiekritischer Lektüre zu schulen. Das Feuilleton wurde mit größerer Zustimmung und geringerem Ideologieverdacht, ja geradezu als systeminterne Guerilla-Plattform gelesen, als wäre die gezielte

Verschleierung der wahren Ausbeutungs- und Abhängigkeitsverhältnisse bloß ein Effekt der Ökonomie und nicht vielmehr der Kultur.

Paul bewunderte die Autoren des Feuilletons für ihre filigrane Schreibweise, die unterkühlte Ironie und ihre breite Bildung und wünschte sich nichts sehnlicher, als dort eines Tages wenigstens einen einzigen Artikel unterzubringen. Für Beate war das längst Routine geworden, sie hatte noch als Schülerin, kurz vor dem Abitur, ein paar Besprechungen an den großen Marcel Reich-Ranicki geschickt, ohne ihm zu verraten, wie jung sie war, und der hatte die Texte nicht nur umstandslos gedruckt, sondern ihr einen Brief geschrieben, in dem er sie ermunterte und ihr eine kontinuierliche Mitarbeit anbot. Sie hatten sich dann, so jedenfalls stellte Beate es dar, eines Nachmittags in einem Café getroffen. Dafür sei sie nach der Schule in Wiesbaden in die S-Bahn gestiegen und ins Frankfurter Gallusviertel gefahren. Reich-Ranicki sei erschüttert gewesen über ihre pumucklhafte Kindlichkeit, die ihm trotz des eleganten Seidenschals, den sie für diesen Anlass von ihrer Mutter geborgt habe, nicht entgangen sei. Das dürfe er in der Redaktion niemandem verraten! Doch sie erhielt seither mehr Rezensionsangebote, als sie bewältigen konnte, während Paul, vom leidigen Praktikum beim Lippstädter *Patrioten* abgesehen, bloß sein Notizbuch vollschrieb und sich damit in eine genialische Verlorenheit hineinsteigerte. Vollgeschriebene Seiten waren seine Vergangenheit, geronnene Lebenszeit. So schrieb er vor sich hin.

Ob er Lust habe, in ihre Lesegruppe zu kommen, hatte Beate ihn eines Tages nach dem Seminar gefragt, worüber

Paul sich so sehr gefreut hatte, dass er nicht in der Lage war, einfach nur Ja zu sagen. Gab es irgendetwas, womit er ihr hätte auffallen können? Hatte er irgendwann einmal etwas Kluges gesagt? Wie kam sie ausgerechnet auf ihn? Hatte sie bemerkt, dass er die ganze Stunde über heimlich in ihre Richtung geschaut hatte, um das Geheimnis ihrer seltsam medusenhaften Frisur zu ergründen? Sie hatte halblanges, dickes, rötliches Haar, das von der Mitte des Scheitels wild in alle Richtungen zu wachsen schien und von ihr in einem nervösen Tick unentwegt mit den Fingern hinter die Ohren geschoben und dabei glattgezogen wurde, das sich aber, als wäre es elektrisch geladen, sofort wieder aufrichtete. Er stammelte, er habe ziemlich viel zu tun, müsse mal sehen, ob er das einrichten könne.

»Was lest ihr denn gerade?«

»Wir fangen jetzt mit der *Ästhetik des Widerstands* an. Peter Weiss.«

Paul wusste, das war ein dickes Ding, ein Ziegelstein, an dem die Leute sich die Zähne ausbissen, aber es gehörte – jedenfalls im Haug-Umfeld – unbedingt dazu.

»Na gut, warum nicht«, sagte er.

Beate trug eine Brille, die Paul als Peter-Weiss-Brille identifizierte: ein geschwungenes silbernes Band oben, das die Augenbrauen nachzuzeichnen schien, die Gläser ungefasst. Die Brille unterstrich den intellektuellen Anspruch, wirkte aber im Gesicht einer Frau wie Beate noch strenger als in dem von Peter Weiss, der, auch das wusste Paul, erst vor ein paar Jahren gestorben war. Herzinfarkt, wie einst bei Brecht, die Todesursache der Dissidenten, die zwischen sozialistischer Utopie und dem, was Realsozialismus hieß, zerrissen wurden. Brecht komme sogar vor in der *Ästhetik*, wie Beate kurz und knapp sagte, im zweiten Band, der im schwedischen Exil spiele. Die *Ästhetik* sei ein Roman über Nationalsozialismus, Spanischen Bürgerkrieg, Arbeiterbewegung, Stalinismus, Revolution, Bildung, Kultur, sagte sie, und wende marxistische Theorie auf Kunst und Geschichte an, doch Paul war es im Grunde völlig egal, worum es ging, da er auch zugesagt hätte, wenn sie *Pippi Langstrumpf* oder den *Räuber Hotzenplotz* lesen würden. Die Aussicht, mit Beate zu tun zu haben, genügte vollkommen.

Dabei wusste er so gut wie nichts über sie. Dass sie aus Wiesbaden kam, dass ihr Vater dort als Jurist in einem Ministerium arbeitete, das war schon alles, mehr hatte er nicht in Erfahrung bringen können. Es war nicht üblich, über die eigene Herkunft zu sprechen, niemand tat das, sie alle an der Uni gaben sich als Wesen ohne Geschichte aus, sie existierten, sie studierten, sie witzelten herum, sprachen über Bücher und Theorien, das war alles. Die Abschaffung des Subjekts, die im Trend der Zeit lag, galt auch und vor allem für sie selbst, die sich als Denkende und Teil von Diskursen begriffen. Ihr Denken wurde umso objektiver und gültiger, je weniger sie es mit der eigenen Gewordenheit oder Geworfenheit belasteten. Jeder fühlte sich als sein eigener Solitär. Herkunft bedeutete Unfreiheit, Festlegung, Verortung und war deshalb abzulehnen. Ihre Identität bestand nicht so sehr darin, von jemandem abzustammen und irgendwo aufgewachsen zu sein. Ob als Mann oder Frau, war auch nicht entscheidend, obwohl es ihnen allen selbstverständlich um Emanzipation ging. Aber gerade deshalb durfte die geschlechtliche Identität doch eigentlich keine Rolle mehr spielen. Selbst der Klasse, aus der man stammte, konnte man in ein klassen- und schrankenloses Denken hinein entkommen, dachten sie. Schon deshalb trieben sie ihre Lektüren voran. Der Kreis um Haug war eine klassenlose Gesellschaft, auch wenn sie alle Bürgersöhnchen oder -töchterchen waren, mehr oder weniger, die von BAföG und elterlicher Unterstützung lebten, bei Bedarf Taxi fuhren oder mit anderen Jobs, die das proletarische Selbstbewusstsein stärkten, etwas dazu verdienten.

»Herkunft, Lebenslauf – Unsinn!«, pflegte Beate auszurufen. Das war von Gottfried Benn, der zwar als rechts und wegen seiner kurzzeitigen Anbiederei an die Nazis als verdächtig galt, doch wer in der FAZ schrieb, durfte sich auf ihn berufen, jedenfalls mit so einem Zitat, das Beate immer wieder auskostete: »Aus Jüterborg oder Königsberg stammen die meisten, und in irgendeinem Schwarzwald endet man seit je.«

Weil Freiheit ihr höchstes Ideal darstellte, warfen sie alles, was an ein Früher erinnerte, als lästiges Gepäck ab. Um die Sache sollte es gehen, um Politik, um den Frieden, um die Zukunft der Welt. Wozu brauchte man dafür eine persönliche Geschichte, eine Identität oder gar so etwas wie eine Familie? Paul hatte jeglichen Kontakt zu seinen Eltern abgebrochen, die in Lippstadt eine Wäscherei betrieben. Nicht weil er ihnen etwas vorzuwerfen hätte, sondern weil er grundsätzlich eine andere Zukunft erhoffte, ohne zu wissen, wie die aussehen könnte. Vielleicht fand er auch bloß die Ungewissheit anziehend, während die Eltern ihn im Gewohnten zurückhalten und absichern wollten und es gerne sähen, wenn er eines Tages den Betrieb übernehmen würde. Mit dem Geruch gebügelter Hemden und Bettwäsche war er aufgewachsen, und als Kind war es für ihn eine der höchsten Auszeichnungen gewesen, wenn er dem Vater beim Ausfahren der frischen Wäsche hatte helfen dürfen. Dann war der Laderaum ihres Ford Transit mit Wäschekörben vollgepackt, an denen Namens- und Adressschildchen klebten, und Paul sprang an jedem Halt heraus, um den richtigen Korb vor die richtige Haustür zu stellen, wenn sie ihre Kunden in Lippstadt, aber auch in Erwitte, Anröchte, Geseke, Wadersloh oder Langenberg belieferten.

Von klein auf gab es keinen Zweifel daran, dass die Eltern das alles für ihn aufbauten, für ihn allein, nur für ihn schufteten sie alle Tage, und wenn er wegging, dann wurde sinnlos, was sie taten. Diese häufig ausgesprochene Erwartung war ihm immer unerträglicher geworden, denn es machte gar keinen Sinn, dass er seine Erfüllung in einem Gewerbe hätte finden sollen, dessen Sinn allein darin bestand, eines Tages an ihn weitergereicht zu werden. Deshalb war er nach Berlin gegangen, möglichst weit weg von der Wäscherei. Die Mauer diente ja nicht nur als antifaschistischer Schutzwall der DDR, sondern als Schutzwall gegen die eigene Herkunft für alle, die wie er der bundesdeutschen Provinz, der elterlichen Sorge und ihrem persönlichen Jüterborg entkommen wollten.

Als er zur ersten Sitzung in Beates dunkler Hinterhauswohnung im Danckelmann-Kiez erschien, die auch dadurch nicht heller wurde, dass Beate die Dielen weiß lackiert hatte, saß ein langhaariger Typ am Küchentisch, der sich in bayrischem Dialekt als »der Frieder« vorstellte. Er trug eine knallenge, seitlich geschnürte schwarze Lederhose und ein gelbes T-Shirt mit der Aufschrift »Anti-WAAhnsinns-Festival«, trommelte nervös mit den Händen auf der Tischplatte herum und wackelte dazu mit dem Kopf, als würde er immer noch durchpulst von den Rhythmen des Widerstands gegen den Bau der WAA in Wackersdorf. Mehr als hunderttausend waren zwei Monate zuvor auf einer Wiese bei Burglengenfeld in der Oberpfalz zusammengekommen, um BAP, den Toten Hosen, Herbert Grönemeyer, Wolfgang Ambros, Udo Lindenberg und allen, die auf sich hielten und sich für eine bessere Welt engagierten, dabei zuzuhören, wie sie gegen die Wiederaufarbeitungsanlage ansangen. In der wogenden, tanzenden Menschenmenge vor der Bühne gingen mit zunehmender Dunkelheit immer mehr Feuerzeuge an, bis sie den Sternenhimmel auf die Erde geholt hatten.

Auch Paul hatte sich mit Mike Blume, einem Kumpel aus seiner Neuköllner Anti-WAA-Gruppe, und dessen Freundin Constanze in einem rostigen Simca dorthin aufgemacht und sein Feuerzeug hochgehalten, hatte jedoch so viel getrunken, dass er sich kaum noch auf den Beinen halten konnte, und war, als Rio Reiser sehr leise und sehr langsam »Somewhere over the rainbow« anstimmte, am Rand des weiten Feldes niedergesunken, nachdem er es gerade noch geschafft hatte, den Schlafsack auf dem zertretenen Boden auszurollen. Mike und Constanze hatte er da schon seit Stunden aus den Augen verloren, seit die beiden sich, mit einer Wolldecke unterm Arm und der neckischen Ankündigung, sie würden »mal eben ein bisschen in den Wald gehen«, zurückgezogen hatten, um erst am nächsten Morgen händchenhaltend wieder aufzutauchen.

Bei der Hinfahrt waren sie, wie Paul dem Frieder berichtete, auf der Autobahn in eine aberwitzige Polizeikontrolle geraten, zwanzig oder dreißig Kilometer vom Festivalgelände entfernt, gepanzerte Fahrzeuge standen herum, Wasserwerfer und eine ganze Armada von Mannschaftswagen. Der Kofferraum des Simca wurde durchwühlt, ein Wagenheber beschlagnahmt, das Benzin aus dem Ersatzkanister musste Mike in den Tank füllen, damit kein Brandsatz daraus werden konnte. Der Frieder nickte, klopfte und wackelte, und bald kamen sie darauf, dass sie beide, ohne sich dort begegnet zu sein, die Weihnachtstage im Hüttendorf im Taxölderner Forst verbracht und sich in der dort ausgerufenen »Freien Republik Wackerland« den »Arsch abgefroren« hatten, wie der Frieder das formulierte, bis die Polizei nach dem Jahreswechsel den Wald endlich räumte und sie alle erlöste, indem das Sturmkommando ihre Hütten mit Bulldozern plattwalzte, die Besetzer einzeln wegtrug, in einem angenehm geheizten Gefangenentransporter auf die nächste Wache verfrachtete und ihnen dort die Fingerabdrücke nahm, was ihn so empört habe, sagte der Frieder, dass er die bayrischen Beamten zuerst als »Bullen«, dann als »faschistische Büttel des Polizeistaates« beschimpft und sich zur Anzeige wegen Landfriedensbruchs auch noch eine zweite wegen Beamtenbeleidigung eingehandelt habe.

Der Frieder konnte die Hände nur dann ruhig halten, wenn er sich eine Zigarette drehte, das hellblaue Päckchen »Schwarzer Krauser« lag neben ihm auf dem Tisch, er drehte gleich zehn auf Vorrat, die er dann im Lauf der Sitzung eine nach der anderen wegrauchte. Der Qualm gehörte zur Lektüre dazu, so war es auch in den Seminaren an der Uni, Zigarettenrauch galt als Stoff, der das Denken in Gang setzte, weshalb die Seminare Raucherkabinetten glichen, und deshalb rauchte auch Paul viel mehr, als ihm guttat. Er besorgte sich Filterzigaretten der Marke Lexington stangenweise beim Umstieg am Bahnhof Friedrichstraße, zollfrei auf exterritorialem Ostgebiet.

Am Küchenschrank, den Beate weinrot gestrichen hatte, der aber ansonsten etwa so alt sein musste wie das Haus selbst, Jahrhundertwende, und der vielleicht immer schon dort stand, lehnte Jürgen, der Paul eine schlaffe, verschwitzte Hand reichte, während er seinen Namen murmelte und ihn durch die Gläser seiner verschmierten John-Lennon-Brille anstarrte. Jürgen war ein alter Schulfreund von Beate, dünn und lang und ein wenig bucklig, ein gelernter Elektriker, der jetzt am Lateinamerika-Institut studierte. Er trug eine olivgrüne Wollmütze, die ihm trotz seiner Körpergröße etwas Zwergenhaftes verlieh. Beate kochte Earl Grey Tea, sie hatte ein Schälchen mit Kandiszucker und einen Korb mit Mandarinen bereitgestellt – Südfrüchte galten im Unterschied zu deutschem Kernobst als radioaktiv unbedenklich –, dazu reichte sie selbstgebackenes Vollkornbrot, noch warm. Den Sauerteig kultivierte sie in einem Glas im Kühlschrank und zweigte von jedem Brotteig einen Batzen ab, der weiterweste und sich vermehrte, ein Lebewesen, das mit Mehl und Wasser gefüttert werden musste und dem sie den Namen Frieda gegeben hatte. Ob jemand etwas von Frieda haben wolle? »Ihr könnt gerne was von ihr mitnehmen.«

Die Zutaten – Krabbensalat, Oliven, Gewürzspieße, Thunfischpâté, Parmaschinken, Knoblauchdip, Manchego und Gruyère-Käse – packte der Frieder aus. Er pflegte in stetem Wechsel bei Kaiser's, Bolle oder Plus »einzuholen«, wie er das nannte, indem er lässig eine Butter und ein paar Lauchzwiebeln aufs Band legte, mit der Kassiererin scherzte, die Delikatessen aber sorgsam in den Tiefen seiner geräumigen Parkataschen oder unterm Pullover verbarg. Er betrachtete das Einholen als eine Form der Systemkritik, als antikapitalistische Praxis, als Vergesellschaftung der Rendite, denn warum sollten sie nicht alle ein wenig vom Wohlstand profitieren.

Ohne weitere Präliminarien fingen sie an zu lesen, den ersten Abschnitt, der sich zu Pauls Entsetzen absatzlos über zehn blockartige Seiten erstreckte, doch dann war er sofort gefangen, gebannt, umgehauen von diesem Ton und diesem Anfang, den er immer wieder lesen und nie mehr vergessen würde, der Beschreibung des Pergamon-Altars, die so umstandslos und direkt einsetzte, dass man zunächst gar nicht wusste, worum es ging: *Rings um uns hoben sich die Leiber aus dem Stein, zusammengedrängt zu Gruppen, ineinander verschlungen oder zu Fragmenten zersprengt, mit einem Torso, einem aufgestützten Arm, einer geborstenen Hüfte, einem verschorften Brocken ihre Gestalt andeutend, immer in den Gebärden des Kampfes, ausweichend, zurückschnellend, angreifend, sich deckend, hochgestreckt oder gekrümmt, hier und da ausgelöscht, doch noch mit einem freistehenden vorgestemmten Fuß, einem gedrehten Rücken, der Kontur einer Wade, eingespannt in eine einzige gemeinsame Bewegung. Ein riesiges Ringen, auftauchend aus der grauen Wand, sich erinnernd an seine Vollendung, zurücksinkend zur Formlosigkeit.*

Erst allmählich wurde ihnen klar, dass auf dem Fries der Kampf der Olympier mit den Giganten dargestellt und diese Schlacht von Peter Weiss zum Leben erweckt wurde, als wären die sich aus dem Marmor erhebenden Leiber Gestalten aus Fleisch und Blut. Aus dem Kampfgetümmel heraus ließ sich bald auch der Museumssaal erahnen und in ihm die Betrachter, Heilmann, Coppi und der Ich-Erzähler, die, auch wenn sie Jahrzehnte vor ihnen dort gestanden haben mochten, unmittelbar zu ihnen, die in Beates Küche saßen, sprachen, sie neugierig machten und dafür sorgten, dass sie ein paar Wochen später dann selbst dort standen, im Pergamon-Museum in Ostberlin, nachdem sie mit der S-Bahn über den Bahnhof Friedrichstraße »eingereist« waren, wie das auf Amtsdeutsch hieß, also durch unterirdische, gekachelte Gänge geschleust wurden, bis sie einzeln in ein verspiegeltes Kabuff eintreten mussten, wo hinter einer dicken Glasscheibe ein Grenzbeamter in Uniform saß, der, ohne die Miene zu verziehen, das Foto im Ausweis mit ihrem Gesicht verglich. Dreimal wanderte sein Blick zum Passfoto und zurück, bis er sicher war, es mit keiner Fälschung zu tun zu haben. Bei einsetzendem Schneefall gingen sie Unter den Linden entlang und statteten der Humboldt-Universität einen kurzen Besuch ab, um dort das in goldenen Lettern auf Marmorgrund angebrachte Marx-Zitat zu lesen: *Die Philosophen haben die Welt nur verschieden interpretiert, es kommt aber darauf an, sie zu verändern*. So kamen sie, überwältigt von preußischer Herrlichkeit und einem Berlin-Gefühl, das der Westteil der Stadt nicht zu bieten hatte, auf der Museumsinsel an.

Der Frieder stand in seiner schwarzen Lederhose in der Mitte des Saals und las, während sie den Schritten und Blicken der Romanfiguren folgten, mit bayrischem Anklang aus der *Ästhetik* vor, so dass sie überhaupt erst sahen, was sich Szene für Szene vor ihnen abspielte, da war Hekate, dort Apollon und Ephialtes und der Torso der Hera, und dann standen sie vor der Leerstelle, wo nur noch die Tatze seines Löwenfellumhangs an Herakles erinnerte. Die Leerstelle politischer Widerständigkeit, die sie zu füllen hatten! Jürgen blinzelte durch seine Nickelbrille, die er mit dem Hemdzipfel vergeblich zu säubern versuchte, und Beate erklärte, was auch im Buch erwähnt wurde, dass das, was einst die Außenwände des Tempels geschmückt habe, nun an den Innenwänden des Museumssaals entlanglaufe, der Raum also gewissermaßen umgestülpt worden sei, das Äußere nach innen, was sie als sprechendes Zeichen für die gewaltsame Aneignung dieses historischen Zeugnisses deutete, das aus Kleinasien geraubt und aus dem Kaiserreich über die Weimarer Republik und die NS-Zeit nun in den real nicht existierenden Sozialismus geraten sei, nachdem es in den Kriegsjahren ausgelagert und von der Roten Armee noch einmal geraubt worden war: eine Zeitmaschine, ein göttliches Raumschiff, das auf der Museumsinsel gelandet war, bis es vielleicht in einer noch nicht absehbaren Zukunft wieder zurückgeschickt werden würde in das Land seiner Herkunft.

»Ohne dich wäre ich gar nicht weggegangen«, sagte Paul, der an diesen Museumsbesuch und alles, was darauf folgte, zurückdachte, jetzt, wo er neben Beate in Richtung Checkpoint Charlie ging und verstand, was er damals nicht verstanden hatte: Vom Pergamon-Fries führte eine direkte Linie nach Nicaragua, jedenfalls für ihn, so hatten sich die Dinge entwickelt, denn der Kampf, der vor mehr als zwei Jahrtausenden in Stein gemeißelt worden war, fand immer noch statt, er würde nie zu Ende gehen, und so war auch Paul aufgebrochen, um an diesem Kampf teilzunehmen, dem sich, wie er dachte, ein denkender Mensch nicht entziehen konnte. Und war das, was sich jetzt auf den Straßen Berlins und entlang der Mauer ereignete, nicht auch Teil eines Kampfes, in dem das Volk nach monatelangen Demonstrationen und einer Massenauswanderung über die ČSSR und Ungarn den Machthabern die Öffnung der Grenzen abgetrotzt hatte?

»Es war nur leider der falsche Moment«, sagte Beate. »Völlig falsch.«

»Aber du warst es doch, die mich sitzengelassen hat. Also beschwer dich nicht.«

3

Wobei: Kampf. Was hieß schon Kampf? War es nicht vielmehr ein Urlaub gewesen, ein Urlaub mit Arbeitseinheiten zwar, aber doch vor allem eine Reise in ein exotisches Land, wo er es sich hatte gutgehen lassen? Und das ganz unabhängig davon, dass das nicaraguanische Konsulat in Berlin ihm ein Visum mit »I« wie »Internacionalista« in seinen Reisepass gestempelt und seinen revolutionären Status damit amtlich beglaubigt hatte. Pauls Lieblingsort war ja nicht die Baustelle gewesen, sondern Casares, das kleine Fischerdorf am Pazifik, in das er immer wieder gefahren war, um ein paar Tage lang am Meer zu sitzen. Das fand er legitim, als Ausgleich für die geleistete Arbeit, zuerst mit der ganzen Brigade übers Wochenende, das Alfred in einer Hängematte komplett verschlief, dann allein und schließlich in einem spontanen Entschluss zusammen mit Sigrid. Da es für eine hellblonde Frau schwieriger war, sich ungestört im Land zu bewegen, als für einen jungen Mann wie Paul, fragte sie ihn, ob sie sich ihm anschließen dürfe – oder vielmehr informierte sie ihn, dass sie mitkomme. An Gepäck nahmen sie nur eine kleine Tasche mit und für alle Fälle die Schlafsäcke, was brauchten sie schon, es war besser, die Hände frei zu haben, wenn man den Kampf um einen Platz in einem der Überlandbusse aufnehmen wollte. Da kämpfte jeder mit jedem, die Schwächsten mussten sehen, wo sie blieben und wie sie je eine Reise antreten würden.

Hartmut fuhr sie zum Busbahnhof.

»Ihr müsst früh genug da sein, sonst habt ihr keine Chance«, sagte er.

Als sie dort ankamen, hatte sich um den ächzenden Bus herum bereits ein vielarmiges, vielköpfiges, amöbenhaft zerfließendes, undurchdringlich zähes Gemenge aus Leibern gebildet, die, indem sie sich gegenseitig wegzuschieben versuchten, nur umso untrennbarer miteinander verschmolzen. *Eingespannt in eine einzige gemeinsame Bewegung!* Die, die versuchten auszusteigen, kämpften gegen die, die hineindrängten, an der Vordertür beim Fahrer genauso wie ganz hinten, an der Rückseite, wo eine Doppeltür auch während der Fahrt offenstand, weil eine Menschentraube an der Außenhaut hing. Zwei Leitern, die aufs Dach führten, boten Haltegriffe, doch die Wagemutigsten klammerten sich auch aneinander fest, Körper an Körper, so dass die, die ganz außen hingen, keinen direkten Kontakt mit dem Fahrzeug zu haben schienen.

Auch oben auf dem Dach hockten dicht gedrängt Leute mit Säcken und Körben und Plastikbündeln, Holzbalken und anderem Baumaterial. Dazwischen fanden Paul und Sigrid ein Fleckchen, wo sie sich auf einen Sack Bohnen setzen und am Dachgepäckträger festklammern konnten, neben ihnen eine alte Frau mit einem Korb voller Hühner, deren Füße so zusammengebunden waren, dass die Krallen oben herausragten wie ein Dornengestrüpp und die armen Tiere, die kopfunter in den Korb hineingackerten, vergeblich mit den Flügeln schlugen. Von hier oben konnte man die Aussicht genießen und hatte frische Luft. Der Fahrtwind kühlte, als sie endlich die Stadt hinter sich ließen und hinausfuhren in eine weite, wilde, herrlich grüne Berglandschaft mit schroffen Vulkankegeln, violettem Gestein, Kokospalmen, Bananenplantagen und uralten Baumriesen entlang der Straße, so dass Paul sich nicht gewundert hätte, wenn dort Affen herumgeklettert wären. Aber er sah nur Ziegen, die im Schatten grasten, Rinder und Pferde am Straßenrand und Hunde, überall Hunde.

In Diriamba nutzten sie den Stopp an einer Straßenkreuzung, um hinunterzuklettern und sich mit all den anderen, die in Richtung Pazifik wollten, an einer Tankstelle zu sammeln, denn von hier aus musste man trampen oder einen der kleinen privaten Transporter erwischen, die diese Strecke bedienten. Sie hatten Glück, ein offener Jeep nahm sie mit, auf dem schon eine Gruppe durcheinanderschwatzender Campesinos hockte. In einem zugeschnürten Sack steckte ein Schwein, von dem nur die Nase mit den Steckdosenlöchern zu sehen war. Das Schwein zappelte und schrie und pisste zum Vergnügen der Campesinos durch den Leinensack, so dass sich die Brühe auf dem Boden ausbreitete. Fünfzigtausend würde die Sau kosten, nuschelte ein zahnloser Mann mit zerfurchtem Gesicht, aber sie sei das Hochzeitsgeschenk für seinen Bruder, da fahre er jetzt hin. »No se vende!«

Die Straße verwandelte sich in eine Schotterpiste und bald nicht einmal mehr das, ein unbefestigter, staubiger Fahrstreifen voller Erdlöcher, auf dem der Fahrer sich seinen Weg suchen musste, abruptes Auf und Ab, es ging nur langsam und in vielen Kurven, scheppernd und klappernd voran. Sigrid hielt das Gesicht in den Wind, sie hatte die Augen geschlossen. Um sie herum bildete sich auf natürliche Weise ein Sicherheitsabstand, nur wenige Zentimeter, aber doch so, dass ihr keiner nahekam, als trüge sie einen unsichtbaren, undurchdringlichen Schutzmantel oder als probte sie schon einmal das Verschwinden. Immer wieder begegneten ihnen Ochsenkarren mit schweren hölzernen Rädern und Zugvieh, das sich vor Anstrengung im Geschirr schräg aneinanderlegte. Ein Campesino, beschattet von einem riesengroßen, runden Strohhut, prügelte auf seinen Esel ein, der das Gehen verweigerte. Er lebte wohl in einer der Hütten, die gelegentlich am Straßenrand auftauchten, mitten in der Wildnis, ohne Strom, mit nichts als einem Brunnen oder einer Quelle nicht allzu weit weg und mit ein paar mageren Tieren. Wer Glück hatte, gehörte zu einer der bäuerlichen Genossenschaften, die im Zuge der Revolution entstanden waren, die aber nur selten rentabel arbeiteten. Und wenn er ehrlich war, wusste Paul nicht, ob die Campesinos nicht sogar lieber einzeln und arm blieben, anstatt sich in so eine Gemeinschaft zu begeben. Müssten sie das nicht als Niederlage, als Eingeständnis ihrer Schwäche empfinden?

el celo – Eifer, Inbrunst, Neid
el paraje – Ort, Platz, Gegend
devolver – zurückgeben
cobarde – feige, niederträchtig
juzgar – beurteilen, meinen, glauben
la búsqueda – Suche
el anhelo – Sehnsucht

Auch in Casares gab es nicht viel, eine Tankstelle, einen Baseballplatz, der sich stolz Stadion nannte, eine Bar, unbefestigte Sträßchen, eine kleine Kirche, so lächerlich bunt wie eine Jahrmarktbude, vor allem aber das türkis gestrichene Hotel direkt am Strand, das Paul bereits zu einer Art Heimat geworden war. Da saß er neben Sigrid im Schaukelstuhl auf der schattigen Veranda unter Arkaden, trank eine Cola mit Rum auf Eis und blickte über den glitzernden Ozean. Die anbrandenden Wellen bauten sich hoch auf, brachen krachend und schäumend zusammen und rollten in unermüdlichem Tosen über den Sand. Weit draußen, wo das Meer in aller Ruhe Kraft sammelte, jagten Pelikane, vergoldet im Sonnenlicht, dicht über die gleißende Oberfläche, tauchten ihre Schnäbel wie Schöpfkellen ins Wasser, drehten ab, stiegen hoch und ließen sich gleich wieder fallen, ein Tanz an der Grenze der Elemente, wo sie, bucklige Luftgeister, im Lichterflirren zerfielen wie Wassertropfen und sich flügelschlagend neu zusammensetzten. Paul schaute mit zusammengekniffenen Augen. Sigrids Augen leuchteten so tiefblau, als würden sie ihre Farbe direkt aus dem Meer heraussaugen, so dass Paul, als er zu ihr hinsah, alles andere vergaß. Sie schaute ihn nicht an, schaute starr geradeaus, aber wie ihm schien, musste sie sich dafür anstrengen. In ihrer Erstarrung ließ sie erkennen, seinen Blick auf sich zu spüren. Sie teilten diesen Moment, und dieser Moment war ewig, war die ganze Welt und das unendliche Meer voller Bewegung und Stillstand. Hätte Paul all das, was noch geschehen würde, verhindern können, dann hätte er jetzt die Zeit angehalten. Verweile doch! Aber nichts, was geschehen soll, lässt sich aufhalten, nichts bleibt, wie es ist. Und war er nicht hierhergekommen, um die Welt zu verändern? Auch die Fischer hatten die Arbeit längst hinter sich, ihre Boote lagen fest vertäut auf den Holzrollen, auf denen sie aus dem Wasser ins Trockene gezogen wurden. Über den Bootskörpern, die blau, rot, gelb, grün leuchteten, vibrierte die Luft vor Hitze. Sigrid schlug das Buch auf, das auf ihrem Schoß lag, ausgewählte Werke von Makarenko.

»Als ich das letzte Mal hier war, da kamen in der Nacht sieben Schildkröten aus dem Meer und haben ihre Eier abgelegt.«

»Ehrlich?«, sagte Sigrid, ohne aufzublicken, während er weitererzählte, von den Sternen und von dem Mann mit dem Eiersack, den er am nächsten Tag auf einem Pick-up wiedergetroffen habe, unterwegs nach Managua, zum Markt, wo er die Eier dann wohl verkauft habe.

»Irgendwie fies, oder?«

»Gehen die denn nicht kaputt in einem Sack?«, fragte Sigrid.

Die Fischerboote waren Nussschalen, schmal und zerbrechlich, und es gehörte viel Geschick dazu, den richtigen Augenblick zu finden, um durch die Brandung zu steuern. Wenn sie früh am Morgen ausfuhren, mussten die Fischer ihre Boote in kürzester Zeit weit genug hinausschieben, um im selben Moment hineinzuspringen, den Außenbordmotor abzusenken und anzulassen und schräg durch die nächste Welle hindurch Fahrt aufzunehmen, bevor das Boot an den Strand zurückgeworfen werden konnte. Für die Erfahrenen war das kein großes Problem, doch Paul hatte einmal einen Jungen beobachtet, der offenbar noch keine Übung hatte. Ständig wurde er zurückgeschleudert. Mal klemmte der Motor, mal kam er nicht rasch genug ins Boot, mal stimmte der Winkel nicht, doch er versuchte es immer wieder, gab nicht auf, und als die kleine Flotte der Älteren schon nicht mehr zu sehen war, gelang es ihm schließlich doch, und Paul freute sich mit ihm, der sich mit einem tirilierenden Jauchzer und fröhlich summendem Motor entfernte.

Wenn die Fischer ein paar Stunden später zurückkehrten, war es nach den kühlen Morgenstunden schon wieder drückend heiß. Die Boote lagen dann wie gestrandete Wale im Sand und wurden rasch von den Dorfbewohnern umringt, die den Fang inspizierten und auch gleich zu feilschen begannen. In den meisten Booten krabbelten Langusten herum. Langusten waren das Brot der Küste. Man aß sie morgens, mittags und abends, Kinder nahmen die gepanzerten Ungetüme in die Hand, brachen ihnen ein oder zwei Beinchen ab, um sie auszuschlürfen, und warfen die mit den verbliebenen Gliedmaßen winkenden Tiere achtlos zurück. Offenbar bestand darin die Entlohnung der Kinder, denn sie halfen den Fischern, die Boote auf den Holzrollen aus dem Wasser zu ziehen. Paul bestaunte einen kleinen Fisch, der aussah wie ein Miniaturhai, kaum größer als die Langusten, und über ihm, aufrecht stehend, den Fischer, der die zappelnde Beute mit der Linken packte, um sie mit einem Messer, das er aus dem Gürtel zog, aufzuschlitzen. Um ihn herum sammelten sich die Kinder. Die Hand mit dem blitzenden Messer triefte von Tran und Blut. Fleisch- und Hautfetzen hingen an den Fingernägeln des Fischers, der die Blicke genoss, die er auf sich zog. Mit seinem schwarzen, halblangen, meernassen Haar unter der dunklen Baskenmütze und mit seinem muskulösen Oberkörper bot er für Paul das Urbild des Fischers, wie er hier seit Jahrhunderten existierte, die Finger hart und zerschunden von Salz und Seilen, die Füße knochig und fest auf den Planken des Bootes.

Ein Schwarm riesenhafter, bunt schillernder Libellen zog vorbei. Der Strand wurde bevölkert von Krebsen aller Arten und Größen, die ziellos herumkrabbelten und nur eingesammelt werden müssten, doch niemand interessierte sich für sie. Neben Paul lag ein klapperdürrer, fleckiger Straßenköter auf den Dielen der Veranda. Winselnd zog er den Schwanz ein und fletschte die Zähne, als zuerst der Hund des Hauses wohlgenährt und majestätisch vorüberschritt, dann ein Haufen Kinder zwischen den Arkaden hindurch auf den Strand tobte. Der Hund drückte sich an ihn, Paul streichelte ihm die Ohren, zog die Hand aber rasch zurück, als er die Flöhe entdeckte, die da herumsprangen.

»Man muss die Kinder gewinnen«, sagte Sigrid, »und ihnen beibringen, dass es auf jeden Einzelnen ankommt. Sonst kann die Revolution nicht gelingen. Jeder persönliche Erfolg oder Misserfolg muss als Gewinn oder Verlust für die gemeinsame Sache bewertet werden. Das müssen die Lehrer leisten. Diese pädagogische Logik muss jeden Schultag durchziehen. Die Kinder sind ja bereits Kollektivwesen, aber sie wissen es nicht. Schau sie dir an. Sie müssen nur noch begreifen, was das heißt, und die Sache verstehen, um die es geht.«

»Was sagt Makarenko übers Kollektiv?« Paul misstraute diesem strengen Gesicht, das vom Buchumschlag auf Sigrids Schoß durch eine Nickelbrille hindurch aufs Meer hinausblickte.

»Das Kollektiv ist kein Haufen, sondern ein sozialer Organismus, sagt Makarenko. Folglich besitzt es Organe. Organe für die Verwaltung, für die Koordination, für die Produktion und so weiter. Und all diese Organe arbeiten im Interesse des Kollektivs und der ganzen Gesellschaft, die sich aus vielen solchen selbstorganisierten Kollektiven zusammensetzt. Das heißt aber auch, dass nicht Einzelne darüber bestimmen dürfen, sondern am besten alle zusammen.«

»Dann wäre die Gesellschaft ein großes Lebewesen?«

»Könnte man so sagen. Die verschiedenen Kollektive arbeiten nicht bloß nebeneinander in guter Nachbarschaft. Sie sind voneinander abhängig wie Hirn und Herz und Leber und Niere. Der Organismus funktioniert nur im Zusammenklang.«

»Und der Zusammenhang stellt sich von ganz allein ein?« Paul hatte die Hand schon wieder zwischen den Hundeohren und spielte mit ihnen herum, ohne an die Flöhe zu denken. Der Hund seufzte vor Glück.

»Deshalb ist Makarenko Pädagoge, weil man bei den ganz Kleinen ansetzen muss für die Gesellschaft von morgen. Als Prinzipien nennt er Anordnung, Beratung, Unterordnung des Einzelnen unter die Mehrheit und Unterordnung des Kameraden unter den Kameraden, Verantwortlichkeit und gegenseitiges Einverständnis.« Sigrid nahm den schneidenden Ton einer Politkommissarin an. Ihre tiefe, raue Stimme übertönte mühelos das Donnern der Brandung.

»Das ist aber ziemlich viel. Und kompliziert. Wie gehen denn Verantwortung und Unterordnung zusammen? Das passt doch nicht. Denkt Makarenko eher demokratisch oder militärisch?«

»Kollektive Verantwortlichkeit ist eben etwas Neues, das musst du von klein auf einüben und darfst gar nicht erst in den kleinbürgerlichen Egoismus verfallen, den du nicht mehr loswirst. Die Lehrer müssen solche Organisationen in den Schulen aufbauen. Keine Moralpauken unter vier Augen, sagt Makarenko, sondern taktvolle und weise Lenkung des richtigen Wachstums des Kollektivs.«

»Hör doch auf«, sagte Paul, »das ist doch nichts anderes als dieses sozialistische Zerfleischungsritual, Kritik und Selbstkritik und so, da steht dann einer auf und macht sich selber zur Sau, bevor ihn die anderen zur Sau machen. Willst du das? Lass uns lieber was essen.«

Sigrid schaute ihn verächtlich an, erhob sich aber aus ihrem Schaukelstuhl und ging mit ihm hinüber zu einem der Tische im Innenraum, der ringsum von türkisblauen Säulen umgeben war, die eine Galerie mit gelb gestrichener Balustrade in der oberen Etage trugen. Von dort aus waren die Zimmer zu erreichen, einfache Bretterverschläge, nach oben offen, so dass sich in der Nacht und auch am Tage alle intimen menschlichen Laute im ganzen Haus verbreiteten: Husten, Röcheln, Schnarchen, Rülpsen, Gurgeln, Schmatzen, Stöhnen, Kratzen, Scharren, Furzen, Klappern, Flüstern, Schreien. Auf diese Weise entstand ein akustisches Kollektivwesen, ein Lautleib, der nie zu schlafen schien.

In Managua hospitierte Sigrid in einer Grundschule, die direkt ans Gelände der Baustelle angrenzte, wo jeden Morgen, wenn sie zu arbeiten begannen, die Kinder des Viertels aus allen Richtungen zusammenströmten. Sigrid schwärmte von den jungen Lehrerinnen und Lehrern, die den Kindern Lesen und Schreiben beibrachten, obwohl es an Stiften und Papier mangele, immerhin gebe es in jedem Klassenraum eine Tafel, an der die Kinder übten, und es sei mehr als beeindruckend, wie das Lehrpersonal die Kleinen im Griff habe, alle Klassen seien überfüllt, denn das Einzige, woran es in Nicaragua nicht mangele, seien nun mal Kinder.

»Und Hunde«, sagte Paul.

Ihn gruselte es immer ein wenig, wenn er von der Baustelle aus sah, wie die Kinder zum Fahnenappell antraten. Jeder gottverdammte Schultag begann damit, dass an den beiden Masten vor der Schulbaracke die rot-schwarze und die blau-weiß-blaue Flagge aufgezogen wurden, Fanfarenklänge ertönten dazu und die Hymne der FSLN. Dieses Komsomolzentum gehörte zur Erziehung, so schwor man die Kleinen aufs Kollektiv ein, doch auch wenn Paul einsah, dass das vielleicht gar nicht so verkehrt war, dass es doch tatsächlich darum gehen musste, so etwas wie Gemeinsinn sichtbar werden zu lassen, konnte er sich dieses militärische Ritual nicht schönreden, das Unwohlsein blieb, auch wenn die Kinder anschließend lärmend auseinanderstoben und demonstrierten, dass diese Übung ihnen nichts anhaben konnte.

el impedimento – Hindernis
la emboscada – Hinterhalt
los presos – Gefangene
rechazar – zurückweisen
la responsabilidad – Verantwortung
la venganza – Rache
condenado – verurteilt
considerar – bedenken, berücksichtigen

Vom Speisesaal aus konnte man bis unters Hoteldach schauen. Die Außenwand zum Meer hin war aufgeklappt, Innenräume waren nur ein Notbehelf, sie gierten nach Durchzug und frischer Luft, weil die Ventilatoren, die sich auf halber Höhe drehten, kaum etwas bewirkten.

»Langosta?«, fragte das pummelige Mädchen, das hier

bediente, wahrscheinlich die Haustochter, die Paul noch nie anders als schlecht gelaunt erlebt hatte, weil sie die Gäste verachtete, die den ganzen Tag verhockten und Bier tranken und Langusten aßen, auch wenn das Hotel von ihnen lebte. Paul verachtete sich ja selbst ein kleines bisschen, so als Vorhut des internationalen Tourismus in einem der letzten unerschlossenen Gebiete der Welt. Er konnte sich durchaus vorstellen, wie es in dreißig, vierzig Jahren an der Küste aussehen würde, vielleicht würde der Tourismus das Land heftiger revolutionieren als alle revolutionären Anstrengungen der Sandinisten, wer wusste das schon. Vielleicht wären die Langusten dann alle aufgegessen, das Meer leergefischt.

»Langosta, sí«, sagte er.

»Dos, por favor«, sagte Sigrid.

Das rosa Fleisch, das sie aus den breiten Hinterleibern der Schalentiere herauspulten, schmeckte unvergleichlich, leicht und nussig und ein wenig nach Meer, als hätte die Zartheit selbst sich vorgenommen, Materie zu werden. Bis in die Nacht hinein tranken sie eine Flasche *Victoria* nach der anderen, die ihnen das pummelige Mädchen wortlos auf den Tisch knallte, so dass das Bier jedes Mal überschäumte, und als sie schließlich die Treppe hinaufgingen, Sigrid dicht vor ihm, musste Paul, während er insgeheim ihren Hintern betrachtete, sich am Geländer festhalten, um zu verbergen, dass er schwankte. Warum fühlte er sich immer zu diesen Unnahbaren hingezogen? Beate war doch auch so eine gewesen, kleiner, fester und runder als Sigrid, die ihm fast schon mager vorkam. Weder die pumucklhafte Beate, die er vermisste, noch die herbe Sigrid waren das, was man schön nannte, aber sie verkörperten auf unterschiedliche

Weise etwas, das ihm entsprach, das ihn reizte, weil er es nicht begriff. Unbeholfen standen sie auf dem Flur vor ihren Zimmern, die direkt nebeneinander lagen, bis Sigrid sich endlich verabschiedete und Paul den Schlüssel ins Schloss seiner Zimmertür steckte und in seinem Verschlag verschwand.

Nebenan hörte er Sigrid rumoren, hörte ihr Bett knarren, als sie sich hinlegte, hörte, wie sie eine Wasserflasche öffnete und daraus trank, sogar ihr Atem war durch die papierdünne Holzwand deutlich vernehmbar, als würde das Geräusch von dieser Membran künstlich verstärkt, es war, als lägen sie direkt nebeneinander, ohne trennende Bretter zwischen sich, als könne er sie berühren, und während er sich fragte, ob er sie womöglich begehre, diesen hellhäutigen, schweißnassen Leib, den er sich nackt vorstellte und schimmernd in der Nacht, spürte er, wie er immer schwerer wurde und in den Schlaf hineinglitt, der ihn aufnahm wie einen lange vermissten Sohn, und so hörte er und hörte nicht die Schritte und die Zimmertüren, die sich öffneten und fast lautlos wieder zuschnappten, doch er sah mit geschlossenen Augen, wie sie sich seinem Bett näherte, das blaukarierte Hemd aufknöpfte und zu Boden fallen ließ, den Slip abstreifte und sich zu ihm legte, indem sie ihre Fingerspitzen über seine feuchte Brust und den Bauch und tiefer hinab ins Dunkel gleiten ließ, so wie auch er ihre Haut mit den Augen streichelte und deren samtigen Glanz im eigenen Inneren zu spüren meinte und erstaunt zur Kenntnis nahm, dass ihr Schamhaar so hell war wie das Haar auf ihrem Kopf, es leuchtete in der Dunkelheit, in die er nun bis auf den Grund hinabsank, *el sueño de la razón*.

Als er am nächsten Morgen erwachte, allein in seinem

zerwühlten, verschwitzten Bett, hörte er Sigrid nebenan *Nicaragua Nicaragüita* summen, hörte, wie sie die Tür öffnete und nach unten ging. Dort traf er sie wenig später Kokosstückchen kauend und mit einem Eiskaffee in der Hand im Schaukelstuhl an, wie sie über den leeren Strand und den wie glattgebügelten Pazifik schaute. Blau, so blau. Makarenko lag neben ihr. Die Fischer waren längst ausgefahren. Der Hund mit den Flöhen blickte Paul erwartungsfroh an und klopfte mit dem Schwanz auf den Boden.

»Hola!«, sagte Paul. »Cómo estás?«

4

»Ich fand's richtig, dass du nach Nicaragua gegangen bist«, sagte Beate. »Aber warum hast du dich nie wieder gemeldet? Du bist einfach verschwunden. Als ob du umgekommen wärst dort im Krieg oder so.«

Sie saßen im Café Adler am Checkpoint Charlie, vor dem dichtes Gedränge herrschte, so dass Beate ihn hineingeschoben hatte, um sie vor der Menschenmenge in Sicherheit zu bringen.

»Hätte sein können«, sagte Paul. »Es gab Tote.«

»Zumindest deine neue Adresse hättest du mir verraten können.«

»Aber du hast mich verlassen. Du bist abgehauen in Portbou. Was glaubst du, wie ich mich gefühlt habe, als ich gemerkt habe, dass du fort bist? Und jetzt tust du so, als ob ich dir gegenüber meldepflichtig wäre?«

Paul hatte die Lederjacke ausgezogen und präsentierte sein nicaraguanisches Leinenhemd und das absurde Heiligenmedaillon, das ihm, während Beate ihn musterte, zum ersten Mal ein kleines bisschen peinlich war.

»Hat mir ein kleiner Junge in Managua geschenkt«, sagte er. »Ist mir heilig.«

Der Grenzübergang, eigentlich nur für Alliierte und Diplomaten, sah aus wie eine überdimensionale Tankstelle.

Aus der Ferne war nichts als ein riesiges Dach zu erkennen, das als weißer Riegel quer über der Straße zu schweben schien. Das Wachhäuschen für den amerikanischen Posten, direkt vor dem Café Adler in der Straßenmitte, lag verlassen da und wirkte sowieso bloß wie eine lustige kleine Museumsinstallation angesichts der dahinter lauernden Grenzanlage mit Panzersperren, zwischen denen ein Zickzacklauf zu absolvieren war. Meistens parkte davor ein Jeep der US Army, jetzt standen dort zwei Polizisten, um die Anwesenheit einer freundlichen Obrigkeit anzudeuten. Die rot-weißen Schranken, die sich normalerweise vor jedem Fahrzeug kurz hoben und dahinter sofort wieder schlossen, standen senkrecht und zitterten leicht, als wären sie Fieberthermometer, die im Fleisch der Menschenmenge steckten.

Erstaunlicherweise gab es sogar freie Tische im Café, weil die, die im Westen ankamen, nicht gleich an der ersten Straßenecke einkehren wollten, um von da aus auf die Grenzanlage zu starren, sondern weiterzogen, um die Stadt ihrer Träume zu erkunden und ihren Osten für ein paar glückliche Stunden zu vergessen. Beate saß auf der grünen Bank im Eck, Paul ihr gegenüber mit dem Rücken zum Raum und zu den Fenstern, doch im Spiegel, der sich an der Wand entlangzog, konnte er erkennen, was draußen geschah. Da sah er auch sich selbst mit dem rot-schwarzen Fähnchen auf der Brust und den kahlköpfigen Mann am Nebentisch, der ihnen mit einem Sektglas fröhlich zuprostete.

»Arno Widmann von der *taz*«, flüsterte Beate. »Der sitzt immer hier, schreibt hier auch seine Artikel, weil's ihm in der Redaktion zu laut ist.«

Offenbar kannte er Beate als Kollegin der schreibenden

Zunft, denn Widmann stand auf und kam zu ihnen herüber, um ihnen die Geschichte zu erzählen, die er an diesem Abend schon x-mal erzählt hatte und in seinem Leben noch x-mal erzählen und aufschreiben würde, die Geschichte vom ersten Ossi. Als ihn die Nachricht von der Maueröffnung erreichte, konnte er es so wenig glauben wie alle anderen, machte sich aber als guter Journalist, der den Wahrheitsgehalt einer Information vor Ort überprüft, auf den Weg in den Osten. »Wenn es stimmt, lassen sie mich durch.« Doch die Grenzer ließen ihn nicht durch, sie hielten ihn auf. Aber die Grenze ist doch offen, habe er protestiert und zur Antwort bekommen: »Nur für unsere Leute!« So habe man ihn, der das Territorium der DDR widerrechtlich betreten habe, zurückeskortiert, wo er von den beiden Polizisten mit Freundlichkeit, von den Kellnerinnen des Cafés Adler mit Sekt und von einem sensationshungrigen Fotografen mit einem Blitzlichtgewitter empfangen worden sei: Der erste Ostler hatte die Grenze passiert! Widmann lachte. Beate und Paul hatten nun auch Sektgläser in der Hand.

»Arno«, sagte Widmann, als er mit Paul anstieß, und: »Auf die Grenzöffnung.«

»Auf die Menschen«, sagte Beate.

»Auf uns«, sagte Paul, den es mit einem leisen Stolz erfüllte, mit einem Mann der *taz* anzustoßen, der Zeitung, die er abonniert hatte, weil sie am gründlichsten und mit Sympathie für die Sandinisten über Nicaragua informierte. Er arbeitete zwar auch irgendwie bei den Medien, konnte aber nicht erwarten, dass ihn jemand kannte. Er war Redaktionsassistent beim RIAS, und davon erzählte er nun Beate, die wissen wollte, was er so treibe und wovon er lebe. Er musste dort Korrespondentenberichte in Empfang nehmen und die Tonbänder putzen, also Schmatzer und Störgeräusche rausschneiden und die Beiträge sekundengenau für die O-Ton-Nachrichten zurechtkürzen. Vor ein paar Tagen hatte er einen Bericht über den Besuch von Egon Krenz bei Gorbatschow in Moskau bearbeitet, da war es darum gegangen, dass Krenz um finanzielle Unterstützung gebeten habe, damit aber abgeblitzt sei und von Gorbatschow den Rat bekommen habe, mit Reformen nicht länger zu warten, denn man könne nicht gegen das eigene Volk regieren.

Fast jeden Tag meldete sich Elfie Siegl aus Moskau, kündete zwei Minuten dreißig an, räusperte sich umständlich und redete los, nachdem Paul das Band eingelegt, auf den Startknopf gedrückt und sein Okay gegeben hatte. Er schaute dann zu, wie die Spule sich mit einem schlappenden Geräusch drehte, und schob bei Versprechern oder Nebengeräuschen einen Papierschnipsel dazwischen, damit er die Stelle leicht wiederfinden würde. Am Schneidepult zog er das Band per Hand am Tonabnehmer vorbei, so dass aus den Wörtern grunzende Geräusche wurden, oder er spulte im Schnelldurchlauf, so dass nur noch ein Zwitschern zu vernehmen war, doch er hatte gelernt, punktgenau zu erkennen, wo er die Schnitte ansetzen musste. Schneiden, heraustrennen und die losen Enden verkleben, das konnte er in einer einzigen flüssigen Bewegung. Er liebte dieses Handwerk und sammelte die herausgetrennten Wörter und Sätze, um aus den Resten eine Zufallscollage zu machen. Der Abfall der Geschichte. Das, was nicht auf Sendung ging. Was aber doch auch dazugehörte zum Weltgeschehen.

War ein Beitrag zu lang, dann nahm er am Ende etwas weg. Das lernte man ja im Journalismus, mit dem Wichtigsten anzufangen und nach hinten hin immer dünner zu werden, und je professioneller die Berichterstatter waren, umso zuverlässiger konnte Paul ganz einfach Satz für Satz hinten abknabbern, bis er die Zeitvorgabe erreichte. Aus den Korrespondentenberichten setzte sich sein politisches Weltwissen zusammen. So erfuhr er vom armenisch-aserbaidschanischen Konflikt um Bergkarabach, von Unabhängigkeitsbestrebungen im Baltikum und im Kaukasus, von den Wahlen zum Kongress der sowjetischen Volksdeputierten, bei denen auch Dissidenten wie Andrei Sacharow einen Sitz erhielten. Glasnost und Perestroika, so legten es die Berichte von Elfie Siegl nahe, würden den Sozialismus nicht mehr retten, sondern kündeten den Zerfall der Sowjetunion an. Die Demokratisierung, die Gorbatschow eingeleitet hatte, weckte nationalistische Sehnsüchte und setzte eine Dynamik in Gang, die nicht mehr aufzuhalten war. Es war, als hätte Gorbatschow den Korken aus der Flasche gezogen, in der allerlei gute und böse Geister siebzig Jahre lang gefangen gewesen waren, so dass sie nun mit einer gehörigen Verbitterung und gewaltigem Bewegungsdrang hervorschossen. Dieses Bild vom Korken und der Flasche kam immer wieder vor in Beiträgen über die Sowjetunion, dann war Gorbatschow der Zauberlehrling, der der Dämonen nicht mehr Herr wurde. Die zweite russische Revolution, von der er sprach, war in Wahrheit die Abwicklung eines Staates oder bereitete sie vor, doch so weit konnte Paul nicht sehen und nicht denken, auch nicht in dieser Nacht. Die mächtige Sowjetunion würde so ewig bestehen wie die Berliner Mauer.

»War es das, was du gewollt hast?«, fragte Beate und kämmte sich mit allen zehn Fingern die Haare hinter die Ohren.

»Das ist die falsche Frage«, sagte Paul. »Wann kriegst du im Leben schon das, was du willst?«

»Was willst du denn, Paul?«

Beate hatte immer so etwas Absolutes, was Paul auf die Nerven ging. Aber das sagte er ihr nicht. Er konnte froh sein, diesen Job gefunden zu haben, der RIAS zahlte gut, und Redaktionsarbeit war auf jeden Fall besser als Taxifahren. So blöde er die antikommunistische Propaganda auch fand, die *freie Stimme der freien Welt* und das mitternächtliche Geläute der Freiheitsglocke vom Rathaus Schöneberg, so wenig Berührungsängste hatte er. Alles in allem fand er den RIAS gar nicht so schlecht, RIAS 2 brachte gute Musik, und auch wenn es ihm seltsam erschien, nach seiner Zeit in Nicaragua ausgerechnet hier zu arbeiten, hatte er einfach mal eine Bewerbung abgeschickt. In Nicaragua waren die USA der Feind, der die Contras finanzierte und das Land in den Krieg zwang. *El yanqui, enemigo de la humanidad!* In Westberlin waren die USA die Schutzmacht, Musik, Kino, Literatur, alles war amerikanisch geprägt, Amerika war Befreiung und Menschenrechte, und die Soldaten, die im Jeep an der Mauer entlangfuhren, sahen doch eigentlich ganz schnittig aus.

Er wusste nicht, ob dem CIA sein Aufenthalt in Nicaragua bekannt geworden war und ob er seither gar auf irgendeiner schwarzen Liste stand. Zum Vorstellungsgespräch eingeladen hatte ihn Hanns-Peter Herz, ein kleiner dicker Mann mit rundem, glattem Gesicht, tropfenförmiger Brille und mit Hosenträgern, der sich hinter einem riesenhaften Schreibtisch bequem im Stuhl zurücklehnte, die Arme hinter dem Kopf verschränkt, und freundlich mit ihm plauderte. Paul, der tief in dem ihm zugewiesenen Sessel versank, kam gar nicht zu Wort und wunderte sich, dass ein Vorstellungsgespräch so ablief, als ob allein seine Fähigkeit, interessiert zuzuhören und sich am Ende wieder einigermaßen formgerecht aus dem Polster aufzurappeln, getestet werden würde. Herz erzählte ihm von der SPD, von seiner Jugend in der Britzer Hufeisensiedlung, vom Mauerbau, als er mit einem Lautsprecherwagen über die Grenze hinweg den Osten beschallt hatte. Er war einer dieser sogenannten waschechten Berliner, durchaus sympathisch, obwohl er als Erstes mitteilte, dass er stolz darauf sei, wenn man ihn als Kalten Krieger bezeichne. Dabei hatte Paul keine Ahnung, dass er es mit dem ehemaligen Senatssprecher zu tun hatte, dem Vorsitzenden des Journalistenverbandes, und einem Mann, der in seiner Jugend von den Nazis als Halbjude eingestuft und verfolgt worden war. Am nächsten Ersten könne er anfangen, sagte Herz, erhob sich halb aus seinem Stuhl, stützte sich mit einer Hand auf dem Schreibtisch ab, um die andere, warm und fleischig, Paul zu reichen. Er solle sich am Montag in der Zentralredaktion melden.

So war er beim RIAS gelandet, obwohl er doch eigentlich schreiben wollte und mit dem Radio als Medium nicht so viel anfangen konnte. Da rauschte alles durch und vorbei und kam ihm oberflächlicher vor als geschriebene Artikel. Die Kollegen waren nett, ein junges, neugieriges Team, und diesen zupackenden Eindruck vermittelte auch der neue Chefredakteur, der eben erst vom Korrespondentenamt in Washington zurückgekehrt war und aussah wie Robert Redford. Paul hatte ihn nur ein einziges Mal gesehen, als er durch alle Räume und von Schreibtisch zu Schreibtisch ging, um sich vorzustellen und jedem die Hand zu schütteln: »Guten Tag, Claus Kleber.« Nein, Paul schämte sich nicht dafür, beim RIAS zu arbeiten. Beate hatte sich doch auch nie geschämt, für die FAZ zu schreiben. Worin bestand da der Unterschied?

»Schreibst du noch für die FAZ?«, fragte er, obwohl er es genau wusste. Schließlich blätterte er im Redaktionsdienst, meistens Montag bis Mittwoch, die Zeitungen durch. Die Pflicht, sich zu informieren, war Teil seiner Arbeit, und dabei entdeckte er immer wieder Artikel von ihr, was ihm jedes Mal einen schmerzlichen Stich in der Brust versetzte. Er hatte sie doch geliebt, so viel wusste er, und da, wo er sich von ihr losgerissen hatte, oder sie sich von ihm, war eine wunde Stelle zurückgeblieben, die langsam vernarbte. Aber was hilft das schon. *Wenn die Wunde nicht mehr schmerzt, schmerzt die Narbe*, wusste er von Brecht, ein Satz, der leider nur allzu richtig war, auch wenn es im selben Gedicht hieß: *Die Liebe beginnt wieder, bald ist es wie einst. Es wird gut.* Doch Paul wollte gar nicht, dass es wieder würde wie einst, denn damals hatte er noch viel mehr gelitten.

»Ich hab da jetzt 'ne feste Stelle als Kulturkorrespondentin für Berlin.«

»Ist es das, was du wolltest?«, konnte Paul sich nicht verkneifen zurückzufragen, schämte sich aber des hämischen Untertons und eines galligen Neidgefühls. Warum machte Beate immer das, was er gewollt hätte? Er hatte einen Wunsch noch gar nicht erkannt und für sich formuliert, da hatte Beate ihn schon wahrgemacht, als läge ihre Bestimmung darin, ihm zu zeigen, was er wollen könnte. Nur Nicaragua war nicht ihre Initiative gewesen, sondern seine, aber ohne sie wäre er auch da nicht hingeraten. Ohne sie und die Treffen in ihrer Küche, über Monate hinweg, mehrmals die Woche, in denen sie die *Ästhetik* Kapitel für Kapitel durchackerten, hätte er sich nicht als der Mensch herausgebildet, zu dem er erst durch diese gemeinsame Lektüre wurde. Sie saßen immer auf denselben Plätzen um den runden Tisch herum, Beate links von ihm, direkt vor dem Herd, auf dem das Teewasser köchelte, der Frieder gegenüber, die Haare zum Pferdeschwanz gebunden, damit sie ihm beim Lesen nicht ins Gesicht fielen, Jürgen mit seiner ewigen Wollmütze rechts, meist stehend und an den Küchenschrank gelehnt, weil er Probleme mit der Hüfte hatte, eine angeborene Dysplasie, die ihn an manchen Tagen leicht hinken ließ, ohne dass er je darüber klagte.

Umstandslos identifizierten sie sich mit denen, die fast fünfzig Jahre vor ihnen, im Jahr 1937, in der Küche von Coppis Eltern gesessen hatten, Coppis Mutter mit ihren von der Arbeit geschwollenen Füßen in einer Waschschüssel, der Raum sich langsam verdunkelnd. Eine Küche ähnlich der von Beate könnte es gewesen sein. Wie ausgeschnitten für alle Zeiten saßen sie da als Bild der Eingeschlossen- oder besser der Ausgeschlossenheit, denn um die Zelle der Damaligen herum war *nichts als Feindlichkeit* und *das Gefühl einer überwältigenden Niederlage*. Sie wussten, dass es lächerlich war, sich aus ihrer Wohlstandsbehaustheit heraus mit denen zu vergleichen, die im Nationalsozialismus als Kommunisten in den Untergrund gegangen waren und ihr Leben aufs Spiel gesetzt hatten. Doch wenn der Frieder und Paul ihre Erfahrungen am Bauzaun der WAA in Wackersdorf austauschten, wenn sie daran dachten, wie es sich anfühlte, vom harten Strahl eines Wasserwerfers weggeblasen zu werden, und was es bedeutete, einer Kette von Polizisten mit Helmen, Kampfanzügen, Schilden und Knüppeln gegenüberzustehen, dann konnten sie die Sätze unmittelbar nachempfinden, die sie lasen: *Jedes Wort musste aus der Machtlosigkeit herausgesucht werden, um jenen Ton zu treffen, mit dem wir uns seit mehr als vier Jahren Ausdauer, Zuversicht und Lebenskraft zusprachen.*

Aber reichte das? Was taten sie überhaupt, wenn sie sich mit ihrer Lektüre in Beates Küche einigelten? War die Welt so, wie sie ihnen von hier aus erschien? Verpassten sie nicht ihr Leben, wenn es nicht gelänge, das Gelesene umzusetzen in reale Aktion? War nicht auch diese Leserei eine Flucht? Schon die Romanfiguren hatten sich gefragt, *ob alle Beschäftigung mit Büchern und Bildern nicht doch nur eine gewesen war weg von den praktischen, überwältigenden Problemen*, und also ging es keineswegs um Bildung als Selbstzweck, sondern darum, handlungsfähig zu werden, wie vor allem der Frieder immer wieder betonte, und unausgesprochen um das Gefühl der Konspiration, das sie verband und für das auch Jürgen einstand, der in der Mittelamerikasolidarität und in einer Bürgerinitiative gegen die Volkszählung mitarbeitete, die, nachdem sie 1983 erfolgreich boykottiert worden war, jetzt tatsächlich durchgezogen werden sollte. Erst vor ein paar Tagen hatte ein schmächtiges Männchen, zitternd vor Angst, bei Paul geklingelt. Während seines Spießrutenlaufs durch Neuköllner Treppenhäuser musste er hinter jeder Wohnungstür die übelsten Verwünschungen und Drohungen befürchten. Zeugen Jehovas, die ihre Traktate hochhielten und über die Bibel sprechen wollten, oder Haftentlassene, die Zeitschriftenabos verkauften, hatten es leichter. Der Schweiß stand ihm auf der Stirn, über die sich zwei rote Striemen zogen, als hätte ihm jemand eins mit der Dachlatte übergezogen. So schnell wie möglich drückte er Paul die Unterlagen in die Hand und versprach, auch ganz bestimmt nicht wiederzukommen. Er werde in der kommenden Woche lediglich ein Zettelchen in den Briefkasten stecken. Zur Erinnerung. Paul hatte so ein Mitleid mit dem armen Kerl, dass er schon fast bereit war, den Fragebogen auszufüllen.

»Das darfst du auf gar keinen Fall!«, sagte Jürgen. Als Elektriker wusste er, dass die Ämter, seit sie mit Computern ausgerüstet wurden, die anonym erhobenen Daten sehr schnell personalisieren konnten. »Da reichen doch ein paar Lochkarten und ein einfacher Algorithmus.«

Jürgen kannte sich aus mit der neuen Technologie, er hatte einen Rechner zu Hause stehen, den er selbst zusammengebaut hatte. Für Paul war das ein Buch mit sieben Siegeln, er hatte seine Seminararbeiten noch mit einer mechanischen Schreibmaschine geschrieben, bis Jürgen ihm gezeigt hatte, wie leicht es ging, mit dem Computer Fußnoten oder ein Inhaltsverzeichnis zu erstellen, weil die Nummerierung sich automatisch veränderte, wenn man etwas einschob, wie der Zeilen- und Seitenumbruch sich permanent allen Ergänzungen im Text anpasste, wie einfach es war, Wörter zu überschreiben, Sätze zu löschen und ganze Absätze zu verschieben. Das hatte Paul so beeindruckt, dass er Jürgen fragte, ob er ihm nicht auch so ein magisches Schreibgerät bauen würde, und seither saß er vor einem hellbeigen Bildschirmkasten, der alle Sätze, die er hineintippte, in bernsteinfarbenen Buchstaben auf schwarzem Grund darstellte. Die Sprache begann zu leuchten! Jürgen zeigte ihm, wie man mit MS-DOS und WORD arbeitete, er fand das alles revolutionär, während Paul bemerkte, wie der Text sich verflüssigte und formbar wurde. So freundeten sie sich an, indem sie begannen, ein Register für die *Ästhetik* zu erstellen, ein Inhalts- und ein Personenverzeichnis anzulegen, das sie kontinuierlich ergänzten. Dafür eignete sich der PC hervorragend, während Paul sein Tagebuch weiter handschriftlich führte. Das war ihm zu persönlich, um es einer Maschine anzuvertrauen.

Jedenfalls geriet auf diese Weise die technische Basis des Schreibens und damit auch des Denkens ins Bewusstsein, und wenn sie in der *Ästhetik* auf die Frage stießen, *wie das Schreiben für uns überhaupt möglich* sei, dann merkten sie, wie die Sätze sich, bezogen auf eine andere Epoche und eine andere Technologie, veränderten. *Wenn wir etwas von der politischen Wirklichkeit, in der wir lebten, auffassen könnten, wie ließe sich dann dieser dünne, zerfließende, immer nur stückweise zu erlangende Stoff in ein Schriftbild übertragen, mit dem Anspruch auf Kontinuität.* Und während Jürgen, der auf Friedrich Kittlers *Aufschreibesysteme* und das nahe Ende der Gutenberg-Galaxis verwies, die Ansicht vertrat, damit habe Peter Weiss bereits die Textverarbeitung am Computer vorausgeahnt, die eine neue Form von Praxis darstelle, und während der Frieder abwägend mit dem Kopf wackelte, hielt Beate dagegen: Es sei doch wohl völlig unabhängig vom konkreten historischen Moment und der jeweiligen technologischen Basis das menschliche Grundproblem schlechthin, wie man überhaupt zu Erkenntnis und zu gültigen Aussagen komme. Jürgen meinte, erst der Buchdruck habe das menschliche Denken linear und damit auch chronologisch aus- oder vielmehr zugerichtet, es sei also kein Naturzustand und erst recht kein Verlust, wenn dieses Denken nach Ursache und Wirkung sich im digitalen Zeitalter verwandle und eine eher amöbenhafte Speicherform annehme.

Paul sagte, mit Sokrates: »Ich weiß, dass ich nichts weiß.« Das passte immer, auch wenn es gelogen war, denn Paul wusste ja gar nicht, dass er nichts wusste. Er ahnte bloß, wie ahnungslos er war.

»Und wofür bist du da zuständig, als Kulturkorrespondentin?«

»Im Grunde kann ich machen, was ich will. Eigentlich geht es darum, die Seele der Stadt zu verstehen. Ich kann über Frank Zander schreiben oder über Harald Juhnke, über die UFA-Fabrik oder über Kreuzberger Hausbesetzer oder über Mompers roten Schal, ich bin ganz frei. Und bisher haben sie alles von mir gedruckt.«

»Aber parteilich darfst du nicht sein. Oder? Weißt du noch, wie wir bei Peter Weiss gelesen haben, dass der Ich-Erzähler, bevor er nach Spanien geht, sagt, nur in seiner Parteilichkeit sei er zu Hause?«

»Was heißt das schon. Im Spanischen Bürgerkrieg begreift er doch, dass die Partei eben keine Heimat ist. Da bekam er es mit den Stalinisten zu tun.«

»Und trat in die KP ein.«

»Parteilichkeit bedeutet, die Dinge zu verstehen. Und niemals den eigenen Kopf aufzugeben. Sag mir lieber, warum du dich nie mehr gemeldet hast.«

Die Wahrheit war: weil er nach seiner Rückkehr nicht weiterwusste. Weil ihn die furchtbare Sache mit Sigrid und sein Versagen, seine Schuld fertigmachten. Weil er herumhockte und im Berliner Wintergrau depressiv wurde. Weil er sich vor Beate geschämt hätte. Weil er mit ihr nicht über Sigrid sprechen wollte. Weil er Sigrid vermisste. Und Beate womöglich auch. Aber das hätte er nicht zugegeben. Weil er sich mit seinem Brigadistennimbus wie ein Hochstapler vorkam und weil er nicht zurückwollte in die Vergeblichkeit, vor der er geflohen war.

»Weil ich nicht konnte«, sagte er. »Du hast etwas in Gang gesetzt, so wie man einen Zug auf die Schiene setzt, und dann ging's los, und ich bin woanders angekommen.«

»Dich setzt niemand auf Schienen, ich schon gar nicht. Das musst du schon selbst tun. Du bist deine eigene Schiene. Du baust dir deine Strecke unter den Füßen. Jeden Tag.«

»Aber vielleicht folgst du trotzdem einer festgelegten Bahn, ohne das zu kapieren. Du durchschaust nie, wer die Weichen für dich stellt.«

»Das sieht erst im Nachhinein so aus, dass du glaubst, dein Leben wäre zielgerichtet verlaufen oder irgendwie vorbestimmt und es gäbe für alles einen Grund und den schlichten Weg von A nach B. Aber da sitzt keiner im Stellwerk, der auf dich aufpasst. Tatsächlich bewegst du dich von Möglichkeit zu Möglichkeit, von Weiche zu Weiche und triffst in jedem Augenblick eine Entscheidung, auch wenn du das selber gar nicht merkst. Warum sind wir jetzt hier?«

»Weil wir uns zufällig getroffen haben.«

»Aber der Zufall verpflichtet zu nichts. Wir hätten uns ja auch bloß von Ferne zuwinken können. In jedem Zufall steckt ein Kern. So wie der Samen in der Frucht. Der kann sich dann zum Schicksal auswachsen.«

»Du bist mir nachgegangen.«

»Und du hast nicht nein gesagt dazu. Seit wann bist du wieder in Berlin?«

»Seit zwei Jahren.«

»Und warum hast du dich nicht gemeldet?«

Mein Gott, diese Penetranz. Beate hatte sich überhaupt nicht geändert. Hatte er sie wirklich geliebt? Oder hatte er es bloß geliebt, sie insgeheim zu lieben? Dann hätte er das eigene Lieben geliebt, also weniger sie als vielmehr sich selbst. Oder ist das dasselbe?

»Ich wollte ja gar nicht zurückkommen. Ich war eben wieder da. Hat sich so ergeben. Aber ich wollte was anderes.«

»Was denn?«

»Weiß ich nicht. Das muss ich noch rauskriegen.«

Beate schaute ihn mit ihrem Pumucklblick ungläubig an, ein bisschen mitleidig, so kam es ihm vor, was war er doch für ein Loser, und vielleicht hatte er sie ja auch deshalb gemieden, um sich diesen Blick zu ersparen. Lieber allein verzweifeln als neben ihr. Damit konnte er besser umgehen.

5

Um sechs Uhr begann der Arbeitstag auf der Baustelle mit einer Besprechung und der Aufgabenverteilung. Es war noch angenehm kühl, wenn sie vor der selbstgezimmerten Bauhütte im Morgenschatten saßen und Kaffee tranken. Víctor war immer einer der Ersten, als gehöre es zu den vordringlichen polizeilichen Aufgaben zu erfahren, was als Nächstes auf der Agenda der Brigade stünde. Und wer weiß, vielleicht war es ja so. Er war immer munter, das braune, runde Gesicht glattrasiert, und begrüßte jeden mit Handschlag, als wäre er der eigentliche Boss. Die Polizei, dein Freund und Helfer, dachte Paul, hier stimmte es wirklich. Jedenfalls sorgte Víctors Präsenz für Sicherheit. Es war ihnen noch nie etwas gestohlen worden, noch nicht einmal ein rostiger Nagel.

Hartmut, so zerknittert, als hätte er in der Camioneta übernachtet, informierte über den aktuellen Stand, bevor er aufbrach, um irgendwo eine Palette mit Zementsäcken, Abflussrohren oder Wellplatten fürs Dach aufzutreiben. Die Materiallage bestimmte die nächsten Arbeitsschritte. Hartmut befand sich immer in einem tänzelnden Zustand zwischen Kommen und Gehen, immer auf dem Sprung, und ließ, während er sprach, den Autoschlüssel um den Zeigefinger kreiseln. Die Pilotensonnenbrille nahm er auch am frühen Morgen nicht ab. Wenn er jemanden brauchte, der ihm beim Verladen half, meldete sich meist der sanfte Knut mit seinem runden Kindergesicht und den dunklen Locken. Er hatte gerade Abi gemacht, wartete auf einen Studienplatz in Medizin und nutzte die Zwischenzeit für den Trip in den Internationalismus. Knut trug nie etwas anderes als ein folkloristisches Überwurfhemd mit dem Logo der sandinistischen Frauenorganisation AMNLAE auf dem Rücken und störte sich nicht daran, dass Hartmut ihn deshalb »unser Mädchen« und manchmal sogar »unsere Luisa Amanda Espinoza« nannte. Knut schaute mit staunenden Augen um sich, als wäre er jetzt gerade eben erst zur Welt gekommen und könnte es gar nicht fassen, was es da alles zu sehen gab.

»Der Knut ist so gut«, brummte Sigrid gerne mit extratiefer Stimme, worauf Hartmut in einem seltsamen Singsang zu erwidern pflegte: »Das macht mir Mut, das macht mir Mut!« Dann war wieder Sigrid dran, die »Mich bringt's in Wut, mich bringt's in Wut« krächzte, was Hartmut mit einem wiehernden Lachen quittierte.

Alle gönnten dem guten Knut die Exkursionen mit Hartmut, denn auf diese Weise kam er in der Stadt herum, und auf der Baustelle war sowieso nicht viel mit ihm anzufangen. Da führte Alfred das Kommando, der als Einziger wirklich Ahnung hatte und wusste, was zu tun war. Er war zwar auch bloß Lehrer, Erdkunde oder so etwas Ähnliches, schien aber sein Leben weniger mit Menschen als mit Maschinen aller Art verbracht zu haben. Wenn Víctor sich von ihm erklären ließ, wie Trennschleifer, Rührwerk, Innenrüttler oder Fliesensäge funktionierten, lebte er auf. Keiner zeigte so viel Interesse an den Maschinen wie der Polizist, so dass es Alfred am liebsten gewesen wäre, wenn Víctor offizieller Teil der Brigade geworden wäre.

Angeschlossen hatte sich ihnen auch eine magere junge Hündin, die seltsame heisere Laute von sich gab.

»Sie knurrt nicht, sie gurrt«, sagte Hartmut und fing an zu trällern: »Cucurucucu paloma!«

»Dann nennen wir sie doch Paloma«, sagte Cornelia.

»Unser Friedenshündchen«, sagte Paul. »Kennen wir doch alle. Picasso. Der Hund mit Olivenzweig im Maul.«

Paloma lag jeden Morgen im schattigen Graben oder wartete neben der Bauhütte. Als würde sie damit eine Gnade gewähren, nahm sie die Essensreste entgegen, die Paul ihr mitbrachte, und warf sich ihm zu Füßen, indem sie sich auf den Rücken drehte und alle viere von sich streckte. Paloma hatte offenbar noch keine schlechten Erfahrungen mit Menschen gemacht. Sie bestand aus nichts als Hunger und einer unendlichen Zärtlichkeitserwartung, die bisher brachgelegen haben musste, so dass sie sich nun umso mächtiger austobte. Das borstige Fell war hellbraun und weiß gefleckt, womöglich gab es in ihrem Stammbaum irgendwann einmal eine Kuh, denn sie hatte diesen treuen, duldsamen Blick aus dunklen Knopfaugen, den Paul von Kühen kannte. Er liebte Paloma, und sie liebte die ganze Brigade, denn wenn Paul sie ausgestreichelt hatte, ließ sie sich von Rudi und Andrea vierhändig durchrubbeln, irgendwo gab es immer eine freie Hand oder Füße, so wie die von Elisabeth, die den Hund zu dreckig fand, um ihn anzufassen, ihn aber mit den Schuhen liebkoste. Sigrid knurrte bloß, wenn Paloma sie ansah. Sie ließ sich nicht erweichen.

Das Skelett der Produktionshalle aus wuchtigen Stahlträgern stand bereit. Sie nannten sie nicht Bau, sondern, weil

Hartmut immer so sagte, *construcción*. Jetzt ging es darum, in die doch eher schlichte Konstruktion die Betonplatten für die Außenwände einzusetzen und mit frisch angerührtem Beton zu verfugen. Alfred schnitt die Platten mit dem Trennschleifer zu. Gegen den Betonstaub trug er seine Schutzbrille. Haare, Bart, Gesicht und Arme ergrauten in kürzester Zeit, das verschwitzte T-Shirt, das auf dem Bauch festklebte, hatte sowieso schon lange keine Farbe mehr. Wenn er die Schutzbrille abnahm, entblößte er um die Augen herum einen Fleck nackter Haut in babyhaftem Rosa, was einen gespenstischen Eindruck machte. Ihn störte das nicht. Er wischte sich übers Gesicht, verteilte den Staub gleichmäßig, klopfte sich ab, setzte die Brille wieder auf und ackerte weiter bis zur Mittagspause, die er schnarchend in der Hängematte verbrachte.

Die schöne María mit ihren grellrot geschminkten Lippen, edler Adlernase, sehr langen schwarzen Haaren und immerzu lustig funkelnden Augen war zur Chefköchin ernannt worden. Da sie von Indios abstammte, nannten die Frauen sie *piel roja*, Rothaut, was sie sich gerne, ja mit Stolz gefallen ließ. Ihr assistierte Lucía, die alle Rezepte sämtlicher Traditionsgerichte kannte und die besten Tortillas im Barrio, ach was, in ganz Nicaragua backte. Faltig und eingeschrumpelt sah sie wie Marías Großmutter aus, war aber angeblich nur wenige Jahre älter. Die Frauen, das war Paul aufgefallen, alterten früh. Die dunkelhäutige Rosario López mit ihrer blond gefärbten Krause übernahm die Einkäufe. Wahrscheinlich war sie kaum älter als Paul, hatte aber schon fünf Kinder und zwei Ehen hinter sich. Ihren ersten Mann, einen Alkoholiker, hatte sie rausgeschmissen, nachdem er versucht hatte, sie und die Kinder zu schlagen, und, weil sie mit den Kindern auf die Straße lief, ersatzweise die ganze Einrichtung zertrümmerte. Der zweite war im Kampf gegen die Contras ums Leben gekommen, einen dritten wollte sie nicht mehr. »Männer machen Arbeit«, sagte sie, »ich schaff's allein.« Sie wusste, was es wann und wo auf den Märkten gab, und verstand sich darauf, manch seltene Delikatessen aufzutreiben, weil sie von Hartmut mit Dollars ausgerüstet wurde.

Wer Devisen besaß, konnte auf den Märkten alles kaufen, was in den staatlichen Konsumgenossenschaften fehlte, Fleisch vor allem. Planwirtschaft und freier Markt existierten nebeneinander, mit verheerenden Folgen für die Planwirtschaft. Wer etwas Brauchbares anzubieten hatte, verkaufte es zu besseren Preisen auf dem freien Markt, so dass die sozialistische Idee andauernd an der kapitalistischen Wirklichkeit zu Schanden ging.

»Ganz oder gar nicht«, sagte Hartmut kichernd, »das haben die Sandinisten noch nicht kapiert. Es gibt nicht ein bisschen Sozialismus, so wie es auch nicht ein bisschen Schwangerschaft gibt.«

Das Nebeneinander zweier Ökonomien ließ sich auch am Speiseplan ablesen. Jeden Tag dampfte in einem riesenhaften, unerschöpflichen Topf *gallo pinto*, das nicaraguanische Nationalgericht aus Bohnen und Reis. In einer rabenschwarzen, verbeulten Pfanne, die aussah wie ein Fundstück aus der Eisenzeit, backte Lucía ihre Tortillas über dem Feuer. Das war die Basis, und die meisten Menschen im Land aßen Tag für Tag nichts anderes. Die Frauen bemühten sich jedoch, ihren Gästen auch Hähnchen, Chorizos und manchmal sogar ein Schweinesteak zu bieten, irgendetwas lag eigentlich immer auf dem Rost, so dass sich der

Geruch von gegrilltem Fleisch mit dem Blütenduft der Trompetenbäume in der Mittagshitze mischte. »Wer hart arbeitet, muss gut essen«, sagte María, und es war für sie und ihre Kolleginnen ein Gebot der Ehre, diejenigen, die ihnen ein Gebäude mit neuen Maschinen und dazu ihre Arbeitskraft schenkten, bestmöglich zu versorgen. Paul dachte darüber nicht nach. Er wollte auch nicht wissen, woher das Fleisch stammte. An den armseligen Verkaufsstellen, über die man am Straßenrand stolperte, lagen die Fleischstücke auf einer Plastikplane direkt auf dem Boden und dünsteten, von Fliegen bedeckt, in der Hitze. In den staatlichen Läden gab es Fleisch nur mit Bezugsscheinen, vor der Verkaufsstelle im Barrio standen die Leute Schlange, und auch Gemüse war knapp und teuer.

Das Mittagessen, für das sie unter einem mit Bananenblättern gedeckten Baldachin zusammenkamen, war der Höhepunkt des Tages, zumal sich eine mehrstündige Pause anschloss, da es zwischen zwölf und sechzehn Uhr viel zu heiß war, um einen Hammer auch nur in die Hand zu nehmen. Sigrid saß dann zumeist mit ihrem Makarenko da und war vollkommen unansprechbar. Unterm Tisch hechelte Paloma und wartete auf die Brocken, die zuverlässig herunterfielen. Falls sie einmal vergessen wurde, stupste sie Paul mit ihrer feuchten Schnauze an und gurrte leise, denn sie wusste, dass er ihr nicht widerstehen konnte. »Siéntate«, sagte er dann zu ihr und hielt ihr, wenn sie sich brav gesetzt hatte, ein nach Fleisch riechendes Bröckchen vor die Nase, das sie ihm vorsichtig aus den Fingern nahm. »Dame la patita«, sagte er in der berechtigten Annahme, dass Paloma nur Spanisch verstand, und sie reichte ihm wortlos ein Pfötchen.

In der Nacht hatte er geträumt, Paloma sei auf den heißen Grill gesprungen, habe sich durch den Gitterrost hindurchgezwängt und auf die Glut gelegt wie auf ein Federbett. Paul schrie entsetzt auf, aber der Hündin machte das Feuer nichts aus. Umstoben von Funken schien sie zu schlafen. Paul versuchte, sie durch das Gitter hindurch herauszuziehen, und wie durch ein Wunder gelang ihm das sogar. Paloma schüttelte sich, als wäre sie nass geworden. Auf ihrem Fell waren weder Brandlöcher noch Ascheflecken zu entdecken. Als er dann aber ihren Kopf in die Hände nahm, um sie zu trösten, sah er, dass sie keine Augen mehr hatte. Da waren nur noch schwarze Höhlen, aus denen der Rauch quoll. Hunde haben eine andere Schmerzempfindlichkeit. Das wusste Paul auch im Traum und dachte ganz deutlich das Wort »Feuergefecht«. Er fragte sich, ob man Hunde züchten könnte, die überhaupt keinen Schmerz spüren würden. Keine Schmerzrezeptoren mehr hätten. Und ob das von Vorteil wäre oder ob solche Wesen sofort aussterben müssten, weil sie vor keiner Gefahr mehr auswichen. Man könnte solche Hunde in ihre Einzelteile zerlegen, ohne dass sie einen Mucks machen würden. Und könnten sie, wenn sie keinen Schmerz mehr empfinden, es noch genießen, gestreichelt zu werden? Kann man überleben, wenn man das nicht mehr kann?

Manchmal machte er nach dem Essen einen kleinen Spaziergang mit Paloma, immer wieder aufs Neue entsetzt von der Armut der Menschen und den Hütten, in denen sie sich einrichteten, obwohl ihr Viertel zu den besseren gehörte und es nicht nur die aus Brettern zusammengenagelten Unterkünfte gab, sondern auch gemauerte Häuser mit Vorgärtchen, in denen es unter Bananenstauden blühte. Die besseren Behausungen besaßen ein Blechdach, die einfachen nur eine Plastikfolie, aber in allen plärrte den ganzen Tag über der Fernsehapparat, amerikanische Serien, in denen blitzsaubere Familien mit rosigen Kindern in aufgeräumten Vororten lebten, Mütter in der Küche standen und die Väter den Rasen mähten. Die Sträßchen waren unbefestigt, aber alle wurden von einem breiten, betonierten Graben gesäumt, der abends die pünktlich niederstürzenden Wassermassen aufnahm. Man konnte die Uhr danach stellen. Die Regenzeit hatte begonnen. Es wurde schlagartig finster, goss eine halbe Stunde lang, als hätte jemand eine Schleuse geöffnet, eine Wand aus Wasser krachte herunter, ein täglicher Weltuntergang, der genauso abrupt endete, wie er begann. Danach brannte wieder die Sonne, das Wasser verdunstete auf den Wegen und schäumte in den Gräben, die tagsüber, leer und trocken, Kindern und Katzen als Spielplatz dienten. Die Luft war die ganze Zeit so feucht und schwer, dass sie sich kaum atmen ließ. Nicaragua ist ein Gewächshaus, dachte Paul, da wächst was. Immerzu.

abonar – verbessern düngen
bendito – gesegnet
el ramo – Zweig
la prenda – Pfand
lindo – hübsch, nett, zierlich

Am liebsten bediente er den Mischer, schaufelte vier Teile Sand und einen Teil Zement in den rotierenden Schlund, kippte einen Eimer Wasser hinterher und wartete auf den bulligen Harald, einen Schrank von einem Mann, dem es überhaupt nichts ausmachte, die Schubkarre mit der schwappenden Brühe über die Holzbohlen ins Gebäudeinnere zu balancieren. Sigrid hatte sich dort seit Stunden in die hinterste Ecke verzogen.

Weil er sich vergewissern wollte, ob sie überhaupt noch da war, ging Paul hinein, suchte nach irgendeinem Werkzeug und fragte Alfred, wie viel Beton er noch vorbereiten sollte.

»Mehr«, sagte der, »wir brauchen mehr«, während Paul in Sigrids Richtung schaute. Ausgerüstet mit Kelle und Wasserwaage verlegte sie Bodenfliesen in der zukünftigen Küche. Sie hockte auf ihren Fersen, so dass nichts von ihr zu sehen war als der karierte Hemdrücken und ihr rattenhafter, wie abgenagt wirkender Pferdeschwanz. Im Vorbeigehen erkannte Paul, dass auf ihrer Kelle ein toter Vogel lag, den sie intensiv betrachtete und mit dem Finger berührte. Er war etwas größer als ein Spatz, hellblau mit schwarzer Augenbinde, schwarzen Flügelspitzen und gelben Füßchen. Vielleicht hatte eine Katze ihn gebracht. Als er wieder am Mischer stand und sich auf die Schaufel stützte, beobachtete er, wie Sigrid an der Stirnseite des Gebäudes mit ihrer Kelle ein Loch in den sandigen Boden grub.

Wenn es an der Camioneta etwas zu reparieren gab, rief Hartmut mit einer hohen, verzweifelten Stimme nach ihr, als bräche er in Tränen aus.

»Sigrid! Sigrid!«

Wenn sie dann endlich kam, kicherte er, und sie verschwand unterm Fahrzeug oder beugte sich über den Motor, während er auf ihr Kommando das Gaspedal durchdrückte. Den leckenden Kühlschlauch abzudichten, war für sie als ausgebildete Kfz-Mechanikerin eine Kleinigkeit, und als der Wagen über Wochen immer langsamer wurde und kaum noch Anstiege schaffte, weil der Motor sich überhitzte und immer wieder Kühlwasser nachgefüllt werden musste, diagnostizierte sie eine defekte Zylinderkopfdichtung, deren Reparatur sie zwei Tage in Anspruch nahm. Sie zerlegte den Motor akribisch in Einzelteile, die sie auf dem frisch gegossenen Betonboden der Halle ausbreitete, um das Ganze dann wieder Stück für Stück zusammenzusetzen, nachdem Hartmut tatsächlich irgendwo ein brauchbares Ersatzteil aufgetrieben hatte.

Auch wenn Sigrid nach vollbrachter Tat keine Dankesreden zuließ und, nachdem sie sich die öligen Hände an einem Lappen abgerieben hatte, gleich wieder über ihren Fliesen hockte, war ihr die Anerkennung der Brigade sicher. Im Unterschied zu all den Lehrern und Studenten, die sich nützlich zu machen versuchten, wurde sie wirklich gebraucht. Wäre sie nicht dabei, hätte jemand wie sie eingestellt werden müssen, um sich um dieses störanfällige, per Frachtcontainer aus Berlin herbeigeschaffte Fahrzeug zu kümmern. Mit Paul sprach sie auf der Baustelle nie. Nach der Rückkehr aus Casares behandelte sie ihn wieder wie Luft, und seit sie nicht mehr in der *casa grande* wohnte, bekam er sie kaum noch zu Gesicht, zumal sie wochenweise nebenan in der Schule mitarbeitete. Beim Fahnenappell war sie mit ihrem hellen Haar und dem blaukarierten Hemd zwischen all den dunklen Kindern, den Erziehern und ein paar Soldaten in Uniform aus der Ferne gut auszumachen, bevor sie mit dem lärmenden Schwarm in einer der Unterrichtsbaracken verschwand.

Meistens arbeitete Paul mit Cornelia zusammen. Sie wechselten sich mit dem Schaufeln ab und betrachteten gegenseitig die Schwielen an ihren Händen. Wer gerade nicht dran war, die Mischmaschine zu füttern, sorgte dafür, dass immer genug Sand und Zement bereitlagen.

»Wir sind die Sandinisten der Brigade«, sagte Paul.

»Sand zu Beton«, sagte Cornelia. »Das ist Sandinismus.«

»Ich weiß nicht. Wollen wir die Verhältnisse nicht eher beweglich halten?«

»Ja klar«, sagte Cornelia und deutete auf ihre Füße, »dazu trage ich meine Sandalen.«

»Sandalismus«, sagte Paul.

Cornelia war fünfzehn Jahre älter als er, aber das spielte keine Rolle. Dass sie so alterslos wirkte, lag vielleicht auch daran, dass sie, wie sie erzählte, mit drei älteren Brüdern aufgewachsen war, neben denen sie selbst ein bisschen Kerl hatte sein müssen, auch um gegen ihren Vater zu bestehen, der zu viel trank und sie bei jeder Gelegenheit verprügelte.

»Solche Typen gibt's nicht nur hier. Männer, die nichts auf die Reihe kriegen, aber den dicken Max markieren. Bei uns waren das die, die aus'm Krieg kamen. Die waren kaputt. Davon gab es viele. Aber nützt ja nichts. Das war meine Kindheit.«

Sie konnte zupacken, war kräftig und unerschrocken, vor allem aber immer gut gelaunt. Nichts erinnerte an die Depressionen, von denen sie erzählte, das musste an Nicaragua liegen und an ihrer gemeinsamen Arbeit, die auf die Zukunft ausgerichtet war. »Revolution ist das Gegenteil von Depression«, sagte sie. »Sie ist eine Therapie, weil sie die Hoffnung stark macht.«

In Berlin hatte Paul sich gleich im ersten Semester in die fünfzehn Jahre ältere Kathrin verliebt, oder eher sie sich in ihn, das war ihm nicht ganz klar. Sie war nicht nur älter, sondern auch erfahrener, was er aufregend fand, als könne er sich bei ihr an eine andere Epoche anschließen. Anfang der siebziger Jahre war sie bei der Besetzung des leerstehenden Bethanien-Krankenhauses am Mariannenplatz dabei gewesen, und wenn sie ihm davon erzählte, kam Paul sich vollkommen unbedarft vor, weil er in seiner Protestbiographie damals nichts als ein paar Ostermärsche, Friedens- und Anti-AKW-Demonstrationen vorzuweisen hatte.

Kathrins Interesse schmeichelte ihm, er hatte keine Ahnung, was sie an ihm finden könnte, er hielt sie für klüger als sich, erfahrener sowieso, vielleicht erinnerte er sie an jemanden oder es lag einfach nur an seiner Jugend. Jedenfalls lud Kathrin ihn zum Essen ein, und so saß er dann mit ihr und ihren beiden Töchtern am Tisch, die ihm, fünfzehn die eine, siebzehn die andere, altersmäßig näher waren als Kathrin, und vielleicht erinnerte sie ihn tatsächlich ein wenig an seine Mutter, das dunkle Haar, die knochige Statur, so dass es ihm – die Töchter verabschiedeten sich bald ins Bett – nicht ganz geheuer war, mit ihr auf dem Sofa herumzumachen und sich dann ins Schlafzimmer ziehen zu lassen, wo sie sich ihm in langen schwarzen Strümpfen präsentierte, die oben mit Strapsen befestigt waren. Sie benutzte ein Pessar, was Paul zuvor noch nie gesehen hatte, eine Art Gummistöpsel, den sie mit einer chemisch riechenden Paste bestrich, bevor sie ihn einsetzte. Paul tat, was sie von ihm verlangte, wobei sie so laut stöhnte und schrie, dass er fürchtete, die Töchter würden wach werden und gleich ins Zimmer stürmen, um die Mutter zu retten, weshalb er sich mitten in der Nacht anzog und ging. Er wollte nicht am nächsten Morgen als Liebhaber der Mama mit den Töchtern frühstücken müssen. Als er Kathrin das nächste Mal in einer

Kneipe traf, ließ er sich nicht noch einmal zu ihr nach Hause locken. Sie bezeichnete ihn deshalb als »Krawattenmann«, obwohl er noch nie im Leben eine Krawatte getragen hatte. Sie meinte damit einen von denen, die einen Knoten im Hals und Angst vor Sex haben. Damit hatte sie womöglich sogar recht. Er war dieser Sache nicht gewachsen. Der Altersabstand überforderte ihn.

Cornelia war noch ein paar Jahre älter als Kathrin, aber es ist doch ein Unterschied, ob man mit einer Frau schlafen oder Beton mischen soll. Aus den sporadischen Hinweisen, die sie gab, wenn der Mischer mal schwieg, konnte Paul sich allmählich eine Vorstellung von ihr machen. Cornelia arbeitete im Finanzamt in Hannover. Eigentlich hatte sie eine sozialpädagogische Ausbildung absolviert, durfte aber nicht als Erzieherin praktizieren, da sie, zuerst mit siebzehn und dann immer wieder, versucht hatte, sich umzubringen, und deshalb zu ihrem Schutz für einige Zeit in der Psychiatrie gelandet war. Stattdessen kam sie in der Verwaltung unter, und so wurde aus ihr eine Finanzbeamtin. Nichts hätte weniger zu dieser Frau mit den kurz geschnittenen Haaren, dem frechen Grinsen und der Latzhose gepasst, fand Paul, wenn sie neben ihm am Mischer stand oder wenn sie zusammen oben auf den Stahlträgern hockten und die Dachplatten befestigten. Paul bohrte die Löcher, Cornelia steckte die Schrauben durch und zog sie fest. Einen weniger beamtenhaften Menschen als sie konnte er sich nicht denken. Dabei würde Cornelia gerade aufgrund ihrer Finanzkenntnisse und des Berufs, der ihr zuwider war, die Einzige von ihnen sein, die langfristig im Land bleiben würde, indem sie Verwaltung, Organisation und Buchhaltung der Kooperative übernehmen und also zu einer Art Leiterin aufsteigen würde, während alle anderen, selbst Hartmut, früher oder später in ihr altes Leben zurückkehrten und Paul zwar darüber nachdachte, länger oder gar lange zu bleiben, dabei aber sein Abflugdatum im Kopf behielt, auch wenn er es immer wieder aufschob.

»Wenn die Absatzmärkte zusammenbrechen, nützt es nichts, mehr zu produzieren«, erklärte Cornelia, die sich die Probleme der Frauen geduldig anhörte.

Paul verstand das als berechtigten Einwand gegen den Sinn ihres Projektes, wollte sich davon aber nicht demotivieren lassen. Er hatte keine Vorstellung, wie schwer sich die Kooperative tat und dass diese Schwierigkeiten mit einer größeren Produktionsstätte und schnelleren Nähmaschinen keineswegs zu beheben waren. Die Nica-Hemden und die bunten Hosen, die die Frauen herstellten, wurden an Dritte-Welt-Läden in Europa geliefert, vor allem aber an staatliche Verkaufsstellen im Norden des Landes, die zwar garantierte Mengen abnahmen, die aber nur bis zum nächsten Contras-Überfall existierten, so dass die Frauen, wenn wieder mal eine Verkaufsstelle zerstört worden war, auf ihren Hosen sitzen blieben und nicht wussten, wovon sie neuen Stoff kaufen sollten und wann sie sich ihren Lohn auszahlen könnten.

Vielleicht wäre eine betriebswirtschaftliche Schulung wichtiger gewesen als die Erweiterung der Kapazitäten. Vorerst jedoch stand Cornelia neben Paul am Betonmischer, also eigentlich weit unter ihren Möglichkeiten und vor allem fern jeglicher Notwendigkeit. Víctor kam, die blaue Polizeimütze in der einen, das Gewehr in der anderen Hand, aus dem Eingang der *construcción*, streckte einen

Daumen nach oben und verschwand in Richtung seiner Wache.

»Was will der hier eigentlich die ganze Zeit?«, fragte Cornelia.

Paloma hatte sich neben ihnen im Sand zusammengerollt, wo es feucht und ein bisschen kühler war. Die Vibrationen der Maschine machten ihr nichts aus. Seufzend steckte sie die Schnauze unter den Schwanz und versuchte, ihren eigenen Schatten auszunützen.

»*Jeder nach seinen Fähigkeiten, jedem nach seinen Bedürfnissen*«, zitierte Paul Karl Marx. »Oder was meinst du, Paloma?«

»Wer sagt denn, dass unsere Bedürfnisse und unsere Fähigkeiten übereinstimmen?«, entgegnete Cornelia. »Vielleicht willst du was ganz anderes als das, was du kannst. Soll man sich dann im Zweifelsfall an den Bedürfnissen orientieren? Und wer kennt seine Bedürfnisse und seine Fähigkeiten überhaupt so genau?«

»Der Hund«, sagte Paul. »In der kommunistischen Gesellschaft gibt es keine Arbeitsteilung mehr und damit auch keinen Gegensatz zwischen körperlicher und geistiger Arbeit.«

»Und wer füllt dann den Betonmischer?«

»Das wird automatisiert. Dann gibt es Roboter für alle geistlosen Tätigkeiten. Der Mensch ist frei von allem, was ihn versklavt. Im Reich der Freiheit gibt es keinen Zwang, keine Notwendigkeit mehr.«

»Träum weiter, junger Mann«, sagte Cornelia.

»Und im Übrigen entspricht es doch genau unserem Bedürfnis, jetzt hier zu sein, genau so, als Hilfsarbeiter auf'm Bau, sonst hätten wir auch zu Hause bleiben können. Wir wollen helfen. Wir wollen solidarisch sein. Dafür sind wir Brigadisten. Ob fähig oder nicht. Es ist unser Bedürfnis. Und vielleicht ist es gar nicht so wichtig, ob wir den allerbesten Beton mischen, weil es vor allem darum geht, dass wir es tun. Dass wir überhaupt etwas tun. Dass wir ein Zeichen setzen.«

»Wenn wir uns schon in Arbeiter verwandeln, dann wollen wir doch aber auch guten Beton machen. Eine solide Halle bauen. Eine, die hält. Es geht doch nicht um dein Gefühl dabei, Paul. Es geht um das Ergebnis.«

»Ja klar«, sagte Paul. »Aber vielleicht bilden wir uns das ja auch bloß ein? Die sandinistische Revolution gelingt doch nicht mehr oder weniger, weil wir hier mitarbeiten. Und wenn, dann nicht wegen der Halle, sondern weil Solidarität eine Kraft ist. Wir sind symbolisch wichtig, Cornelia, vor allem symbolisch.«

»Leider war Marx ein verdammt miserabler Psychologe. Das Problem ist doch, dass viele Menschen sich komplett falsch einschätzen. Die glauben dann, sie wären tolle Künstler, und produzieren nichts als Kitsch. Oder sie halten sich für Proletarier, nur weil sie auf einer Baustelle sind. Oder für Brigadisten, weil sie hier sind.«

»Und wie willst du das lösen? Indem dir jemand erklärt, worin deine Fähigkeit besteht? Wer soll das denn sein? Die Eltern? Der Staat? Der Markt? Die Partei? Dann bist du doch wieder bei derselben alten autoritären Kacke, die es zu überwinden gilt. Marx' *Fähigkeiten und Bedürfnisse* schließen den Irrtum und die Selbstverblendung ein. Das ist das Risiko. Aber in einer wirklich freien Gesellschaft gleicht sich das aus.«

»Dann schaufel weiter, Bedürftiger«, lachte Cornelia.

»Dein Risiko«, sagte Paul.

Das Brigadistendasein hatte er sich, wenn er ehrlich war, anders vorgestellt, irgendwie heldenhafter. Aber er wusste, dass Vorstellungen dazu da sind, sich vor der Wirklichkeit zu blamieren. Er lag nach dem Mittagessen in der Hängematte und hörte im Halbschlaf die Stimmen der anderen, ohne einzelne Wörter unterscheiden zu können, hörte Alfred in der anderen Hängematte schnarchen, hörte Hartmuts grelles Gelächter, Haralds brummenden Bass, Sigrids Reibeisenstimme, schlurfende Schritte, Hühnergackern, Tellerklappern, María und Lucía spülten ab, Kindergeschrei, Klackerkugeln, eine Autohupe. Er schaute nach oben in den blassen, heißen Mittagshimmel, die flirrende, staubige Luft und die unbewegten Blätter des Trompetenbaums. Die Schwielen an seinen Händen bewiesen immerhin, dass er nicht völlig nutzlos war. Es ging voran mit dem Bau, von Woche zu Woche ließen sich Fortschritte erkennen, und wenn er lernte, Betonverschalungen zu verschrauben, dann war das doch auch etwas.

Ein Brigadist war für Paul ein Kämpfer für die gerechte Sache. Seine Vorstellung von Internationalen Brigaden hatte sich in Beates Küche herausgebildet, als sie im Spanienkapitel der *Ästhetik* ankamen und mit dem Erzähler im November 1937 zunächst in Barcelona und dann über Valencia in Albacete eintrafen. Seit einem Jahr bereits kämpften die Truppen der Republik zusammen mit den Internationalen Brigaden gegen die von Hitler unterstützten Truppen Francos, und vielleicht wäre der Kampf gegen den Faschismus erfolgreicher verlaufen, wenn die Republikaner sich nicht zugleich auch gegenseitig bekämpft hätten, indem die moskautreuen Kommunisten gegen die Anarchisten Krieg führten, mit denen insbesondere der Frieder sympathisierte. Durruti, *die Verkörperung des ungezähmten, von keinen Parteistreitigkeiten behelligten Volkswillens*, war Frieders und auch Pauls Held. Wäre Durruti nicht schon im November 1936 bei den Kämpfen um Madrid gefallen, hätte sich eine vollkommen andere Gemengelage ergeben, behauptete der Frieder, der auch Enzensbergers *Der kurze Sommer der Anarchie* zur Lektüre mitbrachte. Mit Durruti wäre ein Bündnis zwischen Anarchisten und Stalinisten möglich gewesen, weil nur er es vermocht hätte – und das war dann schon wieder Peter Weiss –, *die Ideale der Revolution, die mitreißende Solidarität der Initialzeit mit der zentralisierten Staatsführung, dem effektiven Militärapparat zu verbinden.*

Beate sagte an dieser Stelle, das komme ihr so vor wie der Verlauf einer Liebesgeschichte, wo doch auch auf die »mitreißende Solidarität der Initialzeit« früher oder später die Disziplinierung durch den Alltag folge, der man sich zu unterwerfen habe, vom Rauschhaften in die Bündnispolitik sozusagen. Vielleicht dachte sie dabei an Javier, dessen Antworten auf ihre Briefe immer seltener und immer kürzer wurden. Nein, widersprach Jürgen, der wie immer am Küchenschrank lehnte, so einfach dürfe man individuelles Erleben nicht aufs Kollektiv übertragen; eine Partei oder ein Militärapparat sei doch von vornherein kein liebesfähiges Subjekt, sondern eben eine Organisation mit ihren eigenen Gesetzen. Und doch, hielt Beate dagegen, seien es einzelne Subjekte mit all ihren Affekten, die diese Organisationen bestimmten, und gerade bei Peter Weiss lasse sich nachlesen, wie groß der Einfluss Einzelner gewesen war. Bei den Anarchisten schien ihnen allen die emotionale Teilhabe größer zu sein, sie waren dem Geschehen näher, eben weil sie sich nicht den Apparaten unterordneten, doch genau deshalb mussten sie den Kommunisten unterliegen, nicht gut genug organisiert, zu abhängig von Zufällen, zu unrealistisch in der Einschätzung ihrer Kräfte und Möglichkeiten. Schon wegen ihrer rot-schwarzen Fahne lag es für Paul nahe, in den Anarchisten Vorläufer des Sandinismus zu sehen, der doch auch auf die Mobilisierung der Leidenschaft setzte und an der Disziplin scheiterte. Das Militärische verstand Paul als eine aufgezwungene Notwendigkeit, die Disziplin als etwas Wesensfremdes und doch Unvermeidliches. So wie die spanischen Republikaner gegen die Faschisten kämpften, so kämpfte das nicaraguanische Volk gegen die Contras, und damals wie heute besaß der Feind mächtige militärische Verbündete.

Weiss schwelgte in Landschaftsbeschreibungen, ließ alte Olivenbäume im Licht und Weintrauben in breiten Körben aufleuchten, und über die staubigen Wege zogen Eselskarren, wie Paul sie in Nicaragua wiederfand, als ob die Zeit, die im Spanien der dreißiger Jahre schon stehen geblieben war, hier immer noch stillstünde und der Krieg, damals wie heute, eingebettet wäre in Traditionen, die von all den Toten, den Ideologien, den Auseinandersetzungen vollkommen unberührt blieben. Die üppige Vegetation würde alles überdecken und wucherte einfach weiter, die Ochsen trotteten unverdrossen ihrer Wege. Gab es Geschichte überhaupt oder war es ein menschlicher Irrtum – und Irrsinn – zu glauben, den Lauf der Dinge verändern zu können, indem man sich gegenseitig umbrachte?

Die internationalen Brigadisten in Spanien waren tatsächlich an die Front gegangen, zumindest 12 000 der insgesamt 35 000 Freiwilligen aus ganz Europa und Nordamerika zogen in den Kampf. Jürgen schrieb alle Zahlen heraus und hatte sie bei Bedarf parat. Viele kamen ums Leben, wie das berühmte Foto des fallenden Soldaten von Robert Capa zu beweisen schien. Als Alternative zum obligaten Che-Guevara-Poster war es in zahlreichen WG-Zimmern zu finden, obwohl es Zweifel an der Echtheit des Bildes gab. Auch Paul hatte den tödlich getroffenen Milizionär, der, ob gelungener Schnappschuss oder bloß nachgestellt, im Sturz sein Gewehr fallen ließ, jahrelang über seinem Bett hängen: ein Sterbender, der als politisches Statement diente, Pauls Träume aber nicht berührte. Ob der Tote als Plädoyer für Pazifismus zu verstehen war oder vielmehr und ganz im Gegenteil für die Notwendigkeit militärischen Widerstands, variierte von WG zu WG. Weit verbreitet war auch das ganz ähnliche Plakat mit einem im Vietnamkrieg sterbenden amerikanischen Soldaten, auf dem in Großbuchstaben stand: Why?

Für die fünftausend deutschen und österreichischen Freiwilligen hatte die Entscheidung für die spanische Republik auch deshalb eine ganz andere Tragweite als Pauls doch eher friedliche Reise nach Nicaragua, weil es für sie kein Zurück mehr gab. Nach der Niederlage blieb ihnen nur das Exil, eine ungewisse Zukunft lag vor ihnen, während Paul jederzeit nach Hause fliegen und an sein bisheriges und im Übrigen völlig ungefährdetes Leben anknüpfen konnte. Und doch fand er sich in den Empfindungen der Damaligen wieder, wenn er sich aus seiner Hängematte heraus daran erinnerte, wie der Frieder, der auch beim Lesen nicht stillsitzen konnte, mit unterm Tisch vibrierenden Beinen vorgetragen hatte, indem er jedes A in ein niederbayrisch getöntes O verwandelte: *Olles wor bisher ein Onreisen, ein erstes Aufspüren gewesen, jetzt woren wir tief in einem Lond, dos wir schon, ohne noch dessen Sproche zu kennen, ols unser eignes onsohen.*

Ja, dachte Paul und schaukelte sanft in der Hängematte, so ist es, genau so ging es ihm auch, und Frieders Stimme sagte in seinem Kopf: *Jeder unserer Schritte wor Bewegung in einer orgonischen Gesomtheit.* Nur dass Paul diese *Gesomtheit* nicht überblickte, dass auch diese *Gesomtheit* eher eine Sache seiner Einbildungskraft war und außerhalb seines Wunschdenkens vielleicht gar nicht existierte. Was wusste er schon von diesem Land, das er als »unser eigenes« erlebte, wobei dieses »Wir« ganz und gar unbestimmt blieb. Es umfasste die Brigade und die Frauen der Kooperative ebenso wie die sandinistisch gestimmte Nachbarschaft, die sandinistische Führung und die ideelle Gesamtheit eines revolutionären Bewusstseins, aus dem dann aber all die Unwilligen, die Desinteressierten, die Oppositionellen, die feindlich Gesinnten abzuziehen wären, die es im Land ja auch gab, wo streng genommen keine einzige Seele ganz und gar eindeutig und ausschließlich einer einzigen Seite zuzuschlagen war. Wer keinerlei Zweifel hatte, war doch schon fast eine Gefahr. Von den dreißig Frauen der Kooperative kannte er nur wenige, von den meisten wusste er noch nicht einmal den Namen, kannte bloß die Gesichter, die sich Tag für Tag über die alten, zum Teil mit den Füßen angetriebenen Nähmaschinen beugten. Die Frauen saßen dicht beieinander in der viel zu kleinen Holzbaracke, die zuvor als Sanitätsstation gedient hatte. Wenn Paul durch das große Schiebetor hineinschaute, winkten und lachten sie ihm zu, riefen »Hola, Pablo!« und machten lockende Geräusche, die Nähmaschinen ratterten weiter, Amalia warf ihm Kusshändchen zu, María spitzte ihre kirschrot geschminkten Lippen zum Kuss aus der Ferne, Paul lachte, nahm es als Spiel, als Neckerei, als Zeitvertreib und fühlte sich doch geschmeichelt.

In der Lesegruppe hatten sie sich über die Gewaltfrage fast zerstritten, die in Spanien 1937, in der Konfrontation mit dem Faschismus, relativ einfach zu beantworten war, in der deutschen Gegenwart des Jahres 1986 aber unlösbar schien. Der Erzähler der *Ästhetik* trat als Sanitäter in eine *Armee neuer Art* ein, wie sie lasen, eine Armee, der es nicht um Eroberungen ging, sondern um die Befreiung von Unterdrückung und das Ende der Ausbeutung.

»Stopp!«, hatte Beate an dieser Stelle gerufen und wie immer vergeblich versucht, ihre widerspenstigen Haare hinter den Ohren unterzubringen. »Das sagen sie doch alle. Aber gibt es eine einzige unter den sogenannten Befreiungsbewegungen, der wir trauen können?«

»Hat eine einzige Befreiungsbewegung auf der Welt sich je frei entfalten dürfen, ohne dass sie sofort von außen bekämpft worden wäre?«, erwiderte der Frieder.

»Erst einmal agieren sie wie Terroristen, um an die Macht zu kommen. Und wenn du mit dem Morden angefangen hast, hörst du nicht mehr damit auf, auch wenn es im Dienst der guten Sache geschieht.«

»Das ist doch Quatsch. Wenn du dich nicht wehrst, bleibst du ewig unterdrückt«, sagte der Frieder.

»Der Anschlag auf die Diskothek La Belle war ein Verbrechen. Und feige dazu. Eine Nagelbombe, nur weil US-Soldaten gerne dort hingingen?«

»Als Antwort darauf Tripolis zu bombardieren ist aber

auch nicht die feine Art. Dort starben viel mehr unschuldige Menschen als die drei in Berlin.«

»Das meine ich doch. Gewalt erzeugt Gewalt. Das schaukelt sich hoch.«

»Aber es sind nicht die sogenannten Terroristen, die damit begonnen haben, sondern die imperialistischen Länder, die die Welt seit Jahrhunderten ausbeuten. Die Amis verhalten sich immer noch wie Cowboys. Wenn ihnen einer blöd kommt, knallen sie alle ab, die sie vor die Flinte kriegen.«

»Woher wissen wir, dass die Widerständler, falls sie einmal siegen sollten, sich nicht selber in Unterdrücker verwandeln? War das nicht immer so in der Geschichte? Schau dir doch die Bolschewisten an!«

Der Frieder war daraufhin persönlich geworden, indem er Beate patzig ihre eurozentrische Bequemlichkeit vorhielt, es sei doch ein bisschen einfach, in Frieden und Wohlstand zu leben und von da aus Pazifismus zu predigen. Ohne militanten Widerstand wäre Somoza heute noch an der Macht. »Sieg oder Tod«, bellte er, »das ist für die Revolutionäre keine blöde Phrase, sondern blutige Wirklichkeit.«

»Aber wir müssen sie doch nicht unbedingt mit Waffen unterstützen oder selber in den Krieg ziehen, das hat schon damals in Spanien nicht hingehauen. Das ist revolutionäre Romantik für mitteleuropäische Kindsköpfe. Infrastruktur ist viel wichtiger. Brunnen bohren. Schulen bauen. Ökologische Landwirtschaft fördern.«

»Und wer sichert das dann ab gegen die Contras? Die sind bewaffnet bis an die Zähne. Willst du denen gut zureden? *Das* ist revolutionäre Romantik.« Der Frieder wurde immer zappeliger, trommelte mit den Fäusten auf den Tisch.

»Ich sage ja nicht, dass man sich nicht wehren soll«, schrie Beate ihn an. »Aber ist es wirklich unsere vordringlichste Aufgabe, für El Salvador ausgerechnet Waffen zu sammeln? Wir demonstrieren zu Hause gegen die Nachrüstung und rüsten gleichzeitig die Guerilla auf?«

»Es geht an beiden Fronten gegen den Imperialismus.« Jetzt mischte Jürgen sich mit einer gefährlich leisen Stimme ein. »Das ist überhaupt kein Widerspruch. Du kannst doch hier bei uns gegen die Nato-Nachrüstung und die US-Atomraketen sein und in Mittelamerika den Widerstand gegen die US-Invasoren unterstützen. Das ist eine Sache. Der Gegner ist derselbe.«

»Du kannst aber auch konsequent gegen Rüstung antreten, die immer falsch ist. Das schaukelt sich doch hoch! Das Wettrüsten der Supermächte findet nicht nur in Europa statt, sondern genauso in Lateinamerika. Die Sandinisten werden von der Sowjetunion unterstützt und von Kuba. Und wenn die eine Seite aufrüstet, zieht die andere Seite nach. So wird der Krieg nie enden.«

»Wenn du den Schwanz einziehst, endet er erst recht nicht. Deshalb ist es richtig, dass die *taz* Geld für Waffen in El Salvador sammelt. Da kamen schon mehr als drei Millionen zusammen.«

»Ich finde das unmoralisch.« Wieder Beate. »Wenn du schon der Meinung bist, es geht nur mit Gewalt, dann zieh doch selber in den Krieg und gib nicht anderen Geld oder Waffen, damit sie an deiner Stelle für die Freiheit kämpfen und sterben. Das kannst du doch nicht ernsthaft propagieren. Das ist feige. Du laberst doch bloß. Genau wie diese Autonomen vom schwarzen Block, die von Freiheit reden, aber in Wirklichkeit nichts als Bock auf Randale haben.

Wenn ich die Transparente an besetzten Häusern sehe, wo draufsteht: ›Unterstützt den militanten Widerstand‹, könnte ich kotzen. Was bilden die sich denn ein? Das Problem ist doch, dass Gewalt deine Ziele verzerrt. Und dass Gewalt ansteckend ist. Infektiös wie ein Virus. Dann geht es nicht mehr um die Sache, sondern nur noch um den Kampf.«

»Sag das mal den Brigadisten in Spanien, die ihr Leben für den Kampf gegen den Faschismus gegeben haben.«

»Aber die sind doch freiwillig gegangen und nicht eingezogen worden«, brüllte Beate zurück. »Das meine ich doch! Solange du nicht selber bereit bist zu kämpfen, solltest du einfach die Fresse halten, Frieder. Hier, da steht's: *Freiwillig, aus eignem Entschluss, war jeder gekommen. Zum ersten Mal standen wir außerhalb des Bereichs der Übermacht, die sonst auf unsre Schritte, unsre Handlungen eingewirkt hatte. Nie hatten wir so deutlich unser Recht auf Entscheidung empfunden und auch die Notwendigkeit, Gewalt zu ergreifen gegen die Kräfte, die uns bisher niedergehalten hatten.*«

In der Hängematte liegend, eine Hand im Bauchfell Palomas, die unter ihm auf dem Rücken lag, alle viere in die Luft gestreckt, um eine möglichst große streichelbare Fläche zu präsentieren, erinnerte sich Paul, dass er an diesem Punkt eingegriffen hatte, indem er auf die Illusionen des Erzählers hinwies, der seine Entscheidung für den Kampf als Freiheitsgewinn erlebte und dem es dabei offenbar um ein gutes Gefühl beziehungsweise eine Empfindungsdeutlichkeit gegangen sei. Das klinge fast so, als habe er sich auf einen Selbsterfahrungstrip begeben. Jetzt fiel Paul auf, dass er in der Diskussion mit Cornelia genau diese Argumentation verteidigt und sich auf die Seite der Empfindung geschlagen hatte, und wie so oft dachte er darüber nach, dass es Richtig und Falsch nicht gibt, sondern nur verschiedene Aspekte oder Gewichtungen der Argumente, die sich mehr ergänzen als widersprechen.

Doch Jürgen war noch nicht fertig gewesen, er ließ den ultimativen Hinweis aufs Warschauer Ghetto und also auf den Holocaust folgen: Ob denn Beate der Meinung sei, dass man sich auch dort eher für Brot und hygienische Verhältnisse hätte einsetzen sollen oder besser den Aufständischen Waffen und Kämpfer geschickt hätte? Schlechtes Beispiel, schnaubte Beate zurück, ein paar Waffen hätten gegen die Übermacht der Deutschen gar nichts genutzt. Und warum habe die Rote Armee nicht eingegriffen und stattdessen vor Warschau haltgemacht und gewartet? Da sehe man doch, dass militärische Gewalt immer ein mieses Spiel sei, hinter dem die wahren Interessen verborgen blieben.

»Das war nicht beim jüdischen Aufstand im Ghetto 1943«, sagte Jürgen triumphierend, »sondern beim Warschauer Aufstand ein Jahr später.«

»Meinetwegen«, bellte Beate zurück, »aber an der Sache, an meinem Argument, ändert das gar nichts.«

Einer Armee beizutreten und zu kämpfen, mit der Waffe in der Hand, wäre für Paul nicht in Frage gekommen. Das war ihm vollkommen klar, während Elisabeth seiner Hängematte in der Mittagshitze einen kleinen Stoß versetzte und Paloma sich unter ihm umdrehte, um missbilligend den Kopf zu heben. Das Brigadistendasein am Betonmischer entsprach ziemlich genau seinem Mut und seinen Möglichkeiten, seinen Bedürfnissen und seinen Fähigkeiten. Das Land befand sich im Kriegszustand, nicht aber Paul. Er hatte den Militärdienst verweigert, stattdessen Zivildienst in einem christlichen Kinderheim geleistet und in der Gewissensprüfung selbstverständlich behauptet, niemals zu einer Waffe zu greifen. Da saß er im Kreiswehrersatzamt, das in einer alten Kaserne untergebracht war, ein paar Uniformierten und Männern in Zivil gegenüber, die ihm allen Ernstes diese Schwachsinnsfrage stellten, ob er denn seine Freundin verteidigen würde, wenn sie im Wald von einem Russen vergewaltigt werde, und er, Paul, zufällig eine Pistole in der Hand hätte. Erstens, sagte Paul, habe ich keine Freundin und zweitens keine Pistole, drittens stirbt der Wald, und das ist unser eigentliches Problem, und viertens gibt's hier keine Russen. Nur Briten. Oder Amerikaner. Oder Franzosen. Und die sind unsere Verbündeten. – Aber was wäre, wenn? – Nein, habe ich nicht, und was die Pistole betrifft, werde ich auch nie eine haben. Paul verweigerte hartnäckig den Konjunktiv, das reichte für die erfolgreiche Verweigerung. Als Pazifist musste man sich ein bisschen dumm stellen. Die Herren, die ihn in diesem muffigen Kasernenraum eine Stunde lang anstarrten, bescheinigten ihm schließlich, ein Gewissen zu haben. In Deutschland war er seither amtlich beglaubigter Pazifist, aber das galt nicht für Nicaragua. Da war er etwas anderes, Undeutlicheres. Da hielt der Pazifismus nicht stand.

Auch gegenüber den Befreundungsversuchen Víctors war er wehrlos. Ihr Tequila-Abend in einer Bar, die aus einem brummenden Kühlschrank, ein paar Plastikstühlen und laut gestikulierenden Trinkern bestand, hatte damit geendet, dass sie Arm in Arm, singend, die staubige Straße entlanggetaumelt waren, weil Víctor es sich nicht nehmen ließ, ihn noch bis zur *casa grande* zu begleiten. In Uniform sah er aus wie ein Soldat, doch meistens trug er Jeans und ein olivgrünes T-Shirt. Tagsüber lungerte er in der Wache herum, einer kleinen Bretterbude zwei Straßen weiter, in der es immerhin ein Telefon gab, das auch die Brigadisten benutzen durften, um zu Hause anzurufen. Aber alle paar Stunden schaute er bei ihnen vorbei, kam mit Keksen, erzählte Witze, half manchmal sogar mit, indem er eine Leiter festhielt oder auf ein Gerüst stieg, um fachmännisch die Konstruktion zu begutachten oder sich von Alfred erklären zu lassen, was da gerade vor sich ging. Sein Gewehr lehnte er unterdessen an die Betonwand. Die Patronen verwahrte er in einer durchsichtigen Plastiktüte, die er aus der Hosentasche zog. Ob Pablo mal schießen wolle? Sí? Bueno. Vámonos.

Rudi und Andrea schlossen sich an, neugierig, Paul kam eher zögerlich mit, Paloma taperte hinter ihnen her. Víctor führte sie in eine Baugrube mitten im Barrio, nicht weit weg von seiner Wache, wo tatsächlich eine auf einem Holzpflock befestigte Zielscheibe aufgebaut war. Er steckte Patronen in den Lauf, erklärte, wie man das Gewehr anlegt, Blick durchs Visier und schon drückte Paul ab und wurde vom Rückstoß fast umgeworfen. Víctor lachte und demonstrierte, wie es ging, bam, bam, bam, drei Volltreffer. Dann kam Andrea und schließlich Rudi an die Reihe, die beide sicherer auf den Beinen standen, Rudi sah mit seinem Palästinensertuch aus wie ein Kämpfer der PLO bei Schießübungen, die Waffe stand ihm gut. Paul durfte auch nochmal und machte es etwas besser, kam sich dabei aber doch ein bisschen lächerlich vor, unecht, wie beim Rosenschießen auf dem Jahrmarkt.

Vielleicht sah Rudi das anders, der ihm eines Abends in der *casa grande*, wo sie Skat spielend auf dem Boden hockten, nicht ohne Stolz erzählt hatte, einer Freiburger Widerstandsgruppe anzugehören, die darauf spezialisiert war, Strommasten umzusägen. Sie verstanden sich als Partisanen, die mit solchen Sabotageaktionen gegen die Atomindustrie und die Selbstzufriedenheit der Konsumenten ankämpften. Gewalt gegen Sachen war nicht nur erlaubt, sondern geradezu eine moralische Pflicht, und so sei es ein echtes Triumphgefühl gewesen, als es ihnen zum ersten Mal gelungen sei, so einen stählernen Riesen zum Einsturz zu bringen.

»Seid Sand, nicht das Öl im Getriebe der Welt«, hatte Rudi ausgerufen, dann aber aufs Phantasieloseste einen Grand Hand mit Vieren runtergebrettert, Schneider, Schwarz angesagt.

»Deswegen sind wir Sandinisten und keine Ölinisten«, hatte Paul gescherzt und für Rudi unverschämte zweihundertsechzehn Punkte notiert.

»Weißt du, dass das eine Zeile aus einem Gedicht von Günter Eich ist? Hatten wir mal im Deutsch-Leistungskurs. Ich weiß noch den Anfang: *Wacht auf – denn eure Träume sind schlecht! Bleibt wach – weil das Entsetzliche näher kommt. Auch zu dir kommt es, der weitentfernt wohnt von den Stätten, wo Blut vergossen wird, auch zu dir und deinem Nachmittagsschlaf, worin du ungern gestört wirst. Wenn es heute nicht kommt, kommt es morgen, aber sei gewiss.*«

»Genau«, sagte Rudi. »Deshalb sind wir hier. Wer gibt?«

»Immer der, der fragt. Weißt du doch.«

6

Von den Grenzposten war nichts mehr zu sehen. Sie hatten sich zurückgezogen, kapituliert vor der schieren Masse. Die rechts und links von einer Mauerflucht begrenzte Schneise zwischen der Zimmerstraße und dem im Licht schwimmenden Abfertigungsgebäude war schwarz vor Menschen, die in dichten Trauben herumstanden, vorwärtsdrängten oder gewohnheitsmäßig Schlangen bildeten, manche schon wieder auf dem Weg zurück in den Osten, um die unglaubliche Erfahrung des Grenzübertritts in die andere Richtung zu wiederholen und damit auf ihre Glaubhaftigkeit hin zu überprüfen. War es wirklich möglich, die Seiten beliebig oft zu wechseln und so, durch fortgesetztes Hin und Her, die getrennten Stadthälften miteinander zu verweben? Einzelne liefen orientierungslos herum, als würden sie in der Menge jemanden suchen oder als wäre ihnen das Gespür für die Himmelsrichtungen abhandengekommen. Der Osten lag im Norden, der Westen lag im Süden, die Nacht lag wie ein Deckel obendrauf.

Die Bewegungsabläufe bildeten ein Muster, ein Wimmelbild, das aussah wie ein Tanz mit unverständlicher Choreographie. Schattengestalten hockten bizarren Insekten gleich oben auf der Mauer, die unter ihnen weiß aufleuchtete. Die Menschen schufen Fakten, indem sie den leeren

Raum füllten und ihren Unglauben überwanden. Sie wollten nichts beweisen, sie machten eine leibhaftige Erfahrung und nahmen sich, was ihnen allzu lange vorenthalten worden war. Dies war mehr als bloß eine Demonstration. Dies war eine Zäsur, ein Schnitt durch die Zeit als Schritt durch den Raum. Die Mauer war ein Raumteiler aus Beton, aber auch ein Damm gegen das Verstreichen der Zeit, ein erzwungener Stillstand, den das Gewimmel der Menschen aufzulösen begann, indem es alles in Bewegung versetzte. Die Bewegung der Menschen brachte die Zeit in Bewegung, das konnte man sehen, und das sahen auch Paul und Beate, obwohl sie vor dem Café Adler nur Einzelheiten wahrnahmen: den Mann im Trenchcoat, der aussah wie ein Agent der Stasi, der nicht wusste, ob er sich davonmachen oder morgen seinem Vorgesetzten Bericht erstatten sollte; die vier Frauen mit den Pudelmähnen, die sich die Arme um Schultern und Hüften legten und im Gleichtakt die Beine schwangen, als probten sie für einen Auftritt des DDR-Fernsehballetts; und all die wie geklont aussehenden jungen Männer mit Jeansjacke, Schnauzbart und Vokuhila-Frisur, die sich im Osten offenbar immer noch großer Beliebtheit erfreute. Was Paul jedoch am stärksten beeindruckte, war der Ausdruck, den er in all diesen Gesichtern fand: Glückseligkeit, Erwartung, Naivität, Unverdorbenheit, keine Ahnung, heiliger Glanz. So steht man vor dem Tor zum Paradies.

Beate klappte ein schwarzes Notizbüchlein auf und zog einen abgenagten Bleistiftstummel heraus.

»Das Blatt wird über nichts anderes berichten.« Hastig schrieb sie etwas ins Heft. »Dann sind die Frankfurter Kollegen auf meine Eindrücke angewiesen, es reicht ja nicht aus, im Westend oder irgendwo im Taunus vor dem Fernseher zu sitzen. Du musst das hier einatmen, du musst dabei sein.«

»Fällt das denn ins Kulturressort?«, fragte Paul, der, weil heute Donnerstag war, erst am Montag wieder beim RIAS antreten musste und gar nicht auf die Idee gekommen war, sich als Berichterstatter zu verstehen, Stimmen zu sammeln und gewissermaßen dienstlich zu agieren. Er fand das sowieso immer albern, den Menschen ein Mikro unter die Nase zu halten, um sie etwas stammeln zu lassen, »Wahnsinn!« oder »Ick gloob's nich!«, mehr sagte ja keiner, und wenn er eine Reportage schreiben würde, wüsste er nicht, was es mehr dazu zu sagen gäbe und wem er sie anbieten sollte.

»Kultur ist alles, was der Fall ist«, sagte Beate.

»Und was ist der Fall?«

»Dass es nie mehr so sein wird wie bisher. Dass sich etwas ereignet. Etwas Großes. Die können die Grenze doch hinterher nicht wieder dichtmachen.«

»Keine Mauer mehr?«

»Doch, schon, geht ja nicht ohne. Sonst wäre es wieder wie vor dem Mauerbau, dass alle Leute im Westen arbeiten und einkaufen, dann kannst du den Sozialismus vergessen, und die alten Männer der SED müssten abdanken. So schnell geben die nicht auf.«

»Lass uns zum Brandenburger Tor gehen und gucken, was da los ist.«

Sie bogen in die Zimmerstraße ein, wo zwischen den Hausfassaden und der Mauer nur ein paar Meter blieben, gingen dicht an der Mauer entlang, Beate ließ ihre Hand prüfend daran entlanggleiten, als würde sie sich schon von diesem Bauwerk verabschieden und an dessen Festigkeit zweifeln.

Nur wenige Menschen waren hier unterwegs. Auf dem Betonrohr, das die Mauerkrone bildete, saßen ein paar gestiefelte Autonome wie Cowboys auf ihrem Pferd, ließen ein Bein rechts, ein Bein links herabhängen und prosteten mit ihren Bierflaschen von oben herab, apokalyptische Reiter, die es genossen, das Monster zwischen die Beine zu klemmen und genau auf dem Grat zu balancieren, der die Welt in zwei Teile teilte. Von jenseits der Mauer war Motorenlärm zu hören, dieses spezifische Nageln der Zweitakter, mehrere Fahrzeuge der Grenztruppen fuhren in hohem Tempo vorbei, ohne sich von den Mauerreitern aufhalten zu lassen, die ihnen grölend hinterherriefen.

»Warum eigentlich immer der neunte November? Was ist mit diesem Tag?«, fragte Beate unvermittelt und blieb abrupt stehen, »Novemberrevolution und Ausrufung der Republik. Hitlerputsch. Reichspogromnacht. Und jetzt die Öffnung der Grenze.«

»Der Neunte ist schon vorbei«, sagte Paul. »Null Uhr fünfzehn. Aber vielleicht ist es ja so mit den Deutschen, dass sie nicht nur eine Bahnsteigkarte lösen, bevor sie sich zur Revolution begeben –«

»Lenin. Oder?«

»– sondern auch einen festen Termin dafür haben. Der steht im Kalender, und dann ist halt mal wieder der neunte November. Oh, Schatz, heute ist Revolution, hätte ich fast vergessen! Ich geh dann mal los! Wird vielleicht ein bisschen später heute!«

Beate lachte nicht, sah ihn bloß an und leckte ihre rissigen Lippen. Sie gingen den Pfad an der Mauer entlang weiter, der an dem zugewucherten Prinz-Albrecht-Gelände vorbei bis zum Gropiusbau führte. Einst befand sich hier die

Zentrale der Gestapo, jetzt wuchs auf den Trümmern ein Robinienwäldchen, in dem sich ein Autodrom verbarg, dessen Piste sie in der Dunkelheit zwischen den Bäumen erkennen konnten. Im Osten erhob sich das riesenhafte Gebäude, das einst Görings Luftfahrtministerium gewesen war und jetzt DDR-Ministerien beherbergte.

»Ist heute Nacht die Verwaltung komplett im Dienst?«, fragte Beate. »Das Volk macht einen Ausflug in den Westen, aber hier wird fleißig weiterregiert?«

»Vielleicht stellt sich die Regierung gerade ein neues Volk zusammen.«

Tatsächlich war kein einziges der unzähligen Fenster dunkel. Da tagt der Krisenstab, dachte Paul, keine Ahnung, oder sie tun nur so als ob. Die hellen Fenster erinnerten ihn an die Häuser von Modelleisenbahnen, deren Fensterlöcher auch immer so unnatürlich vollständig beleuchtet sind, damit es schön heimelig wirkt, wenn der Zug vorbeifährt.

»Vielleicht sind alle schon weg, nur der Hausmeister ist noch da, und der hatte den Auftrag, alle Lichter anzumachen, damit man das auch vom Westen aus sehen kann.«

»Aber der Letzte macht doch normalerweise die Lichter aus, nicht an.«

»Im Osten ist alles andersrum«, sagte Paul. »Im Kreml brennt noch Licht.«

»Bei Stalin oder bei Gorbatschow?«

»In der Stalin-Hymne von Erich Weinert. Weißt du noch? Hatten wir mal im Stalinismusseminar. Passt aber nicht wirklich, weil da die ganze Stadt schläft, und auch im Kreml gehen nach und nach die Lichter aus, bis auf eins. Seins. Väterchen ist immer wach.«

»Ich fand Bechers Danksagung zu Stalins Tod noch

toller«, grinste Beate. »Stalin auf Deutschlandtour. Völlig irre. *Und dort in Kiel erkennt ihn ein Student.* Musste sich auf *Monument* reimen.«

»Becher reimte auch *Traktoren* auf *traumverloren*, allein dafür gebührt ihm Unsterblichkeit.«

»*Dort wirst du, Stalin, stehn, in voller Blüte der Apfelbäume an dem Bodensee, und durch den Schwarzwald wandert seine Güte, und winkt zu sich heran ein scheues Reh.*«

»Phantastisch.«

»Das ist keine Satire. Der meinte das in vollem Ernst!«

»Warum reden wir jetzt über Stalin?«

»Damit hast du doch angefangen. Weil die Mauer gebauter Stalinismus ist.«

»Antifaschistischer Schutzwall. Wer hat sich diese Bezeichnung eigentlich ausgedacht?«

Sie passierten das Säulenportal des Gropiusbaus, dessen Eingangsstufen vor der Mauer endeten und damit ihren Sinn verloren hatten. Man betrat das Gebäude stattdessen durch einen schmalen Nebeneingang, der Ost-West-Konflikt hatte auch hier die Koordinaten gründlich verschoben. Jetzt lag das Haus ebenso im Dunkeln wie der verfallene preußische Prachtbau auf der anderen Seite der Mauer. Aus den Vorderseiten waren Rückseiten geworden, aus der Stadtmitte der Rand der Welt, und hier, abseits der überrannten Grenzübergänge, hatte sich daran noch nichts geändert. Ein paar Meter weiter, wo einmal der Potsdamer Platz gewesen war, machte die Mauer einen Knick nach Norden, links führte die Teststrecke der Magnetschwebebahn vorbei, und in der Ferne leuchteten die gelben Zeltbauten von Staatsbibliothek und Philharmonie, die wie gestrandete Raumschiffe in der Einöde abgestellt waren.

»In Managua ist es auch so«, sagte Paul. »Da ist auch das Zentrum verloren gegangen. Aber nicht durch Krieg und Teilung, sondern durch ein Erdbeben. Seltsame Städte.«

Bei den Souvenirbuden, vor denen tagsüber die Touristenbusse parkten, stiegen sie die Treppe der Aussichtsplattform hinauf und schauten auf die Silhouette der östlichen Stadt mit Fernsehturm, dem Hochhaus an der Friedrichstraße und den riesigen Plattenbauten weiter südlich, alles in unerreichbare Ferne gerückt, weil das Grenzgebiet sich hier zu einer wüsten, leeren Fläche verbreiterte, kein Todesstreifen, sondern ein Todesfeld, in dem nichts wuchs, nichts sich erhob und außer ein paar Kaninchen kein Leben zu erkennen war bis hinüber zur zweiten, gut ausgeleuchteten Mauer, deren Segmente in der Nacht wie ein Miniaturmodell wirkten. Westwärts, von der Potsdamer Straße her, zwischen Mauer und Magnetschwebebahn, zogen Fußgänger zum Brandenburger Tor, Neugierige, Schaulustige, Zeitzeugen. Was für ein Wort. Als wäre die Zeit etwas, das sich bezeugen ließe. Als ließe sich etwas anderes über sie sagen, als dass sie vergeht. Die Menschenmenge bewegte sich über das Brachland, das für Paul seit der Besetzung vor einem Jahr Kubat-Dreieck hieß.

Damals war das Gelände, das zwar zur DDR gehörte, aber diesseits der Mauer lag, im Rahmen eines Gebietsaustausches an Westberlin gefallen, doch in den Wochen zuvor hatten Besetzer hier ein Hüttendorf errichtet, weil sie die seit Jahrzehnten unberührte Natur gegen den Plan des Senats, eine Stadtautobahn zu bauen, verteidigen wollten. Andere protestierten gegen die Volkszählung, obwohl die längst gelaufen war, oder gegen den Staat, den sie für faschistisch hielten, oder sie waren einfach nur da, um ein Zeichen des Widerstands gegen Atomkraft und Nato-Nachrüstung zu setzen. Seid Sand, nicht Öl und so weiter! Paul hatte mehrere Wochenenden dort verbracht, Sonntagsausflüge ins anarchistische »Kubatistan« unternommen, so stand es auf der Mauer geschrieben, neben der Anklage, dass Jan-Carl Raspe und Norbert Kubat im Knast ermordet worden seien. Paul hatte keine Ahnung, wer Norbert Kubat gewesen war. Man hockte herum, machte Musik, Trommelgruppen und singende Gitarristen tobten sich aus, und Paul beteiligte sich an den Grabungsarbeiten für Gruben und Gräben, mit denen die zu erwartende Erstürmung behindert werden sollte. Die Westberliner Polizei durfte das Gelände erst nach der offiziellen Übergabe betreten, dann wurde es auch rasch geräumt, die lächerlichen Gräben verhinderten das genauso wenig, wie Hitlers finaler Ostwall den Vormarsch der Roten Armee hatte aufhalten können, doch die Besetzer flohen vor der anrückenden Polizeiarmee über die Mauer in den Todesstreifen, wo sie von den Grenztruppen der DDR freundlich aufgenommen, in LKWs abtransportiert und rasch wieder in den Westen abgeschoben wurden. Es war ein erster Test, dass die Mauer sich beklettern und überwinden ließ, wenn auch nur von der Westseite her und nur hier und nur für ein paar Stunden. Ein halbes Jahr später hatte sich dann der Polenmarkt ausgebreitet, es war, als ob ganz Polen an den Wochenenden hierherkäme, um alles, was sich im Lauf der Jahrzehnte auf polnischen Dachböden und in polnischen Kellern angesammelt hatte, zu verkaufen. Der Westen war ein Marktplatz, auf dem der Osten seine Armut verhökerte.

Sie standen nebeneinander auf der Aussichtsplattform,

ohne etwas zu sagen, um sich herum dichtes Gedränge, obwohl es von hier oben nicht viel zu sehen gab außer der Leere hinter der Mauer, als Beate ihre Hand auf Pauls Hand legte, mit der er sich am Geländer festhielt. Lange verharrten sie so. Pauls Lederjacke knarzte. Die Zeit steht still, dachte er. Wie seltsam, dass die Ewigkeit sich inmitten des Tumults erhebt.

»Ich muss dir etwas sagen, Paul«, sagte Beate.

Im Grenzland fuhr eine Kolonne von Militärtransportern in Richtung Brandenburger Tor, die Scheinwerfer flackerten, die Motoren klangen hoch und dünn. Jemand sang die erste Strophe des Deutschlandlieds. Dann wieder Stille.

»Paul«, setzte Beate neu an. »Weißt du …«

Paul fragte sich, warum er den Fernsehturm nie zuvor wahrgenommen hatte. Der musste doch von überall zu sehen sein, so wie er die Stadt überragte, aber er war ihm nie aufgefallen, er war alle Zeit wie ausradiert gewesen, und erst jetzt, in dieser seltsamen Nacht, tauchte der Fernsehturm aus der Unsichtbarkeit auf, als wäre die Grenze immer auch eine Sichtschranke gewesen, die Dinge auf der anderen Seite zum Verschwinden bringen konnte.

»Ich war schwanger«, sagte Beate. »Als du nach Nicaragua gegangen bist.«

Paul zählte die Lichtmasten entlang des asphaltierten Fahrstreifens im Grenzgebiet, er kam auf siebenundzwanzig, aber das war ja nur ein kleiner Ausschnitt, und er fragte sich, ob man das hochrechnen könnte, alle zwanzig Meter einer, also fünfzig pro Kilometer, und wie viele das dann wohl wären, wenn man die ganze Runde um Westberlin herum absolvieren würde. Wie weit war das? Vielleicht hundertfünfzig Kilometer?

»Es wäre dein Kind gewesen«, sagte Beate.

Also ungefähr siebentausendfünfhundert Lichtmasten, rechnete Paul. War das viel oder wenig für einen eisernen Vorhang? Und wie viel Strom das wohl kostet im Jahr?

Luis und David hatten ihn ziemlich strapaziert, als er dann bei Amanda wohnte. Die Abende in der *casa grande* waren ihm mehr und mehr auf die Nerven gegangen, das ewige Gruppendasein, das Geschwätz von Rudi, das Radiogeplärre bei Doña Sonia, und nachdem Sigrid zu einer Familie gezogen war, nahm auch er die Einladung von Amanda an, die es als revolutionäre Pflicht verstand, einen Brigadisten bei sich aufzunehmen. Immer wieder hatte sie sich beim Mittagessen neben ihn gesetzt und ein paar Worte mit ihm gewechselt, sich erkundigt, wie es mit der Arbeit vorangehe und was er erlebt habe. Paul hatte dieser kleinen, so zierlichen wie energischen Frau von seinen Erlebnissen in Casares erzählt, von den Fischern und den Schildkröten, und Amanda hatte ihn mit ihren schwarzen Augen angefunkelt. Dass er das Land liebe, hatte er ihr gesagt, dass er es einsauge mit der Haut und mit der Nase, dass er auch die Sprache liebe, diese harten und doch so zärtlichen Laute, und vielleicht hatte diese Liebeserklärung den Ausschlag gegeben, dass sie sich ihn aussuchte und ihn fragte, ob er nicht in ihr Haus ziehen wolle. Ja, das wollte er, Amanda hatte so etwas Mütterliches, das ihn anzog.

Doch wenn er gehofft hatte, dass es dort ein bisschen ruhiger wäre, so hatte er sich getäuscht. Die beiden Jungs klebten wie Kletten an ihm, kaum dass er das Haus betrat, weil sie es genossen, endlich einmal nicht allein zu sein. Dabei wäre der frühe Nachmittag, den Paul gerne im abgedunkelten Haus oder im schattigen Patio verbrachte, die einzige Zeit des Tages gewesen, in der er sich seinen Notizen hätte widmen können. Aber dann tobten David und Luis mit ihrem in der Schule aufgestauten Bewegungsdrang um ihn herum, klackerten mit ihren Tiki-Taka-Kugeln oder spielten *béisbol* in der Küche, weil sie dafür nur einen Stock und Steinchen oder Kronkorken oder irgendetwas Ballartiges brauchten, was sich schlagen ließ, und schrien abwechselnd und so hastig in einem vernuschelten Spanisch auf ihn ein, dass er so gut wie nichts davon verstand. Amanda kam tagsüber nur kurz aus der Kooperative herüber, um den Kindern Essen hinzustellen.

Der Vater, Felix, arbeitete in einer Großbäckerei für Süßwaren, wo er nicht schlecht verdiente. »Privatwirtschaft, amerikanisches Kapital«, erklärte er, als er von dort eine Tüte mit zerbrochenen Keksen mitbrachte. Sein Wecker klingelte um vier Uhr in der Früh, damit er es mit dem Bus bis zum Arbeitsbeginn um sechs quer durch die Stadt schaffte. Dann schaltete er auch gleich das Radio ein, das Neonlicht ging summend an, ein großes Rumoren, Schlurfen und Klappern erhob sich, denn auch Amanda stand mit ihm auf, kochte Kaffee und bereitete das Frühstück vor.

Alles spielte sich in dieser Wohnküche ab, dem einzigen Raum des Hauses, von dem nur ein kleiner Holzverschlag als Elternschlafzimmer abging. Paul übernachtete zusammen mit Luis und David in einer Nische, die durch einen Plastikvorhang notdürftig abgetrennt wurde. Felix hatte eine schmale Pritsche dort hineingeschoben, die gerade so neben das Bett der beiden Jungen passte, deren Schlaf, eng aneinandergeschmiegt, nichts stören konnte, während Paul spätestens dann hochschreckte, wenn der Hahn im Hof dreimal mit den Flügeln schlug, um sich für sein Morgenkrähen aufzupumpen, ein monströses, ohrenbetäubendes Geschrei direkt in seine Ohren, das ausgereicht hätte, das ganze Barrio zu wecken, doch niemand wurde davon wach, nur Paul, der sich wunderte, wozu Felix wenig später überhaupt noch einen Wecker brauchte, wo der Hahn doch neben dem Bett zu sitzen schien. Tatsächlich stolzierte der Gockel dann auch gleich ins Haus herein, begleitet von einer gurrenden Hühnerschar und zwei sehr hässlichen, fleckigen Viechern, die weder Gans noch Truthahn, sondern etwas dazwischen zu sein schienen. Die Türen zur Straße und zum Patio wurden nie geschlossen, so dass die Tiere kamen und gingen, wie sie wollten.

Auch Paloma hatte freien Zutritt. Die Hündin war mit Paul eingezogen, hatte ihn nach der Arbeit wie gewohnt begleitet, jetzt eben hierher, hatte sich vor der Tür, die Schnauze auf den Vorderpfoten, so gelagert, dass sie mit ihren traurigen, treuherzigen Augen ins Haus hineinschauen konnte, war dann an jedem Abend ein Stückchen näher gekommen, bis sie schließlich in der Küche lag, zuerst noch dicht an der Tür, dann unter der Spüle. Sie hatte es auf diese Weise erreicht, nicht nur geduldet, sondern bald auch adoptiert zu werden, ein weiteres Familienmitglied, das auf Essensreste hoffen durfte, und richtete sich ihren Schlafplatz unter Pauls Pritsche ein. Morgens erhob sich Paloma mit ihm und ging neben ihm her zur Baustelle, so dass Amanda ihn und die Hündin zum Traumpaar erklärte: »Pablo y Paloma – una pareja de ensueño.«

Mit seinen gemauerten Außenwänden und dem mit Wellblech gedeckten Dach gehörte das Haus zu den besseren im

Barrio. Es besaß sogar einen kleinen Vorgarten mit einer Mauer aus Schmuckstein, auf der Luis und David gerne herumkletterten. Den Hinterhof zierten zwei Mandelbäumchen, vom Nachbarpatio ragten die Äste eines Grapefruitbaumes herüber, an denen dicke gelbe Früchte hingen, auch Bananen reiften dort. Der Fußboden musste, nicht nur wegen der Hühner, jeden Tag nass aufgewischt werden, es war ein ständiger Kampf gegen Kakerlaken, schwarze, pelzige Spinnen, Mäuse und Käfer aller Art. Meistens machte das Amanda, manchmal Luis, seltener Felix, wenn er am Abend nach Hause kam. Paul erhielt ein striktes Verbot, sich derart zu betätigen, er sei hier der Gast und außerdem arbeite er auf der Baustelle für die Zukunft der Kooperative und der Revolution, und dafür gebühre ihm Dank. Er bestand darauf, wenigstens abspülen zu dürfen, oder machte es einfach, wenn Amanda nicht da war. Im Spülbecken, aus dem es nach Fäulnis stank, was ihn nur beim Zähneputzen ekelte, stapelte sich das Plastikgeschirr, zerkratzte Teller mit festgetrockneten Essensresten, verklebte Becher mit zerfransten, wie abgenagten Rändern, die Paul unter kaltem Wasser bürstete, denn warmes gab es nicht, ebenso wenig wie Spülmittel oder eine chemische Keule, um gegen den Gestank im Abfluss anzukämpfen.

Der Fernseher lief immer, auch wenn niemand hinsah. Das elektronische Dauergeplapper bildete einen Vorhang, hinter den Paul sich zurückziehen konnte, so dass der Lärmpegel absurderweise dazu diente, kleine Ruhemomente zu ermöglichen, wenn er am Abend inmitten der Familie im Schaukelstuhl saß und in Richtung Bildschirm vor sich hin wippte. Vielleicht lag darin überhaupt der tiefere Sinn von Schaukelstuhl und Dauerberieselung, dachte er, denn wenn er abends durch die Straßen ging, sah er überall in den offenen Häusern die Menschen vor ihren brüllenden Fernsehgeräten sitzen und leise wippen. Ohne Schaukelstuhl und TV und Plastikgeschirr war Nicaragua nicht denkbar. Wenn die Kinder zu laut wurden, riefen die Eltern sie nicht etwa zur Ordnung, sondern drehten einfach den Fernseher noch lauter. Paul verstand nicht viel von den spanisch synchronisierten amerikanischen Serien und auch nur Brocken des Gesprächs zwischen Amanda und Felix, was er bedauerte, wenn er Wörter wie *Contras, revolución, amnistía* heraushörte und vermutete, dass es um den umstrittenen Gnadenakt für die Leute von Somozas berüchtigter Guardia ging, den die Sandinisten im Rahmen der Friedensbemühungen mit den Contras befürworteten. Felix war dafür, Amanda dagegen, Paul hätte gerne mitdiskutiert, doch dafür reichte sein Spanisch nicht aus. Auf der Straße hatte er Demonstrationen gesehen, wo sich Mütter gegenüberstanden, die Mütter der Inhaftierten auf der einen Seite, die Freiheit für ihre Söhne forderten, und auf der anderen Seite Frauen, die Fotos ihrer unter Somoza verschwundenen Söhne hochhielten und riefen: Ihr wisst, wo eure Söhne sind. Wir wissen es nicht. Eure Söhne sind Mörder. Unsere sind tot.

Nur wenn Amanda den Fernseher leiser stellte und sich bemühte, langsam und deutlich mit Paul zu sprechen, ein bisschen so, wie man mit Idioten spricht, konnte er ihr folgen. So hatte sie ihm möglichst simpel erklärt, wie schrecklich sie die deutschen Familienverhältnisse finde.

»Alle Brigadisten, die hierherkommen, kommen allein. So wie du, Pablo. Ihr habt keine Familie, ihr seid geschieden, ihr lebt ohne eure Eltern. Was seid ihr für Leute, Pablo.«

»Aber Familien sind doch manchmal der reine Horror«, entgegnete Paul, »Zwangsgemeinschaften, in die man hineingeboren wird und die man verlassen muss, wenn man nicht in dieser Enge untergehen will.« Wo ihm ein spanisches Wort fehlte, nahm er die Hände zu Hilfe. Enge deutete er an, indem er die Handflächen zueinanderführte, ohne dass sie sich berührten.

»Du brauchst die Nestwärme! Ich bin für meine Kinder da, immer, sie brauchen mich, ich bin ihre Mutter.«

»Und was ist mit den Familien, in denen die Männer ihre Frauen und ihre Kinder verprügeln? Familie ist nicht nur Schutzraum, sondern manchmal auch Folterzelle.«

»Ja, das ist wahr, es gibt schlechte Männer, Männer, die trinken. Ich habe einen guten Mann. Aber egal, ob es gut läuft oder schlecht, Familien müssen zusammenhalten. Du darfst dich nicht scheiden lassen. Ich habe meine Ehe vor Gott geschlossen, für immer. Ich war sehr gläubig bis zur Revolution, jetzt gehe ich nicht mehr in die Kirche, aber die Ehe ist mir heilig.«

Natürlich war sie dabei gewesen, als der Papst vor vier Jahren auf dem Platz des 19. Juli seinen Gottesdienst abhielt. Doch sie nahm es ihm übel, dass er dem sandinistischen Credo, man könne gleichzeitig Christ und Revolutionär sein, widersprach. Und dass er dem Dichter und Priester und Kulturminister Ernesto Cardenal die Hand entzog, als der sich niederkniete, um sie zu küssen.

Paul hätte gerne erwidert, dass ihm Freundschaften wichtiger sind als Familienbindung und dass das Für-sich- oder Alleinsein keine Katastrophe, sondern eine bewusst gewählte Alternative ist, dass man sich für oder gegen die Familie und die eigene Herkunft entscheiden kann, dass darin die Freiheit des Einzelnen liegt und dass das eine zivilisatorische Errungenschaft ist, wir leben doch nicht mehr im neunzehnten Jahrhundert. Aber das brachte er auf Spanisch nicht zusammen, also sagte er nur: »Ich bin gerne allein.«

»No, no, no«, widersprach Amanda, »die Familie gehört zusammen. Wenn David geschlagen wird, dann fühle ich die Schläge, wie sie nur eine Mutter fühlen kann. Die Familie ist ein Leib. Den kannst du nicht zerreißen.«

Jetzt hätte Paul sagen können, dass die deutsche Gesellschaft einen ganz anderen Entwicklungsgrad erreicht habe und Traditionen nicht mehr die archaische Macht besäßen, die sie einmal hatten. Er verstand auch, dass da, wo Krieg und Armut herrschten, das Bedürfnis nach Sicherheit im Schutz der Familie größer sein musste als in einem Wohlstandsland. Freiheit muss man sich auch leisten können, dachte er, und so kam ihm sein exquisites westliches Leben plötzlich falsch und vermessen vor. Hatte Amanda nicht recht? Kam es nicht auf die Verwurzelung an, auf Verbundenheit, auf Solidarität? Und was war verkehrt daran, wenn der revolutionäre Elan sich aus religiösen Gefühlen speiste?

Über dem Fernseher stand auf einem Regalbrett eine nicaraguanische Lenin-Ausgabe aus lauter kleinen Heftchen, denen anzusehen war, dass schon viel darin gelesen worden war. Darüber hingen Bilder katholischer Märtyrer und sandinistischer Comandantes, alle bärtig und nur an der Kleidung zu unterscheiden: in Kutten die einen, in Uniform die anderen. Die allwöchentlichen *Versammlungen* in der Kooperative waren eine Mischung aus Kirchengemeinde- und Volkshochschulabenden. Statt Kirchenliedern sangen sie die Hymne der Revolution und erhoben sich dafür, Amanda sang mit glänzenden Augen und erhobener Faust. Die Referenten, die sich mal mit Wirtschaftsproblemen, mal mit Straßenbau oder Schulpolitik befassten, trugen Militäruniform und hatten ernste Gesichter, doch die Abende waren immer auch ein Fest, an dem nicht nur die Frauen und die Brigadisten teilnahmen, sondern unzählige Kinder, die ansonsten unversorgt hätten zu Hause bleiben müssen. Viele Frauen der Kooperative hatten sich von ihren Männern getrennt oder waren nie verheiratet gewesen. Die Produktionsgemeinschaft erlaubte ihnen eine Eigenständigkeit, die den Männern missfiel, Frauen gehörten ins Haus und an den Herd und zu den Kindern. Lijia hatte acht Kinder, und das war keine Seltenheit. Da war eher Amanda die Ausnahme mit ihren drei Söhnen und einem Mann, auf den sie zählen konnte.

el éxito – Erfolg
la falla – Fehler, Versagen
ultrajar – vergewaltigen
delatar – anklagen, anzeigen, verraten
el mujeriego – Weiberheld
persuadir – überreden
héroes y mártires – Helden und Märtyrer

Sigrid sah er erst wieder an jenem Nachmittag, an dem sie Daniel Ortega trafen. Sie war kaum noch auf der Baustelle, sondern fast immer nebenan in der Schule und hatte allen mitgeteilt, dass sie in den Norden gehen wolle, um dort eine Schule mit aufzubauen. Es war, dachte Paul viel später, als hätte sie ihnen allen damals schon aufgetragen, sich an ihre Abwesenheit zu gewöhnen. Amanda hatte ihn gefragt, ob er mit ihr, Luis und David den Zirkus besuchen wolle, ein

Gastspiel von Artisten aus sozialistischen Ländern auf einer Brache im Stadtzentrum. Klar, hatte er gesagt, sich auf der Baustelle abgemeldet und sich umso mehr auf den Zirkus gefreut, als er hörte, dass auch Sigrid mitkommen würde, und so zogen sie dann los, Sigrid mit David und Luis beschäftigt, die versuchten, ihr das Klackern mit den Tiki-Taka-Kugeln beizubringen, während Amanda ihm gestand, eigentlich wolle sie zur AMNLAE-Ausstellung, gleich neben dem Zirkus, da werde der zehnte Jahrestag der nicaraguanischen Frauenbewegung gefeiert. AMNLAE: Asociación de Mujeres Nicaragüenses Luisa Amanda Espinoza.

»Wer war den eigentlich Luisa Amanda Espinoza?«, fragte Paul.

»Die erste Frau, die im Kampf gegen Somoza ums Leben kam«, sagte Amanda und skandierte mit geballter Faust das Motto der Frauenorganisation: »No hay revolución sin emancipación de la mujer, no hay emancipación sin revolución.«

Sigrid scherzte während der Vorstellung auf Spanisch mit den Kindern, die glücklich auf ihr herumturnten, sie konnte die Sprache perfekt, und mit ihrer tiefen Stimme klang das so trocken und hart, wie es sein musste. Während Luis und David an ihr hingen und zerrten, erklärte sie Paul auf Deutsch die pädagogische Bedeutung der Freude.

»Freude«, sagte sie, »ist ein Ansporn, ein Antrieb. Aber man muss auch lernen, sich richtig zu freuen. Als Kind freust du dich über Kleinigkeiten, und du freust dich ganz rein. Ein Ball, ein Luftballon, ein Zirkus. Das Kindliche ist das Unverfälschte, das es zu bewahren gilt. Aber dann merkst du, dass das nicht reicht, dass das alles ganz schnell verpufft. Ein Eis ist schnell gegessen. Der Moment ist rasch vorüber. Du musst lernen, die Freude einzubetten in einen

Sinnhorizont. Du musst deine Freude organisieren und sie in den Dienst einer größeren Sache stellen. Du erarbeitest dir etwas. Freude entsteht aus der Arbeit. Und du merkst, du bist Teil des Kollektivs, eines größeren Zusammenhangs. Deine Freude ist dein Optimismus. Damit steckst du die anderen an und machst sie stärker. Und das macht dich zu einem besseren, brauchbaren Menschen.«

Das sagt ja die Richtige, dachte Paul, denn Freude war nun nicht gerade Sigrids Spezialdisziplin, doch er sagte: »Ist das schon wieder dein Makarenko? Ich mag diesen Bolschewisten nicht, wenn er sogar die unschuldige Freude in eine Sache der Disziplin und der Parteitreue verwandelt.«

»Das tut er nicht, er sagt nur, dass die Freude größer ist, wenn sie einem höheren Ziel dient. Und wenn du gut gearbeitet hast, dann darfst du auch feiern.«

Im sozialistischen Zirkus gab es Tiger und Elefanten, Clowns auf Stelzen, Akrobaten auf Pferden und tanzende Hunde, Jongleure und Hochseilartisten, in der Pause Tortillas und Cola aus der Tüte, und es war rührend zu sehen, wie aufgekratzt die Kinder waren, für beide war es der erste Zirkusbesuch ihres Lebens. Paul erinnerte sich daran, wie er als kleines Kind gestaunt hatte, als der Zirkus nach Lippstadt kam, und es verwirrte ihn, dass ein Zirkus hier offenbar ganz genauso aussah. Die sozialistischen Clowns stolperten auf dieselbe Weise, trugen die gleichen Perücken und die gleichen orangefarbenen Hosen, die Pferde waren mit bunten Fähnchen geschmückt, und die Elefanten waren Elefanten, selbst das Kassenhäuschen und die Wohnwagen der Zirkusleute waren ihm vertraut, wahrscheinlich würde das genau so bleiben bis ans Ende aller Tage und jenseits aller Gesellschaftssysteme. Der Zirkus existiert außerhalb der Welt. Deshalb geht man dorthin und nimmt sich zwei Stunden Urlaub vom eigenen Leben.

Während die Peitschen der Pferdedresseure knallten, erzählte Amanda von den Anfängen der Kooperative. Zu zehnt hätten sie vor drei Jahren begonnen, als sie sich bei María zu Hause trafen und jede von ihnen ihre eigene Nähmaschine, Nadel, Faden und Stoffe mitbrachte, das war die Bedingung, bis sie das Gebäude der Sanitätsstation zugeteilt bekamen und sich langsam professionalisierten. An einer Hose verdiene sie zweitausend Córdobas, müsse also sechs bis acht Hosen am Tag nähen, damit es sich überhaupt lohne, mal davon abgesehen, dass die Inflation die Gewinne auffresse. Inzwischen entsprach ein US-Dollar 4500 Córdobas, und wenn Paul bei der Bank Dollars für die Brigade eintauschte, kam er mit einer Plastiktüte voller Bargeld wieder heraus, so dass er nicht wusste, ob er sich reich oder lächerlich vorkommen sollte.

»Es war Selbsthilfe aus der Arbeitslosigkeit heraus«, sagte Amanda, »und aus dem Wunsch heraus, etwas zu machen. Als Frauen. Wir wollten etwas zu den Veränderungen der neuen Zeit beitragen und unser eigenes Leben ändern. Darum geht es doch, dass jeder sich selbst ändert. Die Revolution beginnt bei jedem einzelnen Menschen.«

Sie hätten sich dann mit einer anderen Gruppe zusammengeschlossen, alle kannten sich von der AMNLAE und waren überzeugte Anhängerinnen der FSLN.

»Deshalb ist mir das AMNLAE-Festival so wichtig. Da kommen wir her. Auch das ist unsere Familie.«

Das Festival der Frauenorganisation, unter mächtigen Bäumen auf einer Wiese neben dem Zirkusgelände, bestand vor allem aus Büchertischen, hinter denen bestens gelaunte Frauen Broschüren verteilten. Paul erwarb einen Comic über das Leben Sandinos, zehn Heftchen in einer Kassette. Die *madres contra la amnistía general* skandierten »No! No! No!«, lärmten mit Rasseln und Trillerpfeifen. Eine Frauenband spielte Salsa, alle trugen bunte Hütchen und Sonnenbrillen.

Amanda ging von einem Stand zum nächsten und zog Paul zusammen mit den beiden Söhnen hinter sich her, bis sie plötzlich auf einen Menschenpulk zulief, in dessen Zentrum er eine Fernsehkamera und daneben den Präsidenten Daniel Ortega erkannte. Ortega steckte nicht in seiner Uniform, sondern trug Jeans und ein weißes, enganliegendes Hemd. Amanda hatte ihn bereits erreicht und seine Hände ergriffen, sie sah so aus, als würde sie gleich auf die Knie sinken, aber sie sprach auf ihn ein, nachdrücklich, als hätte sie ihren Text lange vorbereitet und müsste ihn nur noch aufsagen. Ortega lächelte und nahm sie in den Arm, sah sich um, winkte Sigrid und Paul zu sich heran und schüttelte ihnen die Hand, erst Sigrid, dann Paul, dem er zudem auf die Schulter klopfte und »muy bien, muy bien« sagte.

Offenbar hatte Amanda ihm berichtet, wer sie waren, denn er kannte den Namen ihrer Brigade und wusste um ihre Herkunft aus Westdeutschland. Sigrid antwortete auf seine Frage nach dem Stand der Bauarbeiten, alles verlaufe nach Plan, bis zum Jahresende werde die Halle fristgerecht übergeben, Amanda berichtete von Produktivitätsfortschritten und der Hoffnung auf weitere Steigerungen im nächsten Jahr mit den neuen Industrienähmaschinen, Ortega murmelte noch einmal »muy bien«, lächelte und ging weiter, quer durch die Menschenmenge, während

Amanda die rechte Hand von Paul und die linke von Sigrid fasste und nachdrücklich auf und ab bewegte, um die Berührungen und das Gefühl des Berührtseins zu verlängern und zu vertiefen.

Wortlos standen sie so, Hand in Hand, eine ganze Weile. »Ergriffen«, dachte Paul, daher kommt das Wort also. Wenn jetzt jemand ein Foto von ihnen gemacht hätte, fürs Geschichtsbuch oder auch nur fürs Familienalbum, dann wäre ihren Gesichtern diese Ergriffenheit anzusehen gewesen. Dann wären das Leuchten in ihren Augen und der Glanz des Glücks aufgefallen, über den die Betrachter in einer ferneren Zukunft, die wissen würden, was aus Ortega geworden sein würde, sich bloß noch wundern könnten. Dann wäre das Bild zu einem Dokument der Augenblicksverfallenheit und naiver Revolutionsgläubigkeit geworden und damit Zeugnis von etwas ganz anderem, als es in diesem Augenblick war. Vielleicht würden die zukünftigen Betrachter sich aber auch bloß darüber wundern, dass der schmierige, korpulente Möchtegern-Diktator und Chef eines korrupten Familienclans, den sie aus den Nachrichten kannten, auch einmal ein schnittiger, gutaussehender junger Mann gewesen war, der womöglich noch brauchbaren Idealen folgte. Oder sie würden mit dem Finger auf Sigrid tippen und sagen: Das ist wahrscheinlich das letzte Foto von dieser jungen Frau vor ihrem tragischen Ende.

Paul hätte nicht erklären können, was ihn so stark ergriffen hatte. Vielleicht war es nur die Ergriffenheit Amandas, die ihn mitriss. Vielleicht war es die Gewissheit, für eine gute Sache einzustehen, wenn sogar der Staatspräsident sie lobte. Vielleicht war es auch nur der Moment der Gemeinschaft mit der hageren, schwarzäugigen Amanda und der hellblonden Sigrid, deren Hände er immer noch festhielt, das Gefühl, berührt und aufgehoben zu sein zusammen mit diesen auf unterschiedliche Weise fremden Wesen, mit denen ihn bei Lichte betrachtet nicht viel verband. Oder reichte es aus, gemeinsam für die Revolution zu sein – was immer das auch bedeutete? War man dann schon eine Familie? Woraus bestand die Illusion des Lebens: darin, allein und einzeln zu sein – oder darin, zu lieben und sich verbinden zu können? Paul wusste es nicht, aber er genoss den Moment, auch wenn ihm klar war, dass Ortega die kurze Begegnung im Weitergehen bestimmt schon vergessen hatte, während er selbst sich sein Leben lang daran erinnern würde.

7

»Geschichte hat keine Absicht, folgt aber Interessen«, sagte der Frieder.

Und Jürgen: »Geschichte ist kein Text, ist aber auch keine bloße Abfolge von Daten.«

Der Frieder: »Geschichte, die nicht beschrieben und also in Text verwandelt wird, ist keine Geschichte, sondern blindes Ereignis.«

Jürgen: »Geschichte ist kein Subjekt und kein Objekt, doch sie bedarf der Interpretation.«

Der Frieder: »Subjekt und Objekt der Geschichte fallen zusammen. Das sind wir selbst.«

Da versuchte Beate dazwischenzukommen: »Also sind wir weder Subjekte noch Objekte der Geschichte, sondern geschichtliche, interpretierende, Geschichte machende und von der Geschichte hervorgebrachte Wesen.«

Und Paul, singend: »*Keine Atempause – Geschichte wird gemacht – es geht voran!*«

Dann wieder der Frieder, ernsthaft und über Paul hinweg: »Aber eben immer auch in der Geschichte gefangen und befangen. Ihr kennt doch dieses Marx-Zitat mit der Tragödie, die sich als Farce wiederholt. Wird ja andauernd von allen Deppen zitiert.«

Er tauchte unter den Tisch ab, kramte in seiner Mappe,

kam mit einem blauen MEW-Band wieder hoch, blätterte, suchte.

»Band acht, aus dem *Achtzehnten Brumaire*. Entscheidend ist das, was danach kommt. Das wird nur selten zitiert. Da erklärt Marx, warum das so ist mit der Farce. Warum es diesen Wiederholungszwang gibt. Warum Revolutionen fast immer scheitern. Hier, ich hab's, passt auf: *Die Menschen machen ihre eigene Geschichte, aber sie machen sie nicht aus freien Stücken, nicht unter selbstgewählten, sondern unter unmittelbar vorgefundenen, gegebenen und überlieferten Umständen. Die Tradition aller toten Geschlechter lastet wie ein Alp auf dem Gehirne der Lebenden.* Das ist stark, was?«

»Da musst du den Tigersprung machen, um aus den *überlieferten Umständen* rauszufinden.«

»Warte. Ich war noch nicht fertig. *Und wenn sie eben damit beschäftigt scheinen, sich und die Dinge umzuwälzen, noch nicht Dagewesenes zu schaffen, gerade in solchen Epochen revolutionärer Krise beschwören sie ängstlich die Geister der Vergangenheit zu ihrem Dienste herauf, entlehnen ihnen Namen, Schlachtparole, Kostüm, um in dieser altehrwürdigen Verkleidung und mit dieser erborgten Sprache die neue Weltgeschichtsszene aufzuführen.*«

Wenn sie in Form waren, schlugen der Frieder und Jürgen sich Sätze wie Bälle um die Ohren, ein Wortwechsel als Tennismatch quer über den Tisch, während Beate und Paul dem Hin und Her wie Tennispublikum auf der Tribüne folgten, indem sie die Köpfe vom aufschlagenden zum returnierenden Spieler und wieder zurück drehten.

»Spiel, Satz, Sieg«, sagte Paul, und Beate: »Tennis ist eine Form von Dialektik. These, Antithese, Synthese. Aufschlag, Return, Punktgewinn.«

Nach drei Stunden *Ästhetik* saßen sie wie so oft müde

gelesen im Dicken Wirt, gleich gegenüber von Beates Wohnung, einem Altberliner Lokal mit viel dunklem Holz und enormem Stimmenpegel, und tranken gut gezapftes Charlottenburger Pilsener.

»Ein gut gezapftes Pils braucht sieben Minuten«, sagte Paul jedes Mal, wenn die nächste Runde auf dem Tisch stand, worauf Jürgen ihn gequält ansah, sichtbar leidend unter der Wiederholung der abgedroschenen Weisheit.

»Damit Geschichte wirkt, muss man sich zu ihr verhalten, muss das Vorgefundene bearbeiten und verändern«, sagte er in Frieders Richtung, der versuchte, aus Bierdeckeln ein Haus zu bauen, das ihm aber immer wieder einstürzte, wenn er in der dritten Etage ankam.

»Geschichte gibt es nicht«, mischte Beate sich ein. »Also wirkt sie auch nicht. Du kannst sie nicht greifen, weil sich alles immerzu verändert. Auch deine eigene Position. Unmittelbar kommst du nur mit Diskursen in Berührung.«

Diskurs war das Zauberwort der Epoche. Wer sich auf den Diskurs berief, hatte schon so gut wie gewonnen. Alles war Diskurs. Paul wusste lange Zeit nicht, was das genau bedeutete und warum man nicht einfach Diskussion sagte. Er führte nie einen Diskurs, er diskutierte allenfalls, und diskutieren war auch bloß ein anderes Wort für miteinander reden, vielleicht mit einer zusätzlichen Prise Uneinigkeit. Diskussion klang nach Streit, aber wonach klang Diskurs?

Ein Diskurs, hatte Beate ihm eines Tages erklärt, sei so etwas wie die Bedingung der Möglichkeit des Sprechens. »Diskurse sind die Bahnen, die dem Denken die Richtung vorgeben.« Er müsse sich das Verhältnis von Diskursen zu Diskussionen so vorstellen wie das Verhältnis von Straßen zum Verkehr. Ohne Straße kein Verkehr, aber Verkehr immer nur da, wo die Strecken dafür angelegt sind. Das war Foucault, Diskurstheorie, so viel hatte Paul verstanden und damit auch die Herausforderung angenommen, dass das Denken sich selbst erfassen soll, um sich der eigenen Bedingungen klar zu werden. Man muss das Denken denken, muss den Diskurs, in dem man steckt, erkennen, so wie man wissen muss, auf welcher Straße man wohin unterwegs ist. Es nützt ja nichts, flott voranzukommen, wenn es in die falsche Richtung führt.

»Aber geht das?«, hatte er zurückgefragt. »Wenn das Denken sich selber denkt, muss es dann nicht noch ein weiteres, übergeordnetes Denken geben, das denkt, wie das Denken sich selber denkt? Und so fort? Und genauso ist es mit dem Bewusstsein: Wenn jedes Bewusstsein in einem größeren Bewusstsein von sich selbst steckt, dann ist das wie eine russische Matroschka-Puppe, nur dass es kein Ende gibt, keine Außengrenze, kein größtes Element, sondern immer noch ein größeres. Da wirst du doch irre, wenn du so denkst. Du kannst dich nicht selber an den Haaren aus dem Erkenntnissumpf ziehen. Also lass es lieber bleiben.«

Der Frieder und Jürgen waren inzwischen beim vierten Bier und bei der »hermeneutischen Unterstellung« angelangt, Jürgens Lieblingsthema aus einer Vorlesung von Haug. Der Frieder hatte ein Bärtchen aus Bierschaum auf der Oberlippe, baute weiter geduldig an seinem Bierdeckelhaus und dozierte, während das Haus schon wieder einstürzte: »Bestimmte gesellschaftliche Formationen produzieren durch die Art des Zusammenkommens bestimmte Sehmuster und Verhaltensweisen.«

»Genau«, sagte Beate. »Du hast vier Bier intus, und dann

fängst du an, schlau daherzureden. Bist aber viel zu zappelig für deine blöden Bierdeckel.«

»Stell dir eine Theaterbühne vor, auf der eine Stunde lang nichts passiert.« Jürgen griff auf das Beispiel zurück, das Haug ihnen gegeben hatte. Seine Brille spiegelte, so dass die Augen nicht zu sehen waren. »Eine Stunde lang keine Geschichte. Kein Ereignis. Keine Protagonisten. Aber eine hell erleuchtete Bühne. Das Publikum sitzt im Saal, alle schauen nach vorne, warten. Determinierung durch Ausrichtung der Blicke, könnte man sagen. Es gibt nichts zu sehen, aber die Inszenierung gibt zu verstehen, dass dieses Nichts etwas zu bedeuten hat. Das ist die hermeneutische Unterstellung. Der Geist legt einen Sinn in das, was er nicht begreift. Sogar einer leeren Bühne, auf der nichts passiert, wird ein Sinn unterstellt.«

Paul erinnerte sich, was Haug dazu gesagt hatte: »Anstatt wahrzunehmen, wird wahrgegeben.« Diesen Satz hatte er sich aufgeschrieben. So wie die leere Theaterbühne müsse man sich das mit jedem Text vorstellen. Da ist der Text, und hier ist der Leser, der einen Sinn hineinlegt oder vielmehr herausholt, was der Autor mutmaßlich an Bedeutung darin versteckt hat. So haben wir es schließlich im Deutschunterricht in der Schule gelernt. Hermeneutik als Ostereiersuche. Davon müsse man wegkommen.

»Uns interessiert bei unserer Marx-Lektüre nicht das Innere des Autors«, hatte Haug in den Saal gerufen, »sondern der Lernprozess, den er beim Erarbeiten seiner historischen Skizze zurückgelegt hat.«

Er bezeichnete *Das Kapital*, dieses Mammutwerk, tatsächlich als »historische Skizze«. Das war schon stark.

»Der Text birgt nichts Geheimnisvolles«, hatte Haug gesagt. »Er ist beweglich. Jede Änderung hat einen historischen Anlass. Wir wollen ihn einer kritischen Lektüre unterziehen, ohne hermeneutische Unterstellung. Da Marx nach wissenschaftlichen Regeln arbeitete, können wir diese Arbeit mit derselben Methode fortführen, weiterentwickeln, korrigieren. Stellen, die nicht mehr stimmen, müssen sichtbar gemacht werden. Wir sind Arbeiter und keine Priester.«

Alle wollten Arbeiter sein. Vor allem die Intellektuellen. Und da sie nichts anderes taten, als zu lesen und zu schreiben, waren sie Textarbeiter, die sich einem ideellen Proletariat zurechneten, das nicht durch Klassenzugehörigkeit, sondern durch freie Wahl und eine politische Entscheidung gebildet wurde. Bertolt Brecht hatte Arbeiterjacken getragen, die er sich maßschneidern ließ. Von Peter Weiss gab es ein Foto, das ihn in einer schwarzen Lederjacke vor einer großen Schrankwand mit unzähligen kleinen Schubladen zeigte, in denen er das Material für die *Ästhetik* sortierte. Da konnte man sehen, dass Schreiben, jedenfalls das Schreiben so eines Werkes, tatsächlich Arbeit war, die in einer Werkstatt verrichtet wurde. Künstler stellten keine Kunstwerke mehr aus, sondern zeigten ihre »Arbeiten«. An der Uni waren derzeit Latzhosen modern, die idealerweise aus einem Laden für Berufsbekleidung stammten, so dass im Marx-Seminar lauter Tischler oder Installateure zu sitzen schienen, denen lediglich Hammer und Zollstock in der Seitentasche fehlten.

Auch Peter Weiss hatte sich mit der *Ästhetik* eine proletarische Wunschautobiographie geschaffen, in der er, der Bürgersohn, der Maler, experimentelle Dokumentarfilmer, psychoanalytisch geschulte Schriftsteller, sich mit seinem

Alter Ego in die Arbeiterbewegung, die Widerstands- und Kunstgeschichte hineinschaffte, ein Vorgang, den Paul zusammen mit Beate, dem Frieder und Jürgen lesend wiederholte, auch wenn sie Weiss die Stilisierung als Arbeiter nicht durchgehen lassen wollten. Sie fragten sich, ob es solche Arbeiter wirklich geben konnte, die nach einem Zwölfstundentag in der Fabrik und egal wie müde am Abend zu einem Buch griffen, um sich weiterzubilden, und die es empörend fanden, wenn ihnen nach ihrem Tagewerk keine intellektuellen Aktivitäten mehr zugetraut wurden. *Wir aber gingen davon aus, dass die Beschäftigung mit Literatur, Philosophie, Kunst überall möglich war. Allen war die Fähigkeit gegeben nachzudenken. Wir waren Arbeiter, und wir waren auf dem Weg, uns eine kulturelle Grundlage zu schaffen.*

Paul wusste nicht, was er war. Kleinbürgerskind. Sohn eines Wäschereibesitzers. Student, ja klar. Darüber hinaus hoffte er bloß, eines Tages vom Schreiben leben zu können. Doch worüber sollte er schreiben? Ein Werk lag in weiter Ferne. Die einzigen Arbeiten, die er ablieferte, waren Seminararbeiten. Darüber hinaus konnte er bloß die Textlein in der Lokalzeitung vorweisen, wo man ihn, den Praktikanten, zu langweiligen Gemeinderatssitzungen schickte, damit er das Wichtigste des Unwichtigen in einem vierzigzeiligen Zweispalter zusammenfasste. Egal wie öde das auch war, empfand Paul doch einen gewissen Stolz, wenn er am nächsten Tag einen mit seinem Kürzel *pan* gezeichneten Artikel in der Zeitung wiederfand, *pan* für Paul Neumann, so dass er von den Kollegen der Lokalredaktion bald nicht mehr Paul, sondern Peter genannt wurde: unser Peter Pan. Nur gut, dass Beate, der Frieder und Jürgen davon nichts wussten, sonst wäre ein Diskurs über griechische Mythologie,

Satyrn, Panflöten und den Kinderbuchhelden aus Nimmerland, wo man nie erwachsen wird, nötig geworden, und Paul hatte keine Lust, dafür als Anlass herzuhalten. Ihm reichte es schon, wenn sie ihn Paul Newman nannten, auch wenn ihm das durchaus schmeichelte, oder wenn der Frieder »Slow Eddie« zu ihm sagte, weil er im Kino gerade Paul Newman als Billardspieler Fast Eddie in »Die Farbe des Geldes« gesehen hatte.

Vor allem musste er Spanisch lernen. Pablo Hombrenuevo, das wäre ein Name! Der neue Mensch der großen Revolution! Paul war alles andere als ein Sprachtalent. Latein war im Ostendorf-Gymnasium in Lippstadt sein wunder Punkt gewesen, Englisch hatte er so leidlich bewältigt, aber Vokabeln zu büffeln immer als Tortur empfunden, der er sich so gut als möglich entzog. Doch jetzt wollte er zum ersten Mal etwas, jetzt ging es von ihm aus, jetzt hatte er ein konkretes Ziel: Nicaragua. Die spanische Sprache würde ihm die Tür dorthin öffnen. Und nicht nur das. Sie versprach ein anderes Leben, Intensität, Wahrhaftigkeit, Zukunft. Was sollte Revolution denn sonst bedeuten?

Jürgen hatte ihn zu seiner Soligruppe mitgenommen, bei der er sich als Computerfachmann nützlich machte. Er gestaltete Flugblätter und Broschüren, die sie auf Märkten in Kreuzberg, in Schöneberg und Charlottenburg verteilten, um für Spenden zu werben. Da bekam Paul dann auch zum ersten Mal den Bauplan für die Näherei zu sehen, Fotos von den fröhlichen Frauen und von Managua, und so wuchs allmählich sein Wunsch, dorthin zu reisen und mehr zu tun, als bloß Infostände zu betreiben. Jürgen wäre das nicht in den Sinn gekommen. Er fand, er sei in Berlin besser aufgehoben, da könne er sich mit seinen Fähigkeiten nützlicher machen, außerdem gebe es mehr als genug Leute, die unbedingt nach Managua wollten.

Jürgen war es auch, der Paul auf den Sprachkurs am Lateinamerika-Institut hinwies, und nachdem er sich dort eingeschrieben hatte, stieg er dreimal in der Woche auf dem Weg zur FU am Breitenbachplatz aus, um in dieses seltsam geziegelte Gebäude zu gehen, das ihm wie eine Schule vorkam, vor der sehr erwachsen wirkende Peruaner oder Chilenen mit langen blauschwarzen Haaren und hiesige Studentinnen herumstanden, die fließend Spanisch sprachen und selbstgedrehte Zigaretten rauchten. Die Zeit in der U-Bahn nutzte Paul, um seine mit Vokabeln beschrifteten Karteikärtchen durchzublättern und immer wieder neu zu mischen, so dass in seinem löchrigen Hirn dann doch allmählich mehr und mehr Wörter hängen blieben. Als er am Schwarzen Brett einen Sprachkurs in einem Dorf bei Barcelona entdeckte, meldete er sich kurzentschlossen für die Osterferien dort an. Beate würde auch in Barcelona sein, sie fuhr mit einem alten Opel Kadett, den sie von ihrer Tante geerbt hatte, und begleitet von einer Freundin, die dann weiter nach Madrid wollte, schon ein paar Tage vor ihm, doch er hatte jetzt einen guten Grund, sie zu besuchen. Sie gab ihm die Adresse von Javier in einer Seitenstraße, nicht weit weg von den Ramblas.

Als er dort im fünften Stock eines mondänen Hauses an der Wohnungstür klingelte, die er über ein schneckenförmiges, mit Marmor verkleidetes Treppenhaus erreichte, öffnete ihm ein blasser Mann mit schütterem Haar und goldener Brille, der ganz und gar nicht Pauls Vorstellung des Spaniers entsprach. Er trug einen dicken Rollkragenpullover und eine flatterige, gelbliche Pluderhose, doch die Füße steckten nicht, wie es sich zu dieser Hose gehört hätte, in kniehohen Reitstiefeln, sondern in Mickey-Mouse-Pantoffeln. »Komm rein«, sagte er auf Deutsch mit einem harten Akzent, »Beate ist unterwegs, müsste aber bald wieder hier sein.« Javier führte ihn ins Wohnzimmer, in dem nichts als ein weinrotes Sofa und ein blitzeblankes, verchromtes Abstelltischchen mit etlichen leeren Weinflaschen stand. Vom Sofa erhob sich mühsam ein Typ, der, als er sich endlich zu voller Größe aufgerichtet hatte, Javier um mindestens einen Kopf überragte. Er war beeindruckend muskulös und dunkelhäutig und trug einen weißen Trainingsanzug mit der Aufschrift FC Barcelona Bàsquet.

»Nice to meet you«, sagte er, »I'm Tom.«

»Setz dich«, sagte Javier und bot Paul den frei gewordenen Platz auf dem Sofa an. Tom öffnete die Balkontür, so dass Straßenlärm und Abgasdunst ins Zimmer drangen, nahm draußen auf einem absurd winzigen Schemel Platz, der unter seinem Gewicht zusammenzubrechen drohte, und keinen weiteren Anteil an der Konversation. In der Ferne konnte Paul den Kopf der Kolumbusstatue auf der Spitze der Säule erahnen, an deren von Löwen bewachtem Sockel er eben vorbeigegangen war. Dann war er über die Ramblas geschlendert mit ihrem Blumenmarkt und den Papageien- und Wellensittichhändlern, mit Goldfischen in Glasgefäßen, bunten Tüchern, bunten Fußballtrikots, bunten Girlanden, und dahinter wusste er den Hafen, über den Kolumbus, auf seiner Weltkugel stehend, aufs Meer und hinaus in die Ferne zeigte, als erahne er dort bereits den unentdeckten Kontinent oder zumindest den Seeweg nach Indien.

»Willst du was trinken?«

Es war kalt in der Wohnung, in der es offenbar keine Heizung gab. Mit Kälte in Spanien hatte Paul nicht gerechnet, schon gar nicht im April, und die Spanier selbst wohl auch nicht, wenn die Baumeister dieses durchaus imposanten Gebäudes keinerlei Vorsorge für diesen Fall getroffen hatten. Beate hätte, ohne zu fragen, einen Tee gekocht. Paul fühlte sich fehl am Platz, wie selten in seinem Leben. Was wollte er hier? Was hatte er sich bloß gedacht? Sollte er sich mit Javier befreunden? Und wer war dieser Tom auf dem Balkon? Er wusste nicht, worüber sie hätten reden sollen, und so erzählte er von seiner Fahrt per Autostopp, er hatte einen Direktlift von Dreilinden bis nach Freiburg ergattert, ein paar kiffende Hippies nahmen ihn in einem alten R4 mit. In Freiburg hatte er auf einer Bank in einem Stadtpark auf den nächsten Morgen gewartet, dann den Bus nach Mulhouse und dort den Zug nach Lyon und weiter bis Montpellier genommen, sich zuletzt in kleinen Etappen durchgeschlagen. Mal hatte ihn ein dreirädriger Transporter mitgenommen, mal ein Bauer auf dem Traktor bis ins übernächste Dorf, dann ein deutscher Caravan, der ihn über die Grenze brachte. Übernachtet hatte er im Schlafsack in einem Weinberg, bis ihn der Besitzer mit einem geifernden Schäferhund an der Leine und einem Gewehr unterm Arm aufschreckte, sich aber rasch von Pauls Harmlosigkeit überzeugen ließ und ihm eine Flasche Rotwein brachte. In der nächsten Nacht lag er in einem schütteren Wäldchen, das nach Pinienharz und Rosmarinnadeln duftete, und machte kein Auge zu, weil die Grillen einen unglaublichen Lärm veranstalteten und Geschwader blutrünstiger Mücken erbarmungslos über ihn herfielen.

»Soso«, sagte Javier gelangweilt. »Und jetzt bist du hier.«

Beate wirkte derangiert, als sie endlich auftauchte. Ihre Lippen waren aufgesprungen und verkrustet, ihre Medusenhaare standen wild in alle Richtungen, sie wirkte übernächtigt, sah weder nach Javier noch nach dem auf dem Balkon verharrenden Riesen, und zu Paul sagte sie, ohne ihn zu begrüßen: »Komm, ich zeig dir die Sagrada Familia. Deshalb bist du doch hier.«

Kaum waren sie unten auf der Straße, fiel sie ihm um den Hals und schluchzte.

»Ich bin so ein Idiot, so dermaßen blöde!«

»Was ist denn los?«

»Javier ist schwul. Ich habe das überhaupt nicht geschnallt. Nullkommanull. Hab mich nur gewundert, was da zwischen uns stand, es gab immer eine Grenze, ich kam nie ganz an ihn ran. Aber er hat nie was gesagt. Und dann sitzt da auf einmal dieser Tom, und Javier zärtelt an ihm rum, er demonstriert das einfach, ohne mir was zu sagen, verklemmt ist er auch noch, vielleicht weiß er es selber nicht so genau, aber ich bin ausgerastet und weggegangen, hab mir ein Zimmer in einem kleinen Hotel genommen und fahre morgen weiter nach Madrid zu Ulrike, weißt du, die, die mit mir hergefahren ist.«

»Ach du Scheiße«, sagte er und dann, nachdem auch Beate längere Zeit geschwiegen hatte: »Meinst du, er ist es wert, dass du wegen ihm leidest?«

Schon während er den Satz aussprach, schämte er sich dafür, wie blödsinnig er war, und hätte ihn am liebsten wieder zurückgezogen, eingesaugt mit dem nächsten Atemzug. Aber weil das nicht geht, vibrierte der Satz in der Luft, so dass er nur hoffen konnte, er möge ungehört verhallen. Er versuchte es nochmal, anders: »Vielleicht wusste er bisher noch nicht über sich Bescheid. Vielleicht hast du ihm irgendwie Klarheit verschafft.«

»Na super«, empörte sich Beate. »Das ist ja genau das, was du dir wünschst als Frau. Dass der Typ, mit dem du zusammen bist, dank dir merkt, dass er schwul ist. Sag mal, spinnst du?«

»Hey«, sagte Paul. »Aber das liegt doch nicht an dir!«

»Und wenn doch? Woher willst du das denn wissen?«

Der Bus, in den Beate ihn lotste, fuhr an Gaudís Casa Milà vorbei, einem Eckhaus ohne Ecken, das Paul mit seinen gerundeten Balkonen und geschwungenen Fassaden an die für die Internationale Bauausstellung errichteten Kreuzberger Baller-Bauten erinnerte. Nicht unbedingt schön, aber berühmt. Dort mussten sie umsteigen und standen kurz darauf auch schon vor der imposanten, sich wie ein gewaltiger Termitenhügel erhebenden Sagrada Familia, die Paul nur von Fotos und aus dem Spanienkapitel der *Ästhetik* kannte. Beate war wild entschlossen, über Javier zu schweigen und sich stattdessen zur Fremdenführerin aufzuschwingen. Oft genug war sie während ihrer Barcelona-Besuche um diesen unvollendeten *Traum einer Kathedrale* herumgestreift, wie Peter Weiss mit doppeldeutigem Genitiv formuliert hatte, so dass offenblieb, ob die Kathedrale als Subjekt oder Objekt dieses Traums zu verstehen wäre und sich womöglich sogar selbst träumte, also beides, Trauminhalt und Träumende wäre, und tatsächlich kam ihnen das von Schildkröten getragene Portal, kamen ihnen die Riesenschnecken und Seeigel auf der Fassade so vor wie die in Stein gehauenen Ungeheuer aus Goyas Schlaftraum der Vernunft. Überall kroch und wimmelte es, Schlangen, Flügelmonster, Tintenfische. Klaffende Wunden oder Blütenkelche öffneten sich, Eiter und Blut und andere Säfte tropften herab, dieser Bau war eine umgestülpte Tropfsteinhöhle, ein Heiligtum der Maya oder der alten Ägypter viel mehr als eine christliche Kathedrale, auch wenn da oben, zwischen Truthähnen, Hühnern, Pfauen, Gänsen, Ochs und Esel die heilige Familie mit dem frischgeborenen Jesus dargestellt wurde.

Peter Weiss hatte sich gewundert über den naturalistischen Kitsch der trivialen Figuren, die Trompeter mit Instrumenten aus Blech, die platten Gesichter, die vor den reichen Ornamenten als Hintergrund seltsam deplaziert wirkten, aber gerade durch diesen Kontrast ihren Kitschcharakter verloren. Weiss hatte eine monströse Abwesenheit von Geschmack festgestellt, ein Durcheinander der Baustile, das eine Gesamtheit entstehen ließ, deren Wesen Vermischung war. In Beates Küche hatten sie einen Bildband durchgeblättert, um sich das Beschriebene vor Augen zu führen und zu verstehen, was Weiss meinte, wenn er diese nach außen und oben strebende Großgrotte als *Bauwerk aus Gegensätzen* bezeichnete, das, und diese Formulierung hatte Paul sich gemerkt, *aus Uraltem kommend und Zukünftiges erratend, nirgends einzuordnen* sei. Alles Aufgewühlte werde hier zu Monumentalität, hatten sie gelesen, so dass Beate behauptete, Gaudí habe es geschafft, Bewegtheit in der Erstarrung festzuhalten.

Damals, im Jahr 1937, war für den Erzähler der *Ästhetik* von fern der Kanonendonner der Front zu hören gewesen, wo Francos Faschisten versuchten, sich näher an die von den Republikanern gehaltene Stadt heranzukämpfen. Jetzt war die Baustelle vom Verkehrslärm umspült, schrille Hupen, aufheulende Motoren und dazwischen das hohe Jaulen der Mopeds und Vespas. Paul erkannte in den sich aus der Drehung emporschraubenden Türmen ein organisches Wachstum, das in einen Zauberbann gelegt worden war und deshalb im Werden verharrte, und wenn das alles auf eine Zukunft deutete, dann würde diese Zukunft nur im Tempo der Schildkröten und der Schnecken erreichbar sein. Das Unfertige passte zum Übergangscharakter des Bauwerks so gut, dass er nur hoffen konnte, es würde nie fertiggestellt.

»Wenn es seinem Wesen nach Werden darstellt«, sagte Paul, »muss es in diesem Stadium verharren. Jedes spielende Kind weiß, dass nur das Unfertige reizvoll ist. Das Vollendete legt es achtlos beiseite. Nichts Langweiligeres als ein fertiges Puzzlespiel oder ein Raumschiff aus Legosteinen. Was willst du damit noch anfangen?«

Auch die Sagrada Familia ließ sich als so ein unfertiges Menschheitsspiel begreifen, als etwas, das nur außerhalb von Raum und Zeit seine Vollendung finden kann und schon deshalb nur in dieser Ruinenhaftigkeit echt anmutete, die zu überwinden jedoch zugleich das Ziel aller Anstrengungen sein musste. Dazu kam, was Peter Weiss anführte und was Beate jetzt wiederholte: Schon zu Gaudís Lebzeiten habe der kirchliche und religiöse Anlass des Bauens jeden Sinn verloren, die Andachtsstätte werde – und das gelte heute in noch viel stärkerem Maße – um eine entleerte Idee herum errichtet. Schon deshalb müsse der Kirchenbau unvollendet bleiben, als Bruchstück oder reines Kunstwerk. Paul leuchtete das ein. Die Sinnlosigkeit der Bemühungen zeige sich ja auch in Gaudís absurdem Tod, meinte Beate, der im Juni 1926 ganz in der Nähe seiner Baustelle von einer elektrischen Straßenbahn erfasst, bewusstlos liegen geblieben und, seiner zerfetzten Kleidung und eines verwahrlosten Erscheinungsbildes wegen, für einen Bettler gehalten und deshalb in ein Armenkrankenhaus eingeliefert worden sei. Dort hätten Freunde ihn erst nach drei Tagen gefunden, kurz darauf sei er gestorben. Man hatte den berühmten Mann nicht erkannt, dessen Tod die ganze Stadt in tiefe Trauer versetzte und der in der Krypta seiner Kathedrale ein Ehrengrab erhielt.

Weiss behauptete, der Baumeister sei um die Räder der Straßenbahn gewickelt und regelrecht zerrissen, aufgerollt worden. Dann allerdings wäre es auch nicht verwunderlich gewesen, wenn er nicht mehr erkannt werden konnte. Mit der Dramatisierung des Geschehens wollte Weiss einen Gegensatz zwischen der schnellen, dröhnenden, klirrenden technischen Moderne und Gaudís *verschwiegener Welt* aufbauen, so dass er bei aller Befremdlichkeit von Gaudís Traumbauten und trotz dessen ausgeprägten Katholizismus dann doch mit ihm sympathisierte. Indem er das Gewoge, die ausgehöhlten Klippen und Sandbänke an dessen Bauwerk hervorhob, rückte er es in den Symbolbereich der Psychoanalyse. Es waren Formen, die dem Unbewussten entstammten und die ein Geheimnis bargen, das gar nicht dafür gedacht gewesen sein mochte, entschlüsselt und enträtselt zu werden, sondern vielmehr die eigene Geheimnishaftigkeit als eine Art Bekenntnis sichtbar werden zu lassen. Transzendenz kann ja nur eine Andeutung sein, ein Hinweis, eine Ahnung von etwas, das sich im Sichtbaren als Zeichen verbirgt.

»Und hier«, sagte Beate, »hat Gaudí direkt auf dem Gelände eine Schule errichtet.« Der barackenartige Bau, auf den sie zeigte, besaß ein wellenartiges Dach und beherbergte einst, wie eine Infotafel verriet, drei Klassenräume. »Die Kinder der Arbeiter sollten unter dem *bleibenden Eindruck* des entstehenden Kirchenbaus lernen und aufwachsen und *ihre Einbildungskraft schulen*. So hat Weiss das formuliert.« Doch kaum hatte sie Paul auf die Schule aufmerksam gemacht, verabschiedete sie sich abrupt und sagte zu seiner Verwunderung, indem sie ihn noch einmal umarmte: »Danke, dass du gekommen bist. Du hast mir sehr geholfen.« Sie habe sich entschieden, sofort und ohne noch einmal ins Hotel zurückzukehren, loszufahren in Richtung Madrid. »Ich bin fertig hier«, sagte sie, indem sie sich umdrehte und ihn stehenließ. Ihr Medusenhaar flammte vor dem Eingang zum Gelände noch einmal kurz auf, dann war sie verschwunden, und Paul merkte mit einem leisen Schauder, dass er allein zurückblieb. Er sah die fremden Menschen um sich herum, hörte sie, während er selbst verstummte, in ihren verschiedenen Sprachen sprechen, hörte Japanisch, Chinesisch, Niederländisch, Englisch, Spanisch, Arabisch, Französisch, Schwyzerdütsch und anderes, was er nicht zuordnen konnte, Dänisch vielleicht, es war eine babylonische Sprachverwirrung, und tatsächlich wurde hier nicht nur ein Turm gebaut, sondern viele. Überall sah er Menschen, die zusammengehörten, Familien, glückliche Paare, schwatzende Reisegruppen, während er selbst ein Einzelner war, und auch wenn ihn sein Verlorenheitsgefühl ängstigte, genoss er es zugleich als pure, unverstellte, scharfe Empfindung der Existenz, wie sie nur in der Fremde spürbar wurde, wenn ihn die vergeblich geliebte Frau gerade verlassen hatte.

»Die Revolution ist auch so eine unfertige Kathedrale«, sagte er ein paar Monate später zu Cornelia, als er ihr am Betonmischer vom verschnörkelten Märchenbau in Barcelona und von Gaudís Schule erzählte, während Paloma sich zwischen ihnen auf dem feuchten Sand wälzte und sich mit Kopf und Vorderpfoten in den kühlen Haufen hineinwühlte, bis sie niesend und schnaubend wieder auftauchte.

»Sie kann nie fertig werden, weil ihr Wesen im Werden, in der Veränderung besteht.«

»Wer? Paloma?«

»Die Revolution! Sie ist genauso ein sich aufwärts schraubender Traum, der sich selbst träumt, wie Gaudís Kathedrale. El sueño de la razón, verstehst du? Das lebt nur als Unfertiges, als Ungreifbares. Und wenn sie endgültig versteinert, dann ist es mit ihr vorbei. Setz dir ein Ziel, aber erreiche es nie, denn dann ist alles vorbei. Ziele sind Fixpunkte in der Zukunft, und das sollen sie auch bleiben. Bei Hunden ist es umgekehrt. Die leben ganz und gar im Augenblick. Glücklich, wie Paloma gerade. Oder unglücklich. Aber sie wissen es nicht, weil sie nichts wissen von Veränderung.«

Cornelia, die als Sonnenschutz ein weißes Basecap und als Arbeitsmontur eine Latzhose mit kurz abgeschnittenen Beinen trug, lehnte sich auf ihre Schippe. Sie grinste breit und sah Paul dabei zu, wie er einen Eimer Wasser ins Maul der Maschine schüttete.

»Aber die Revolution braucht keine Schneckentürme mit Fabelwesen,« erwiderte sie, »sondern Zweckbauten. Fabriken. Schulen, Wohnhäuser. Sie braucht das Brauchbare. Und zwar möglichst schnell. Ornamente kommen später, wenn der Grundbedarf gesichert ist. Ornamente sind Luxus.«

»Und was machst du, wenn die Menschen bis dahin den

Sinn für Schönes verloren haben? In so einer Welt, die nur aus Zwecken besteht, willst du nicht leben!«

»Na ja«, sagte Cornelia, »ich sag's nur ungern, aber sieh dir doch mal an, was wir hier bauen. Findest du das schön? Das ist ein viereckiger Kasten aus Betonplatten mit einem Satteldach aus Nicalit. Holzverschalte Giebel, immerhin. Eine Fertigungshalle. Ein Zweckbau.«

»Verputzen und streichen werden wir ihn schon, und vielleicht malen die Kinder ein paar bunte Bilder an die Wände, damit es dann von innen nicht so grau aussieht.«

»Das ändert nichts, Paul. Eine Kathedrale wird nicht draus, und auch nichts Geträumtes. Sondern ein bedarfsgerechtes Gebäude für dreißig Frauen, die darin hoffentlich besser leben, arbeiten und Geld verdienen können.«

»Du willst aber nicht, dass es am Ende in Nicaragua so aussieht wie in der DDR, mit Plattenbauten und Kohlekraftwerken, mehr oder weniger bedarfsgerecht und ökonomisch sinnvoll, aber scheußlich.«

»Da musst du dir in Nicaragua auch keine Sorgen machen. Und wenn du denen, die in erbärmlichen Hütten hausen, bessere Wohnungen bieten könntest, was spräche dann gegen Wohnblocks im Stadtzentrum? Platz genug gibt es doch. Klar, sieht schöner aus, wenn dort die Kühe grasen. Aber das ist sicher nicht der Dauerzustand. Somoza hat die internationalen Hilfsgelder lieber selber eingesteckt, als sie für den Wiederaufbau zu verwenden. Da müssen die Sandinisten sich daran messen lassen, dass sie es besser machen. Dass sich was tut. Wiederaufbau. Sichtbar.«

»Krieg den Hütten – Paläste für alle!«

»Eine Dreizimmerwohnung mit Küche und Bad wäre auch schon ganz gut.«

»Hecho con dignidad, sagen die Frauen über ihre Waren. Das ist es, was sie sich wünschen. Nicht einfach bloß Hemden und Hosen abliefern, sondern gemacht mit Würde. Darauf sind sie stolz. Auf ihre Autonomie. Auf ihre Selbstverwaltung. Und die Würde steckt dann auch in ihren Sachen. Das sollte für alle Produkte gelten und für alle Bauwerke. Welche Würde hat ein Plattenbau?«

»Die, dass er benötigt wird. Das reicht.«

»Ich weiß nicht«, sagte Paul. »Ist mir zu wenig.« Und dann, mit einer wegwerfenden Handbewegung: »Ach, keine Ahnung.«

»Du bist ein Träumer, Paul.«

8

Beates Hand lag immer noch auf seiner, die das Geländer der Aussichtsplattform umklammerte. Ein kühler Wind ließ ihn durch die Lederjacke hindurch frösteln, und er hätte nicht zu sagen gewusst, ob sie schon seit einer Stunde oder erst seit ein paar Minuten hier oben standen, völlig losgelöst von der Erde, mit Blick auf dieses Niemandsland unter einem trüben Nachthimmel. Beates Worte erreichten ihn wie Raumsonden, als wären sie sehr lange unterwegs gewesen und er müsste jedes Wort einzeln öffnen und untersuchen, um zu begreifen, was es bedeutete. Schwanger. Von ihm. Paul. Wäre gewesen. Vater dieses Kindes. Eines Kindes mit rissigen Lippen und Medusenhaar, das jetzt schon bald zwei Jahre alt wäre und vermutlich in einem Tragetuch vor seinem Bauch stecken würde. Wie viel wiegt so ein Zweijähriges? An ihn geschmiegt würde es schlafen, und viele Jahre später würden sie ihm dann erzählen, dass es dabei gewesen sei in der Nacht des neunten November, als in Berlin die Grenzen aufgingen, und das Kind, das dann schon groß sein würde, würde behaupten, dass es sich sehr wohl daran erinnern könne, an den Wind, an das Freudengeschrei, an die Lichter, das habe sich eingeschrieben in den Leib, so wie alles, was während der Schwangerschaft geschieht, in irgendeinem unzugänglichen Körpergedächtnis abgelagert wird, jeder Atemzug der Mutter und jeder eigene Pulsschlag. Alles ist gespeichert in diesem Lebewesen, das da wächst und aus all dem entsteht, was mit ihm geschieht.

Wäre Paul nicht nach Nicaragua gegangen, hätte Beate sich vielleicht mit ihm zusammen für das Kind entschieden und er sich mit ihr. Ein Werdendes, das wird, solange es lebt. Wäre es ein Junge oder ein Mädchen geworden? Pauls Leben hätte eine vollkommen andere Richtung genommen. Aus Beate und ihm wäre vielleicht doch noch ein Paar geworden. Ein Paar mit Kind. Oder sie hätten irgendein anderes Arrangement gefunden. Er wusste nicht, ob er erleichtert oder enttäuscht sein sollte, diesem Schicksal entronnen zu sein, erleichtert oder enttäuscht darüber, diese Entscheidung nicht getroffen haben zu müssen, weil Beate in seiner Abwesenheit auch für ihn mitentschieden und ihm keine Wahl gelassen hatte.

»Es ging nicht anders, Paul«, sagte Beate, »du warst nicht da, und ich war nicht bereit, uns gab es nicht, und ich wollte kein Kind allein aufziehen, wollte nicht Mutter sein, wollte nicht die Mutter deines Kindes sein. Wir waren ohne Kind kein Paar, warum hätten wir es dann mit Kind sein sollen? Soll uns ein Kind dazu zwingen? Das wäre die falsche Reihenfolge gewesen. Und mit dir konnte ich noch nicht einmal sprechen.«

»Aber du wusstest doch, wo ich war. Du hättest mir über die Mittelamerikagruppe eine Nachricht schicken können, da haben die Leute, die neu ankamen, immer Post aus Berlin mitgebracht. Dann hätte ich dich angerufen, von der Polizeistation aus, da gab es ein Telefon, Víctor ließ uns telefonieren, sooft wir wollten. Dann hätten wir darüber sprechen können. Und ich wäre zurückgekommen.«

»Vielleicht. Vielleicht aber auch nicht. Die Post hätte womöglich wochenlang gedauert. Ich musste schnell entscheiden. Für mich. Das trägst du nicht mit dir rum. Du hast dich davongemacht. Du hast mir nichts gesagt und keine Adresse hinterlassen. Das war deutlich genug. Da wollte ich dir auch nicht hinterherlaufen. Du hast so entschieden, Paul. Und dass du dich dann nie mehr bei mir gemeldet hast, zeigt mir, wie recht ich hatte. Auf dich ist kein Verlass. Du bist kein Vater. Du bist ein Kind, Paul.«

»Aber du hast dich doch immer davongemacht. Du warst das. Du hast mich stehenlassen. In Barcelona, in Berlin, in Portbou. Ich hab keine Ahnung, was ich für dich war.«

Immer mehr Menschen zogen vorbei in Richtung Brandenburger Tor, unter ihnen auch der Kerzenverkäufer, der, eine seiner Kerzen wie ein Schwert hoch über den Kopf erhoben, unverdrossen rief: »Kerzen kaufen, Kerzen kaufen!« Und da war auch die Fickfrau, die immer vor der Gedächtniskirche saß und ein Schild mit der Aufschrift »Ficken ist Frieden« hochhielt. Sie trug ein seltsames Mützchen und selbstbestickte Kleider voller Penisse, Mösen, Augen, Brüste, küssender Liebespaare. Ficken ist Frieden, darin bestand ihr politisches Programm schon seit Jahren. Manchmal hatte Paul sie auch in der FU gesehen, vor der Rostlaube oder im Henry-Ford-Bau, Ficken ist Frieden. Wie hieß sie doch gleich?

»Helga Goetze«, sagte Beate.

Die Menschen umspülten die Aussichtsplattform wie die Meeresströmung eine Insel, alle schienen in Eile, als hätten sie Angst, den entscheidenden Moment zu verpassen, ihre Anwesenheit am symbolischen Ort, von wo laute, skandierende Rufe herüberdrangen, aufbrandendes Gejohle, Ho-ho-ho-Rufe. Und dann erzählte Beate, wie sie am Nachmittag des elften Juni 1987 den Schwangerschaftstest besorgt habe, in der guten alten Falkenapotheke in ihrer Straße, die mit den Holzregalen aus dem neunzehnten Jahrhundert, um den Test dann am nächsten Morgen anzuwenden, weil man das am besten mit Morgenurin mache. Das Datum wisse sie so genau, weil der zwölfte Juni der Tag gewesen sei, an dem Ronald Reagan seine Rede am Brandenburger Tor hielt. Am Elften sei sie aber noch zusammen mit Jürgen und dem Frieder zur Großkundgebung gegangen, wo mehr als fünfzigtausend Leute gegen die Ankunft des US-Präsidenten demonstrierten, von der SPD und den Gewerkschaften über die AL, Christen- und Lateinamerikagruppen bis zur SEW, die mit einer Blaskapelle und roten Fähnchen angerückt sei, peinlich wie immer. Auffällig sei dann aber vor allem der schwarze Block mit ein paar tausend vermummten Gestalten geworden, die wie eine Armee in Reih und Glied marschierten und die Flanken ihres Verbunds mit Stricken gegen unerwünschte Eindringlinge abgesichert hätten.

»Echt martialisch«, sagte Beate. »Abstoßend. Da hatte ich Angst. Weil wenn du schwanger bist, bist du viel empfindlicher. Du schützt dich instinktiv.«

Die vordere Hälfte der Demo sei schon fast wieder zu Hause gewesen, die SEW-Leute hätten hastig ihre Fähnchen eingerollt und sich getrollt, als die Autonomen endlich den Wittenbergplatz erreichten. Nur die AL – und in deren Gegend habe sie sich mit Jürgen und dem Frieder einsortiert – trottete noch hinterher.

»Die Alternativen wie immer unentschieden im Windschatten der Gewalt. Denn nun ging es los: Vom KaDeWe bis zur Urania wurden systematisch alle Schaufenster zertrümmert. Aus Getränke-Hoffmann schleppten Vermummte Bierkästen raus. Das hatte ja schon Tradition, seit dem Ersten Mai, als Bolle in der Wiener Straße abbrannte. Von den Bullen war seltsamerweise nichts mehr zu sehen, obwohl sie den ganzen Ku'damm entlang vor allen Schaufenstern Spaliere gebildet hatten, behelmte Kampfmaschinen mit Knüppeln und Plexiglasschildern zur Verteidigung der Konsumtempel. Jürgen hat sich da gefragt, ob der Ausbruch der Gewalt hinterm Wittenbergplatz dann also geduldet, vielleicht gesteuert oder gar politisch erwünscht wäre. Die Autonomen mit ihrer pseudorevolutionären Zerstörungsorgie dienten einmal mehr als nützliche Trottel des Staates, den sie zu bekämpfen vorgaben. Überall lagen Pflastersteine herum, die sie extra angeschleppt haben mussten, denn die Straße ist hier asphaltiert. Oben auf den Dächern turnten schwarze Gestalten, die sich mit Ziegeln munitionierten, überall Scherben, brennende Mülleimer und ein umgestürzter, angezündeter Bauwagen. Dann hat der Frieder, dieser Idiot, gesagt: ›Pflastersteine ersetzen keine Argumente, aber sie ergänzen sie.‹ Da hätte ich ihm fast eins in die Fresse gehauen, ich war schwanger, auch wenn ich es noch nicht sicher wusste, der Test wartete ja noch, aber das ging doch wohl vor, und was die Autonomen da aufführten, hatte mit dem Anlass nichts zu tun. Das sind egomane Pyromanen, die haben Spaß an der Randale, mehr ist da nicht, keine Substanz.«

Sie habe sich dann rasch verabschiedet, als die Bullen vor der Urania Tränengasgranaten verschossen hätten und in Ketten vorgerückt seien, habe Jürgen und den Frieder dort zurückgelassen, die sich die Straßenschlacht wie Kriegstouristen bis spät in die Nacht hinein angeschaut hätten, das wilde Hin und Her der Polizei. Wannen, die in Kolonne und in höchstem Tempo die Straßen auf und ab rasten, die Scheiben vergittert, das Blech voller Dellen von den Treffern der Pflastersteine aus unzähligen Straßenschlachten. Abrupt hielten sie an und spuckten eine Ladung Uniformierter aus, die Ketten bildeten und mit ihren Schlagstöcken auf die Schilder trommelten, während andere wieder abzogen und in die Fahrzeuge kletterten. Mal war der Winterfeldtplatz gesperrt, mal der Nolli, es war ganz und gar unübersichtlich, überall brannte etwas, umherhuschende Gestalten, Geschrei, zuckende Blaulichter, Lalü-Lala, Wasserwerfer und Raupenfahrzeuge, die die Straßen frei räumten, und die Autonomen mit Tüchern vor dem Gesicht und Pflastersteinen in der Hand ganz in ihrem Element.

»Was für eine sinnlose Scheiße«, sagte Beate, der Frieder sei aber am nächsten Tag ganz begeistert gewesen, habe von einer revolutionären Situation gefaselt, jetzt müsse der Funke nur noch auf die Masse überspringen. »Wir leben in einem repressiven Polizeistaat, das muss man doch sehen«, habe er behauptet, während Jürgen das als »kurzsichtig« und »pathetisch« bezeichnet habe, ein bloßes Ritual der Hilflosigkeit. »Hast du 'ne bessere Idee? Glaubst du, dass eine Latschdemo über den Ku'damm reicht, um Widerstand zu leisten?«, habe der Frieder zurückgefragt, und da habe sie dann nicht mehr an sich halten können. »Du bist doch viel zu zappelig«, habe sie geschimpft, »du brauchst das Gewaltgedöns bloß, um dich abzureagieren. Dass du dich mal spürst. Dass du was erlebst. Dass du was leistest. Weil es peng macht um dich rum und so schön knallt und brennt. Kinderkacke ist das. Keine Revolution.« Da habe der Frieder sie traurig angeschaut, habe voller Verachtung »Spießerin« zu ihr gesagt und sei weggegangen.

Ihr war es egal. Sie habe sowieso nur an die beiden rosafarbenen Streifen auf ihrem Schwangerschaftstest denken können, als sie sich mit Jürgen zum Brandenburger Tor aufmachte. Aus der Ferne konnten sie allenfalls ahnen, was sie später dann in den Nachrichten sahen, wie der amerikanische Präsident, hinter einer Glasscheibe vor potentiellen Angriffen geschützt, sich in sein schauspielerhaftes Getue hineingesteigert und schließlich den Satz ausgerufen habe, der seither ständig zitiert werde: »Mister Gorbachev, tear down this wall!« Ihr dagegen hätten unentwegt die beiden rosafarbenen Striche vor Augen gestanden wie zwei Bahnschranken, zwei Striche, so dass sie sich absurderweise Zwillinge vorgestellt und damit ihre Panik verdoppelt habe, jeder Strich ein Kind, weshalb sie für den Protest an diesem Tag vollkommen verloren gewesen sei, während Jürgen versucht habe, die Reagan-Rede mit einer Trillerpfeife zu stören, doch sie seien viel zu weit weg gewesen, um etwas auszurichten.

Der einzige Gedanke, der in Neonbuchstaben in ihr aufleuchtete, sei die Frage gewesen: Was mache ich mit einem Kind?, und auch wenn sie in der endlosen Wiederholung dieser Frage geglaubt habe, nach Antworten zu suchen, sei doch dadurch, dass sie die Frage gestellt und eben nicht gewusst habe, was tun, die Antwort herangereift, und so habe sie am Nachmittag von einer Telefonzelle aus bei Pro Familia angerufen und um einen Beratungstermin gebeten, weil man für einen Schwangerschaftsabbruch zuerst eine Beratungsbescheinigung brauche, während Jürgen, der von ihren Sorgen nichts ahnte, nun seinerseits vom Polizeistaat schwadronierte, nachdem die U-Bahn-Linie 1 von und nach Kreuzberg gesperrt, Gullideckel zugeschweißt und die Stadt in einen Ausnahmezustand versetzt worden war, um weiterer Gewalt und Angriffen auf den Präsidenten vorzubeugen.

Paul kannte das alles. Er hatte die Nacht des Ersten Mai in Kreuzberg miterlebt, als zuerst auf dem Heinrichplatz zwei Bauwagen brannten und dann der Bolle-Markt in der Wiener Straße. War das ein Spektakel, als zwischen den Supermarktregalen Flammen auflöderten und schwarzer Rauch aus der Türöffnung quoll! Paul hatte von der anderen Straßenseite aus beobachtet, wie selbst dann noch ein paar Wagemutige den Laden stürmten und mit Bierkästen wieder rauskamen. Auch da hatte es ewig gedauert, bis die Polizei anrückte, dann aber kam sie mit voller Wucht und ohne Rücksicht auf Verluste. Wer ihnen im Weg stand, wurde niedergeknüppelt. Am Kotti jagten sie die Punker, die da herumhockten, durch die U-Bahn-Schächte, gespenstische Bürgerkriegsszenen, die aber doch bloß eine Art Theaterinszenierung waren, weil all die Straßenkämpfer ganz genau wussten, dass sie sich am Ende auf den Rechtsstaat verlassen konnten und am nächsten Morgen die BSR alle Scherben und alle Trümmer zusammenfegen würde, so dass man sich am Nachmittag nur noch die Augen reiben und fragen konnte: War da was? Allein die rauchenden Trümmer des Bolle-Marktes erinnerten noch an die Ereignisse der letzten Nacht, und auch jetzt, mehr als zwei Jahre danach, hatte sich dort noch nichts getan, weder Abriss noch Neubau, die schwarzen Mauerreste standen da als bleibendes Denkmal sinnloser Gewalt.

»Keine Gewalt«, hatten die Demonstranten in der DDR in den vergangenen Wochen immer wieder gerufen, in Leipzig, in Dresden, in Ostberlin, denn sie hatten, im Unterschied zu den autonomen Kämpfern aus Kreuzberg, wirklich etwas zu befürchten, Schüsse mit scharfer Munition, russische Panzer womöglich oder vielmehr die »chinesische Lösung«, wie sie am Tian'anmen-Platz erprobt worden war. Ihr Risiko war ungleich größer als das der Kreuzberger Demonstranten, die allenfalls mit einer Anzeige wegen Landfriedensbruchs und Widerstands gegen die Staatsgewalt zu rechnen hatten. Dabei wusste Paul sehr wohl, wie stark ihn die Straßenkämpfe fasziniert hatten, wie er ganze Nächte nicht als Kämpfer, aber doch als Zuschauer daran teilgenommen hatte, indem er sich mit dem Fahrrad immer wieder von hinten dem Kampfgeschehen näherte und schnell das Weite suchte, wenn er Tränengas roch. Die Kämpfe sahen so aus wie ein Ereignis, die Kämpfer waren entschlossen Handelnde, und das bewunderte Paul, auch wenn ihm klar war, dass der Effekt mit dem Fortgang der Nacht verpuffte.

Der Erste Mai 1987 war ihm auch deshalb so theaterhaft erschienen, weil er an diesem Tag vom Sprachkurs aus Spanien zurückgekehrt war. Eine lange Rückreise lag hinter ihm, die er mit Beate begonnen, dann aber allein zu Ende gebracht hatte, nachdem sie ihn wieder einmal wie einen Trottel hatte stehen- oder vielmehr liegenlassen in Portbou, unterhalb der Felswand und der Treppe ins Nichts. Verlorener hatte er sich nie gefühlt als in den endlosen Stunden auf französischen Autobahnraststätten, wo niemand ihn mitnehmen wollte und er schon dachte, nie wieder von da wegzukommen. Und so, ganz und gar allein, war er dann in die Berliner Feuernacht hineingestolpert, als Zaungast, als Durchreisender, der den Flug nach Managua schon gebucht hatte und nicht erkennen konnte, was brennende Bauwagen mit dem Anlass der Proteste zu tun haben könnten. Die Polizei hatte Aufrufe zum Volkszählungsboykott und zum Protest gegen den neuen, fälschungssicheren und maschinenlesbaren Personalausweis beschlagnahmt, den auch Jürgen als Einstieg in den totalen Überwachungsstaat ablehnte. Doch wenn man dem Staat misstraute und ihn bekämpfen wollte, warum tat man das ausgerechnet auf dem Heinrichplatz, also da, wo man an friedlichen Abenden seine Bierchen trank? Was war das für eine Bequemlichkeit? Und war es nicht ein bisschen schlicht gedacht, sich auf den Kampf mit einer martialisch aufgerüsteten Polizeiarmee einzulassen, auf einen Kampf, den man nicht gewinnen konnte und bei dem es allenfalls darum ging, »Zeichen zu setzen«, Unmut und Widerstand zu Protokoll zu geben?

»Lass uns weitergehen«, sagte er. Beate nickte, ließ seine Hand los, drehte sich um und ging vor ihm die Treppenstufen der Aussichtsplattform hinunter, ohne auf ihn zu warten. Paul folgte ihr durch das Menschengetümmel, ihr Medusenhaar leuchtete, er hätte ihr gerne gesagt, dass er sie wirklich geliebt habe in dieser einen, letzten Nacht in Spanien und dass er das Kind vermisse, doch ihre Entscheidung respektiere und dass er bedauere, wie es gelaufen sei, aber sie stapfte vor ihm her, ohne sich umzudrehen, immer dicht an der Mauer entlang, auf der die Menschen wie die Stare hockten, einer neben dem anderen, und ganz allmählich begriff Paul, dass dies ein umstürzender historischer Augenblick war, dessen Zeugen sie wurden, und dass diese Nacht tatsächlich eine Zäsur sein würde, die die Geschichte und ihr Leben in ein Vorher und ein Nachher teilte. »Warte, Beate!«, rief er, doch sie stürmte entschlossen vor ihm her.

Als sie ihn vor der Sagrada Familia hatte stehenlassen, war er ihr nicht hinterhergelaufen. Er hatte sein Gepäck bei Javier abgeholt, hatte in einer billigen Pension übernachtet, war am nächsten Morgen zum Bahnhof gegangen und ein paar Stunden später – nach einem Zwischenstopp in Figueres, wo er das Dalí-Museum mit den vielen Eiern auf dem Dach besucht und sich über all den surrealistischen Kitsch gewundert hatte – in Torroella de Fluvià eingetroffen. In dem ehemals vornehmen, jetzt ziemlich heruntergekommenen Herrenhaus am Rande des Örtchens hatte die Leiterin der Sprachschule ihm eine weißgetünchte kleine Kammer mit Steinfußboden zugeteilt, in der sich außer dem Bett nichts als ein winziges Tischchen mit Stuhl und ein Ablagebord an der Wand über dem Bett befand. Das Tischchen schob er unters Fenster, wo er ostwärts hinter brachliegenden Feldern, einem Eukalyptuswäldchen und dem abschüssigen Horizont den Golf de Roses vermutete, wie es auf seiner Michelin-Karte eingetragen war. Ein Meer voller Rosen, rot und duftend! Für dich soll's rote Rosen regnen, dachte er und summte das Lied vor sich hin. Ach Beate, wie sehr ich sie dann doch vermisse, schrieb er in sein Notizbuch, denn da konnte er all das loswerden, was er nicht auszusprechen vermochte. Wozu schriebe er denn, wenn er im Schreiben nicht weiter käme als im Reden?

Während er über die trübseligen Felder blickte, kostete er seinen Verlassenheitsschmerz aus, kam sich vor wie ein entsagungsvoller Mönch in seiner Zelle. Er sah Beates Gesicht vor sich, ihre grünen Augen hinter der Peter-Weiss-

Brille, ihre Lachfältchen, ihre kräftigen Brauen, die Sommersprossen auf der sich im Zorn kräuselnden Nase, die Risse in der schweren, schön geschwungenen Unterlippe, den etwas zu lang geratenen Hals. Er dachte an ihre Verzweiflung, ihre Ernsthaftigkeit, ihre Unnahbarkeit, ihren Stolz, ihre Wärme und ihre Kälte und fragte sich, warum er sich ihr gegenüber immer so hoffnungslos unterlegen fühlte.

Am Abend saß er mit den Kursteilnehmern zum offiziellen Empfang vor dem offenen Kamin im großen Saal, einem rot gefliesten Raum in der Mitte des Hauses, von dem aus eine reich verzierte Treppe aus dunkler Eiche ins Obergeschoss führte. Es waren Leute, mit denen ihn nichts verband als der Wunsch, Spanisch zu lernen: ein paar punkige Berliner mit rasierten Schläfen, eine Sozialarbeiterin im selbstgestrickten Pullover, zwei brave Theologen in weißen Hemden, Lehrerinnen und Lehrer, Studentinnen und Studenten und eine goldblonde Abiturientin mit rosiger Haut und sanften Wimpern. Sie hieß Karoline, nannte sich Karo, wohnte noch bei ihren Eltern in Münster und sprach über nichts anderes als eine Stute namens Sommerwind, eine wunderschöne Füchsin mit schmaler Blesse und weißen Fesseln, mit der sie jede freie Stunde verbringe. Mit Sommerwind nahm sie an Springreitturnieren teil und hatte auch schon ein paar Pokale gewonnen. Diesem Pferd, mit dem sie lange Ausritte im Münsterland unternahm, galt ihre ganze Leidenschaft, es erforderte aber auch ihre andauernde Aufmerksamkeit, wollte gebürstet, gesalbt, gepflegt, gestreichelt werden und dankte all das mit seiner Zuneigung, mit treuen Augen und weichen Lippen. Paul hörte bald nicht mehr zu, aber Karo gefiel ihm gut, ihr Augenaufschlag und ihr Mund, den er umso intensiver betrachtete, je weniger er ihren Pferdeausführungen folgte. Punkt zehn Uhr sagte Karo, sie müsse jetzt schlafen gehen, und war auch schon verschwunden, den zartrosa Hauch eines mädchenhaften Parfüms hinterlassend, den Paul noch einatmete, als sich eine kräftig gebaute, dunkelhaarige Frau in diese Duftspur hineinstellte. Sie hatte eine Flasche Rioja und zwei Gläser dabei, die sie umstandslos füllte.

»Renate«, sagte sie.

»Paul«, sagte Paul.

Renate hatte weiße, weiche Arme, schwere Brüste und den Schatten eines Oberlippenbärtchens. Die Beine waren zu kurz, die Hüften zu breit, die Proportionen stimmten nicht, als ob die einzelnen Körperteile aus einem Restesortiment zusammengeschraubt worden wären. Nachdem sie ausgetauscht hatten, was sie so machten – Renate studierte Politologie in Bonn –, fragte sie ihn, wozu er Spanisch lerne, worauf er ihr verriet, nach Nicaragua gehen zu wollen. Der Erfolg dieser Mitteilung war umwerfend, als würde schon der Vorsatz ihn auf eine Stufe mit Che Guevara stellen. Paul verwandelte sich in einen Aktivisten, in einen Aufbauhelfer, in einen mutigen Macher, der bereit war, für das Gute in der Welt zu kämpfen.

»Ehrlich?«, sagte Renate und schaute ihm über den Rand ihres Weinglases hinweg tief in die Augen. »Und was machst du da?«

»Weiß nicht. Ich arbeite in so 'ner Mittelamerika-Soligruppe in Berlin mit. Wir haben verschiedene Projekte, eins in El Salvador, eins im Norden von Nicaragua, das ist schon fertig, ein Brunnen in einem kleinen Dorf. Und jetzt gibt's ein neues Projekt in Managua, eine Produktionshalle für eine Frauenkooperative, eine Näherei. Aber erst mal verteilen wir Flugblätter, machen Infostände auf Wochenmärkten und bei politischen Veranstaltungen und sammeln Spenden. Der wichtigste Teil der Soli-Arbeit findet in Berlin statt. Die Reise vor Ort ist dann so 'ne Art Belohnung.«

»Und das klappt?«

»Du glaubst gar nicht, wie viele Leute für Lateinamerika spenden. Es gibt so viele Linke mit ziemlich viel Kohle, Anwälte, Zahnärzte, Therapeuten, die ganzen Achtundsechziger, die Karriere gemacht und ein latent schlechtes Gewissen haben. Die lassen dann schon mal ein paar Tausender springen für die internationale Solidarität.«

»Und wann fliegst du?«

»Mitte Mai.«

»Geil«, sagte Renate, die ihn weiter anstarrte. »Lass uns rausgehen, zum Fluss, es ist so ein schöner Abend.«

Sie schnappte sich noch eine von den Weinflaschen, die auf einem alten Büfett bereitstanden, all inclusive, hakte sich bei ihm unter und zog ihn, ohne seine Antwort abzuwarten, nach draußen, wo sie einen Arm um seine Hüfte legte und ihn zu einer Bank führte, von der aus man über das Flüsschen schauen konnte. Aber dafür blieb keine Zeit, auch nicht für die Sterne oder für irgendeine Art von Romantik, denn Renate nahm Pauls Gesicht in beide Hände und küsste ihn mit einer Begehrlichkeit, die in ihm alle Einwände zum Verstummen brachte. Ihr Atem roch nach Alkohol, was Paul seltsam fand, ich habe doch auch getrunken, dachte er. Er spürte, wie ihre Zunge in seine Mundhöhle vordrang, atmete in Renates Mund hinein, in dem nun seine Zunge herumsuchte, Renates Zähne befühlte und ihrer Zunge begegnete, die sich wie ein feuchtes, fleischiges

Tier zurückzog, während er es geschehen ließ, dass Renate an seinem Gürtel nestelte, die Hose öffnete, hineingriff und ihre Beute packte, um schließlich mit dem Kopf abzutauchen und ihre Zunge dort kreisen zu lassen.

»Lass«, sagte Paul halbherzig, »lass.« Ihm war kalt, er war müde und betrunken, und so taumelten sie zurück ins Haus, die Treppe hinauf bis zu seinem Zimmer, wo er »Gute Nacht« sagte und sich verabschieden wollte, doch Renate schlüpfte durch die offene Tür mit ihm hinein, sagte: »Das ist kein Stil«, und schon lagen sie im Bett. »Renate, komm in meine Kemenate«, dichtete Paul und griff nach ihren großen, weichen Brüsten, während sie in wütender Hast an ihm sog und biss und molk und immer heftiger an ihm riss, so dass er der schmerzhaften Sache gerne ein Ende gemacht hätte. Er spürte, wie er allmählich erschlaffte, was Renates Wut nur noch steigerte. »Ich bin Nymphomanin«, flüsterte sie und machte sich weiter an ihm zu schaffen, sie gab nicht auf und fasste ihn so an, dass er ihrem Willen folgte, es war offen, wie dieser Kampf ausgehen würde, ob Abneigung oder Lust die Oberhand behalten würden, und während er sich schließlich in den Schlaf hineinrettete, registrierte er noch, dass auch Renate in ihrem mechanischen Bemühen allmählich erlahmte. Er wachte auf, als die Sonne ins Zimmer fiel und Renate in ihre Kleider schlüpfte, sah ihre Bauchfalten, die schweren Brüste, und schloss die Augen rasch wieder, tat so, als schliefe er noch, und war Renate dankbar, als sie das Zimmer leise verließ.

los remordimientos – Gewissensbisse
la teta – Brust
auxiliatorio – hilfreich

menesteroso – bedürftig
el cansancio – Müdigkeit
la mantequilla – Butter

Beim Frühstück, das vor allem aus Kaffee und Croissants bestand, setzte Karo sich neben ihn, die erneut oder immer noch über Sommerwind sprach und darüber, wie sehr sie ihr Pferd vermisse, dann aber über ihre ebenso geliebte Ente, die ihre Eltern ihr zum achtzehnten Geburtstag geschenkt hätten, ein roter 2CV mit abrollbarem Dach, womit das Fahrzeug nahezu zu einem Coupé werde, ein Radio mit Kassettenfach gebe es auch, meistens höre sie Simon & Garfunkel, deren Songs sie liebe, und es sei nun viel einfacher für sie, den Weg zum Gestüt zurückzulegen und also auch zwischendurch rasch einmal bei Sommerwind vorbeizuschauen. Paul konnte sich gar nicht sattsehen an diesem rosigen Mädchen. Ihre Naivität machte ihn auf eine seltsame Art glücklich. So wie sie ihr Pferd und ihre Ente und Simon & Garfunkel liebte, würde sie alles lieben, was sie schön fand, und ganz offensichtlich fand sie auch ihn, Paul, schön, und das umso mehr, nachdem er ihr von seiner bevorstehenden Nicaragua-Reise erzählt hatte. Das Revolutionsabenteuer war offenbar gleichbedeutend mit einer erotischen Aufladung. Das hatte Paul bisher noch nicht gewusst.

»Ist das nicht gefährlich?«

»Ach, weißt du, das kannst du ungefähr einschätzen, und da, wo ich hinkomme, in Managua, ist ja kein Krieg.«

Weder im Sprachkurs am Vormittag noch während des anschließenden Ausflugs mit der ganzen Gruppe nach Olot und weiter ins mittelalterliche Besalú wich Karo von seiner

Seite. Händchenhaltend spazierten sie über eine mächtige, die Fluvià überspannende Brücke mit Steinbögen und Wehrtürmen, schlenderten durch die engen Gassen der Altstadt, aßen eine Tortilla und lächelten sich an. Paul war schon klar, dass er sich auf Karo vor allem deshalb einließ, um sich Renate vom Leib zu halten, aber er mochte sie wirklich, ihre Haut, ihre Unschuld, ihre Rosigkeit, ihren Duft. »Für dich soll's rote Rosen regnen«, sagte er, sang es ihr vor, und so wunderte er sich nicht, dass er nach dem Abendessen in ihrem Zimmerchen saß, Karo auf seinem Schoß, und sie sich vorsichtig mit den Fingerspitzen betasteten. Er streichelte ihre Nase und ihre Lippen, sie begnügte sich mit seinen Armen, legte ihm dann aber ihre weiche, glatte Hand in den Nacken, als sie sich sehr sanft küssten, nur die Lippen berührten sich, als wäre schon das zu viel, und tatsächlich sagte sie dann auch: »Wir dürfen das nicht«, presste sich aber fest an ihn, warf sich seufzend in die Umarmung hinein und schloss die Augen, als er ihr Gesicht mit seinen Lippen abzutasten begann: die Stirn zuerst, dann die Augenbrauen und seitlich hinab über die makellosen Wangen bis zum Kinn.

»Ich liebe dich«, sagte Karo da zu Pauls Bestürzung, denn so hatte er es ja nun auch wieder nicht gemeint.

»Du hast recht, wir sollten das nicht«, sagte er rasch, so dass sie sich erhob und auch er aufstehen konnte und, indem sie sich vor der Tür noch einmal umarmten und ihre Gesichter streichelten, verabschiedeten, er der Entsagungsvolle, sie die Schmachtende, eine letzte Berührung der Fingerspitzen durch den Türspalt hindurch, dann klickte der Schnapper ein und Paul hörte, wie Karo von innen den Schlüssel umdrehte. War er zu weit gegangen? Nicht weit genug? Er hatte keine Ahnung, fühlte sich aber ziemlich mies, als er durch den dunklen Flur zu seinem Zimmer ging.

Vor der Tür wartete Renate auf ihn. Sie hatte geklopft, seinen Namen gerufen und flüsterte ihm zu, sie könne die Sache so nicht auf sich beruhen lassen. »Wir waren betrunken, aber ich will dich auch nüchtern. Es lag nicht am Alkohol, glaub mir.«

Paul glaubte ihr, auch wenn es bei ihm genau umgekehrt gewesen war und er nüchtern keinerlei Begehren verspürte. »Lass mich«, stammelte er, »ich kann nicht, es geht nicht, es ist falsch, nein, nein.«

»Es kränkt mich, es nagt an meinem Selbstbewusstsein, wenn es nur der Alkohol gewesen wäre«, sagte sie in der Nacht darauf, als sie wieder anklopfte, und in der darauffolgenden Nacht, in der sie im Nachthemd mit gut sichtbaren Brüsten vor seiner Zimmertür stand.

Karo verlegte sich unterdessen darauf, in einer sorgfältigen, runden Schrift mit Tintenfüller auf hellblauem Papier Briefchen zu schreiben, in denen sie ihm ihre Liebe erklärte, er sei genau der, von dem sie immer geträumt habe, seine Schlankheit, seine Sanftheit, seine Hände, doch weil er die Briefe hartnäckig ignorierte und sie eine Erklärung von ihm verlangte, musste er mit ihr einen Kaffee trinken und über Schwierigkeiten und Widersprüche reden, die er für sie erfand: dass er nicht für eine Beziehung geschaffen sei, wie sie es sich erhoffe, dass er an einer Bindungsstörung leide, dass er eine andere Frau liebe oder zumindest glaube, sie zu lieben, dass er damit nicht fertigwerde und nicht wisse, wie es weitergehe, und jetzt sei er sowieso bald in Nicaragua.

»Aber du kommst doch wieder!«

»Ja, schon. Aber was wird dann sein? Du lebst in Münster und ich in Berlin, wie soll das gehen?«

»Ich ziehe nach Berlin, ich könnte dort Germanistik studieren.«

»Und was wird dann aus Sommerwind?«

»Bleibt mir für die Semesterferien.«

Die Sozialarbeiterin im selbstgestrickten Pullover hieß Ariane und kam aus Berlin. Sie hatte ihre Haare zu vielen kleinen Zöpfen geflochten, die sie mit bunten Perlenkettchen zusammenhielt, so dass es klapperte und klirrte, wenn sie den Kopf schüttelte. Doch das geschah selten, denn sie bewegte sich wie in Zeitlupe, die Augen halb geschlossen, der Blick verschattet, womöglich nahm sie irgendwelche Barbiturate, die ihr diese Schwerelosigkeit verliehen, mit der sie am Türrahmen des Seminarraums lehnte und mild vor sich hin lächelte, ganz in sich gekehrt wie eine Pflanze, doch als Paul an ihr vorbeiging, flüsterte sie ihm zu: »Ich mag dich.« Paul erstarrte, während sie ihm ganz langsam das Gesicht zuwandte, lächelnd und geheimnisvoll wie eine Sphinx. Wusste auch sie schon, dass er als Brigadist nach Nicaragua fahren würde? »Kommst du zu mir«, hauchte sie, und das war weniger Frage als Befehl, denn ohne eine Antwort abzuwarten, löste sie sich vom Türrahmen, die Zöpfe klirrten leise, als sie sich wegdrehte, um fast schwebend, als wäre sie eine Traumgestalt, zur Treppe in der Eingangshalle zu streben, und sehr langsam, Stufe für Stufe, als würde sie jeden Schritt vergessen, während sie ihn machte, hinaufging in die obere Etage, von wo aus sie Paul noch einen Blick zuwarf, der auch ihn in eine schlafwandelnde Bewegung versetzte. So langsam, wie sie gegangen war, ging auch er die Treppe hinauf, magnetisch angezogen von ihren Worten und diesem Blick und vielleicht auch in der Hoffnung, dass seine Bewegung auf diese Art unsichtbar bliebe und niemand bemerken würde, wie er den Flur entlang zu Arianes Zimmer ging, in das er durch die angelehnte Tür hineinschlüpfte.

Ariane lag auf dem Bett und sagte, als er sich zu ihr legte, noch einmal: »Kommst du zu mir.«

»Ja«, sagte Paul, »ich bin da«, und versank in ihrer Umarmung.

Sie roch nach Vanille und ein wenig nach Limetten, ihr Körper war warm, sie seufzte und schlief auch schon ein, was Paul sehr angenehm war. Er hielt die Schlafende fest, die sich an ihm festhielt, und so schlief auch er ein, traumlos und befreit. So lagen sie von da an jede Nacht beieinander bis ans Ende der vierzehn Tage und sagten dabei nicht mehr als »Kommst du« und »Ja« und »Ich bin da«. Sie lagen beieinander wie zwei Tiere in ihrer Höhle, jede Nacht eine Ewigkeit, um dann wieder als Einzelne hinauszutreten in den Tag.

Am Sonntag nach Ostern holte Beate ihn ab. Paul saß auf den Stufen vor der Haustür und rauchte eine Lexington, als sie in ihrem Kadett auf den Vorplatz einbog und ihm durchs Seitenfenster zuwinkte. Er hatte nicht gewusst, ob sie wirklich kommen würde, sie hatte es versprochen, aber er war sich nicht sicher gewesen, ob er sich darauf verlassen konnte. Umso größer jetzt die Freude zu sehen, wie sie ausstieg und mit beiden Händen in ihre Haare griff, um die widerspenstigen Strähnen hinter den Ohren zu verankern. Seine Sachen hatte er schon gepackt und sich reihum verabschiedet, Karoline hatte ihm noch einen Brief in die Tasche gesteckt, den er erst lesen solle, wenn er zu Hause sei, und stand jetzt mit tränenverschleierten Augen in der Tür. Ariane lehnte an der Gartenmauer, ein Bein angewinkelt, das andere vorgestreckt, und lächelte unbestimmt vor sich hin, Renate war grußlos an ihm vorbeigegangen, hinüber zu ihrer Bank am Fluss, wo er sie sitzen sah.

»Und?«, fragte Beate, »sprichst du jetzt fließend Spanisch?«

»Geht so«, sagte er.

Er warf den Rucksack auf die Rückbank, stieg ein und spürte die Blicke dreier Augenpaare, die ihm im Davonfahren auf der Haut prickelten.

9

Der Krieg kam näher. Selbst Paul, dem zu Hause in Berlin nicht wirklich klar gewesen war, dass er in ein Kriegsgebiet reisen würde, konnte die Anzeichen nicht länger übersehen. Zwar hatte er sehr wohl darüber gelesen, im *Spiegel* und in der *taz*, dass paramilitärische Seekräfte, über deren Herkunft gerätselt wurde, obwohl doch klar war, dass die USA und die CIA dahintersteckten, nicaraguanische Häfen vermint und fünf große Öltanks in Corinto abgefackelt hatten. Das waren Anschläge auf die nicaraguanische Wirtschaft und auf die Versorgung gewesen. In Corinto legten Schiffe aus Kuba und aus der Sowjetunion an, die Lebensmittel und Waffen und technisches Gerät brachten. Krieg bedeutete, durchzuhalten und sich nicht einschüchtern zu lassen. Krieg bedeutete, dass Dinge zerstört und Menschen getötet wurden, auch wenn im Alltag nicht viel davon zu merken war. Der Krieg fand in den Zeitungen statt und in ferneren Regionen des Landes; und wenn Paul dort nicht hinfuhr, dann gab es für ihn auch keinen Krieg.

Die Versorgungslücken fielen ihm aber schon auf. Selbst die Grundlebensmittel – Reis, Bohnen, Zucker und Öl – und der Kauf von Seife wurden rationiert. Dafür gab es Bezugsscheine, und es bildeten sich lange Schlangen vor den Ausgabestellen. Vor den Tankstellen stauten sich die Autos über mehrere Häuserblocks, stundenlange Wartezeiten erforderten eine Eselsgeduld, es empfahl sich, schon am Abend anzustehen und zu hoffen, dass am nächsten Morgen eine Lieferung Benzin eintreffe. Die Leute brachten Campingtischchen mit und Essen für die Nacht, sie wechselten sich ab, mal saßen die Kinder im Auto, mal der Großvater, in eine Decke gehüllt, schlafend. Mit amerikanischer Währung konnte man dagegen an einer der Dollartankstellen vorfahren, wo es immer genug Benzin und keine Schlangen gab. Paul war das ein bisschen peinlich, als er zum ersten Mal mit Hartmut die Camioneta volltankte, während die Nicaraguaner nebenan warteten. Brigadisten gehörten zu den Privilegierten, Ausländer, Dollarbesitzer, Weiße, Gringos. Hartmut hatte damit kein Problem. »Schließlich bauen wir hier etwas auf«, sagte er und machte sich gar nicht erst die Mühe auszusteigen. Er kaute seine Sonnenblumenkerne, rauchte eine Zigarette, obwohl das neben der Zapfsäule verboten war, und reichte dem Tankwart die Scheine durchs Fenster nach draußen, die Gallone für einen Dollar. »Da kannst du nicht meckern«, kicherte er, und Paul fühlte sich irgendwie gerechtfertigt, weil es ja nicht für sie persönlich war, sondern für die Sache, und weil die Camioneta auch dazu diente, Besorgungen für die Kooperative zu erledigen.

Unter den Frauen wuchs die Nervosität. Sie hatten Söhne und Männer, die in der Sandinistischen Volksarmee oder in einer Spezialeinheit der Batallones de Lucha Irregular gegen die Contras kämpften. Aus den Kriegsgebieten trafen nur selten Nachrichten ein, manchmal, mit etwas Glück, ein Telegramm als Lebenszeichen, *estoy bien*. Die Parteizeitung *Barricada* meldete heftige Gefechte in der Provinz Chontales. Paul musste auf seiner Karte nachschauen, wo das war, nicht am Rand des Landes, sondern mittendrin. Angeblich wüteten dort mehrere Terrorgruppen mit jeweils 450 Bewaffneten. Das war beängstigend genug. Aber die Contras gingen dazu über, in kleinen Stoßtrupps zu operieren, die im Dschungel nur schwer zu finden waren. Um einen Bus in die Luft zu jagen oder eine Schule anzuzünden, brauchten sie nur wenige Männer. Sie kamen in der Nacht, waren im Morgengrauen wieder verschwunden und hinterließen Zerstörung und Tod. Auch zwei Brücken wurden gesprengt, um die Straße nach Rama und damit die Verbindung in Richtung Atlantikküste zu unterbrechen. Jeden Tag stand die Zahl der Gefallenen in den Zeitungen, mal zwanzig, mal fünf, mal dreizehn, Zahlen, die auch dadurch nicht erträglicher gemacht wurden, dass die Zahl der getöteten Contras immer deutlich höher lag, zuletzt bei neunzig an einem einzigen Tag. Aber war das wirklich ein Trost? Lässt sich ein Krieg gewinnen, indem man alle Feinde tötet?

Amanda weinte und schlug die Hände vors Gesicht: Ihr Schwager Martín sei in der Nähe von Villa Sandino abgeschossen worden. Er flog einen der wenigen Hubschrauber, über die die Sandinisten verfügten. Am Abend saß die Familie stumm in den Schaukelstühlen und starrte vor sich hin, selbst der Fernseher, in dem die Southfork Ranch in der Nähe von Dallas zu sehen war, lief ohne Ton. Amanda legte ein Foto vor Paul auf den Küchentisch. Es zeigte einen schlanken jungen Mann in weißer Pilotenuniform mit blitzend weißen Zähnen, der lässig grüßte, indem er zwei Finger an den Schirm seiner Mütze legte. Paul kam es vor, als würde er sich so von den Lebenden verabschieden.

»Sie haben zwei kleine Kinder, meine Schwester und er«,

sagte Amanda. »So ein fröhlicher Mensch. Martín liebt seine Gitarre, er singt, hat eine tolle Stimme. Revolutionäre Lieder.« Sie nahm das Foto sorgsam in die Hand und küsste es. »Martín«, sagte sie und wischte sich die Tränen aus den Augen.

Am nächsten Tag kam die erlösende Nachricht, er habe überlebt, sich nur einen Arm gebrochen und zu seinem Glück bei der Notlandung nicht das Bewusstsein verloren. Geistesgegenwärtig habe er sich zusammen mit einem Compañero sofort aus dem Staub gemacht, bevor die Contras zu dem rauchenden Hubschrauber vordringen konnten. Zwei weitere Besatzungsmitglieder waren tot. *Barricada* und *Nuevo Diario*, die in identischen Worten über den Zwischenfall berichteten, rühmten die Manövrierkunst des Piloten und die Entschlossenheit, mit der er Menschenleben gerettet habe.

»Qué suerte«, flüsterte Amanda ein ums andere Mal. »Was für ein Glück, dass er seiner Familie erhalten bleibt! Qué suerte, qué suerte!«

Auf einmal war der Krieg mehr als ein Gerücht, auch wenn nur Gerüchte in die Hauptstadt durchdrangen. Doña Sonia saß müde und ausgelaugt im Hof der *casa grande*, wenn Paul dort vorbeischaute, um mit Rudi und Andrea Skat zu spielen. Selbst ihr Radio klang gedämpft und irgendwie traurig. Hatte *Radio Sandinista* auf Trauermusik umgestellt? Ihren ältesten Sohn hatte sie im Kampf gegen die Somoza-Diktatur verloren, ihr zweiter leistete gerade seinen Militärdienst ab, der dritte, sechzehn, machte den Schulabschluss und würde noch vor Weihnachten eingezogen werden. Am Wochenende hatte sie vergeblich auf den Besuch ihrer Verwandten aus Rama gewartet, die normalerweise in einem blauen Jeep vorfuhren. Vielleicht waren die Straßen wegen der Kämpfe gesperrt und niemand kam durch. Vielleicht war ihnen unterwegs etwas zugestoßen. Vielleicht gab es kein Benzin. Oder sie hatten eine Panne gehabt. Auch die Telefonverbindung nach Rama war unterbrochen. Also konnte Doña Sonia nichts tun als warten und hoffen, dass die Verwandten am nächsten Sonntag kommen würden.

»Kannst du dir vorstellen, was es heißt, in so einer Ungewissheit zu leben?«, fragte Sigrid, als sie und Paul sich nach der Arbeit vor Yolandas Fresco-Bude trafen, vorne an der Hauptstraße, gleich gegenüber der Schule, in der Sigrid seit ihrem Trip in den Norden jeden Tag arbeitete. Nur wenn es an der Camioneta etwas zu reparieren gab, kam sie noch zur Baustelle, doch seit der Sache mit der Zylinderkopfdichtung waren das nur Kleinigkeiten gewesen.

Nein, das konnte er sich nicht vorstellen. Aber er hätte gerne gewusst, wie viel Energie ein Mensch für die Sorge verbraucht, Energie, die ihm dann für andere Tätigkeiten fehlt.

»Auch wenn die Contras militärisch nichts erreichen, verbreiten sie Angst und lähmen damit alles«, sagte Sigrid.

Yolanda verkaufte eisgekühlte Säfte aus tropischen Früchten, süß und klebrig, von hellgelb über blutrot bis violett, von zähflüssig bis geleeartig: *Pitaya, granadilla, papaya, melocotón, mango, guayaba, piña, naranja, limón y raíz de remolacha*, was sollte das eigentlich sein?

»Rübenwurzeln«, sagte Sigrid.

»Rübenwurzeln?«

»Na ja, so was Ähnliches wie Rote Bete glaube ich.«

Die Säfte wurden mit Wasser verdünnt oder mit Milch

vermischt. Paul hatte sich längst durch alle Farben durchgetrunken, alle Mischungsverhältnisse ausprobiert, kehrte aber immer wieder zum violetten Pitayasaft zurück, den er sich auch jetzt aus der Tüte in den Mund quetschte. Paloma, die nicht von seiner Seite wich, leckte ihm anschließend sorgfältig die Finger.

Sigrid war zwei lange Wochen weg gewesen, um die Lage im Norden zu erkunden. Weg hieß in diesem Fall: wirklich weg. Es gab nicht einmal telefonischen Kontakt, nichts. Sie war nach Jalapa gefahren, ein Städtchen ganz weit oben, schon fast an der Grenze zu Honduras. Dort sollte eine neue Schule aufgebaut werden. Es mangelte an Lehrern, wie überall, und da Sigrid perfekt Spanisch sprach, wurde sie bereits erwartet und freundlichst aufgenommen. Sie bekam ein Zimmerchen im Schulgebäude, das sie sich allerdings mit einer US-Amerikanerin und einer Sandinistin aus Estelí teilen musste.

»Das war so eine Hundertfünfzigprozentige«, sagte Sigrid, »aber egal. Man hat sowieso den ganzen Tag zu tun.«

Zweimal, 1982 und 1983, hatten die Contras versucht, die Stadt zu besetzen und eine eigene Regierung zu installieren, gewissermaßen als Vorposten, um von dort aus den Rest des Landes zu erobern. Jalapa war also eine Art Frontstadt, man lebte dort in ständiger Alarmbereitschaft und Erwartung des nächsten Angriffs.

»Davon merkst du aber nichts«, sagte Sigrid, während sie nebeneinander zur Baustelle hinübergingen, an der blauen Holzkirche mit der Aufschrift *El que tiene el hijo tiene la vida* vorbei und dann an der Wellblechkirche, aus der Gesang, ein elektrischer Bass und rhythmisches Händeklatschen zu hören waren.

»Es gibt sogar eine Kathedrale dort, die ist aber zerstört. Es ist verdammt viel kaputt. Und die Versorgungslage ist miserabel. Mais und Bohnen bekommst du und alles, was da wächst. Aber sonst? Düster. Der Bus aus Estelí kommt einmal in der Woche, wenn du Glück hast.«

»Das ist Strategie, dass die Contras gezielt die Schulen zerstören«, sagte Paul. »Die Leute sollen dumm bleiben. Deshalb hast du total recht, als Lehrerin zu arbeiten und nicht mehr auf dem Bau.«

»Das musst du gar nicht gegeneinander ausspielen. Die Baustelle ist genauso wichtig. Alles ist wichtig. Die Schule kann auch nicht alles richten.«

»Und du kannst Autos reparieren. Das kannst du den Kleinen doch auch beibringen. Dann liegen dir die Jungs zu Füßen.«

»Und die Mädchen erst recht.«

»Vielleicht geht es noch nicht mal nur ums Lernen, also nicht um Bildung, meine ich, sondern darum, dass es was nützt. Dass man was machen kann. Also was Praktisches lernt.«

»Aber das fängt mit Lesen und Schreiben an. Das ist die halbe Miete. Und dann ist es total wichtig, dass die Kinder sehen, wie ihre Mütter arbeiten. So wie hier in der Kooperative. Dass sie dabei sind in der Produktion.«

»So hat Gaudí das auch gemacht mit der Sagrada Familia in Barcelona, weißt du? Da war ich vor ein paar Monaten. Er hat eine Schule mitten aufs Gelände der Kathedralenbaustelle gesetzt, für die Kinder der Arbeiter, damit das Lernen direkt ins Entwerfen übergeht. Ins Planen. In die Phantasie. Finde ich großartig.«

»Makarenko hat das auch so gesehen. Er wollte, dass

nicht nur die Lehrer, sondern auch Arbeiter, Techniker, Ingenieure Einfluss auf die Erziehung nehmen. Weil Bildung aufs Machen zielen soll und kein Selbstzweck ist. Der Hauptnutzen der Arbeit besteht für ihn in der psychischen und geistigen Entwicklung des Menschen. Und es gibt auch einen sozialen Aspekt. Schöpferische Arbeit heißt, seine Arbeit zu lieben und damit eben auch das gesellschaftliche Ziel, dem sie dient.«

»Aber das Problem ist doch, dass auch im Kommunismus die meiste Arbeit stumpfsinnig ist. Was du sagst, ist aber bloß Theorie. Klingt mir ein bisschen zu sehr nach Margot Honecker.«

»Und die hat es wahrscheinlich bei Makarenko abgeschrieben«, lachte Sigrid und drückte sich den letzten Rest ihres Mangosaftes in den Mund. »Theorie ist ein Regelwerk, ein Orientierungsangebot, und wenn es in der Wirklichkeit nicht immer so läuft, dann spricht das nicht unbedingt gegen die Theorie, sondern bedeutet, dass wir uns einfach noch viel mehr anstrengen müssen.«

»Wann fährst du wieder hin?«

»Nach Jalapa? So bald wie möglich. Vielleicht nächste Woche.« Und dann, nach einer Pause: »Kommst du mit? Unterrichten könntest du auch.«

»Mhm«, machte Paul.

»Ich komm nicht mehr zurück. Das steht fest.«

Als sie den Bauplatz erreichten, setzte pünktlich der Regen ein, so dass sie sich unters Dach der Halle retteten. Wie ein Wasserfall rauschte es aus der schwarzen Wolkenwand herab, donnerte auf die Nicalitplatten, die, wie sie befriedigt feststellten, dicht hielten. Nach etwa zwanzig Minuten hörte der Regen genauso abrupt wieder auf, wie er angefangen hatte. Als hätte jemand die Schleuse eines Staudamms geöffnet und wieder geschlossen. Dann kehrte kurz die Sonne zurück, golden und heiß, und ließ das Wasser in den Pfützen und Abflussgräben verdampfen, nur um wenige Minuten später in einem irrsinnigen Flammenmeer zu versinken, das die Holzhütten und die Bananenstauden in Brand zu stecken schien.

Sie setzten sich dicht nebeneinander auf die Bank vor der Bauhütte.

»Hast du so ein Licht schon mal gesehen?«, fragte Paul.

»Es gibt so viel Schönes hier.«

»Vielleicht ist das der Ausgleich für all die Armut.«

»Ist das nicht ein bisschen zynisch, so zu denken?« Sigrid wieder, streng und unerbittlich. »Rote Wolken als Trost für alles, was dir fehlt?«

»Keine Ahnung. Die Leute haben ihre Hoffnung. Sie haben die Revolution. Sie haben ein Ziel. Sie sind in Bewegung.«

Der Himmelszauber dauerte nicht länger als die Lexington, die sie zusammen rauchten. Sigrid spitzte die Lippen, so dass ein kleines rundes Mundloch entstand, in das sie die Kippe einstöpselte wie einen Korken in die Flasche. Der Filter war feucht von ihren Lippen oder vom Regen, und während Paul dem Unterschied nachschmeckte, war es auch schon dunkel geworden, übergangslos, ein harter Schnitt zwischen Tag und Nacht. Am liebsten wäre er mit Sigrid allein geblieben, doch Rudi und Andrea setzten sich zu ihnen, müde und staubig von der Arbeit, und rauchten Rudis Selbstgedrehte. Die Kinder aus der Nachbarschaft bespritzten sich kreischend mit dem Wasser aus den Abflussgräben, schütteten es aus Eimern von den Übergängen herab auf die, die unten bis zu den Knien in der braunen Brühe standen, bis sie völlig durchnässt waren. Der Himmel prunkte mit Myriaden von Sternen, die Nacht erzeugte geheimnisvolle Geräusche, die Paul vorgaukelten, er wäre mitten im Dschungel. Über dem schrillen Gelärm der Zikaden erhoben sich wüste Schreie, röchelnde Laute, Kratzen und Schaben und Rumoren wie von einer Affenhorde, aber vielleicht waren es auch Vögel, die in einer Paul unverständlichen Sprache ihre Anwesenheit im Ästegewirr der Gummibäume bekundeten. Laternen gab es nicht, doch aus den offenen Häusern fielen Lichtstrahlen und das bläuliche Flackern der Fernsehgeräte auf die Straße.

Paloma kam aus dem Dunkel und setzte sich neben ihn. Weil er nicht sofort reagierte, stupste sie ihn mit ihrer Schnauze an, ein dringlicher Hinweis darauf, dass sie gekommen sei, um gestreichelt zu werden. Ihr Fell war feucht, sie roch wie ein nasser Teppich, doch Paul mochte diesen Geruch, der sich mit dem von Holzfeuer und würzigen Kräutern mischte. Nicaragua, dachte er, ist ein Duft. Man muss es riechen. Wenn er ein Hund wäre, würde er viel mehr von diesem Land verstehen. Paloma drehte sich auf den Rücken und grunzte vor Wohlbehagen.

Paul hatte sich noch eine Zigarette angezündet, als Hartmut mit der Camioneta vor ihnen hielt, den Motor und die Scheinwerfer ausschaltete und heraussprang.

»Habt ihr's schon gehört?«

»Nee. Was?«

»Es gibt einen Gefallenen hier im Barrio. Lasst uns hingehen. Vela. Totenwache.«

Paul nahm einen tiefen Zug aus der Zigarette. Und noch

einen. Sigrid erhob sich umständlich, als müsse sie ihre Beine neu montieren, Rudi und Andrea folgten, auch Paul rappelte sich auf.

»Ven conmigo!«, befahl er Paloma, und tatsächlich heftete die Hündin sich an seine Fersen.

Ganz leise, im Gänsemarsch wie eine nächtliche Patrouille, gingen sie Hartmut hinterher.

Paul war selbst schon einmal gestorben, im Traum. Er saß in der S-Bahn Richtung Friedrichstraße, in so einem altertümlichen Waggon mit Holzbänken, als ihm gegenüber ein freundlicher Herr Platz nahm, der eine Aktentasche auf den Knien und einen runden schwarzen Hut auf dem Kopf trug und ihn angrinste wie einen alten Bekannten. Da hörte Paul auf zu atmen. Oder vielmehr: Es hörte in ihm auf zu atmen. Es geschah ihm. Er spürte das, konnte aber nichts dagegen tun. Die Lungenflügel standen still, erstarrt, wie aus Stein. Kein bisschen Sauerstoff durchströmte sie, nichts mehr, keine Bewegung, aber auch kein Schmerz. Paul versuchte, dagegen anzuarbeiten, aber er hatte keine Chance.

Der freundliche Herr sah ihn aufmerksam und mit gleichbleibender Freundlichkeit an. Er schien nichts zu bemerken von Pauls Kampf, seinem Sterben. Denn jetzt war Paul tot. Er dachte dabei: Merkwürdig, es ist eigentlich gar kein Unterschied, ich bin gestorben, aber ich sitze hier wie zuvor. Nur das Atmen hat aufgehört. So ist das also. Aber dann überfiel ihn plötzlich doch noch die Panik, er riss den Mund auf und rang nach Luft, er versuchte, dem freundlichen Herrn, der den Blick nicht von ihm abwandte, Zeichen zu geben, indem er auf seinen aufgerissenen Mund deutete, doch der Herr reagierte nicht, als wäre Paul unsichtbar geworden, als wäre der, der da gestikulierte und um Atem rang, schon nicht mehr der, der in der S-Bahn saß. Etwas trennte ihn von der Welt und von sich selbst. Paul würgte, röchelte, hustete. Jetzt bitte rasch aufwachen! Wach auf in deiner Atemnot, damit du begreifst, dass das nur ein Traum ist! Im Erwachen wurde ihm klar, dass er lebte, und er sank in eine unermessliche Erleichterung hinein, die ihm deutlich machte, dass es eben doch einen Unterschied gab zwischen Leben und Tod.

Er brauchte lange, um sich von diesem Traum zu erholen, auch wenn ihm einfiel, dass es dafür einen ganz konkreten Anlass gegeben hatte: Ein paar Tage zuvor hatte der DDR-Dichter Volker Braun im Philosophischen Institut der FU aus dem *Hinze-Kunze-Roman* gelesen, Haug hatte ihn eingeladen, einen Marxisten aus dem Osten, einen dialektischen Denker real existierender Widersprüche, wie er in seiner Einführung sagte. Paul hockte oben hinter der Balustrade im ersten Stock neben Beate und Jürgen auf dem Fußboden. Durch die türkis gestrichenen Gitterstäbe schauten sie hinunter ins Foyer dieses seltsamen Pavillons aus Beton, wo Haug und Braun am Fuß der Wendeltreppe an einem Tischchen saßen. Der DDR-Dichter holte sein Buch aus einer abgegriffenen Ledertasche, die vermuten ließ, dass darin auch Thermosflasche, Apfel und Wurstbrot steckten.

»Er sieht aus wie ein Gewerkschaftssekretär«, flüsterte Jürgen.

Und Paul: »Wie ein Elektriker.«

»Wie ein Eklektiker«, kicherte Beate. »Er macht's wie Brecht und holt sich, was er braucht. Die Hinze-Kunze-Berichte sind nichts anderes als die Keuner-Geschichten von Brecht. Und die Herr-Knecht-Figur, der Fahrer und sein Chef, die kennen wir aus Martin Walsers *Seelenarbeit*. Nur dass sie bei Braun im Sozialismus leben.«

Volker Braun, das Haar halblang über den Ohren und oben schon ein bisschen kahl, trug einen grauen Anzug aus grobem Stoff und proletarische Koteletten. Umständlich rückte er seine Brille zurecht, so eine silberne, tropfenförmige, räusperte sich, blickte ins andächtig schweigende Publikum und begann zu lesen: »*Was hielt sie zusammen? Wie hielten sie es miteinander aus? Ich begreife es nicht, ich beschreibe es.*«

»Das ist seine Formel«, flüsterte Beate Paul ins Ohr. »So wappnet er sich gegen die Zensur. Wenn sie ihm vorwerfen, er kritisiere die Machtverhältnisse in der DDR, dann sagt er: Ich kritisiere sie nicht, ich beschreibe sie nur. Schlauer Bursche.«

Paul hatte, wenn er ehrlich war, von Braun allenfalls vage gehört, aber noch nichts von ihm gelesen, und so bewunderte er einmal mehr Beate für ihre Kenntnisse, die ihr zuzufliegen schienen, wenn sie nicht bluffte und sich vor der Veranstaltung ein wenig eingelesen hatte, um jetzt anzugeben.

»Was soll das denn heißen, *ich beschreibe es bloß*. Ist doch Quatsch. Du kannst doch alles so oder so beschreiben.«

»Eben«, sagte Beate.

Paul versuchte zuzuhören, aber es gelang ihm nicht, es gelang ihm eigentlich nie, weil seine Gedanken bei jeder Lesung abschweiften. Erstaunlich, dass der DDR-Dichter überhaupt in den Westteil der Stadt reisen durfte. Brauchte er dafür ein Visum, das besondere Wohlwollen der Funktionäre oder die Einladung durch einen Marxisten wie Haug? Aber den mochten sie im Osten doch erst recht nicht, so dass das hier fast schon eine staatlich geduldete dissidentische Zusammenkunft auf feindlichem Gebiet darstellte. Braun war laut Haug ein Repräsentant der Denkbewegungen, die politisch in die Perestroika mündeten, und vielleicht hatte es mit den Vorgaben aus Moskau zu tun, dass die DDR-Oberen den Dichter fahren ließen, wussten sie doch, dass er nicht zu denen gehörte, die ihr Land und ihre Hoffnung auf einen besseren Sozialismus aufgeben würden. Ein paar Jahre später, nach der sogenannten Wende, würde Braun dann dichten: *Die Hoffnung lag im Weg wie eine Falle*, aber so weit war es noch nicht, ganz im Gegenteil, die Hoffnung war das höchste Gut, und er ließ seinen Hinze sagen: *Jeder Mangel lässt sich ertragen, mit jeder Knappheit werden wir fertig. Elend aber ist, wenn es keine Idee mehr gibt.*

Später am Abend, nachdem sie in der Luise noch etwas getrunken hatten und in Dahlem-Dorf in die U-Bahn gestiegen waren, saß ihnen gegenüber Volker Braun, der schon am Thielplatz eingestiegen sein musste. Seine Aktentasche hielt er hochkant auf den Knien und sich daran fest, ein Bürger des Ostens im unbekannten Westen, und lächelte ihnen freundlich zu. Vielleicht hatte er sie wiedererkannt, vielleicht waren sie ihm aufgefallen, oben im ersten Stock hinter der Balustrade. Paul überlegte, ob er etwas sagen sollte, einen Dank für die Lesung oder so, aber er sagte nichts, traute sich nicht, und auch Beate schwieg bis zum Breitenbachplatz. Als die U-Bahn wieder anfuhr und in der nächsten Kurve heftig quietschte, stand sie auf, um das Fenster zu schließen.

»Ich glaube, ich schmeiß Philosophie«, überraschte sie ihn. »Hat doch keinen Zweck. Man muss was Richtiges lernen und nicht nur labern. Praxis statt Theorie. Ein Medizinstudium wäre gut. Und dann als Ärztin in ein Entwicklungsland. Wir leben hier doch wie die Maden im Speck.«

Volker Braun ließ nicht erkennen, ob er zuhörte oder mit seinen Gedanken ganz woanders war. Doch er lächelte unverdrossen.

»Das ist mir zu pathetisch«, hörte Paul sich antworten, als ob es nicht genau das wäre, worüber auch er nachdachte. Etwas tun in der Welt! Eine Tat! Handeln! Aber er sagte: »Vielleicht rettest du hundert Menschenleben, aber was ist das schon gegen eine Million, die verhungern? Du machst dir was vor. Du machst das nicht für die anderen, sondern für dich. Du rettest nicht die Welt, sondern dich selbst.«

Beate starrte ihn wütend an und zerrte an ihren Haaren, schweigend saßen sie nebeneinander bis zum Fehrbelliner Platz, wo sie in die U7 umsteigen mussten, Beate in Richtung Charlottenburg, Paul in Richtung Neukölln, so dass sich ihre Wege hier trennten. Grußlos gingen sie auseinander. Der Dichter Braun blieb sitzen. Paul sah ihn vom Bahnsteig aus mit seiner Aktentasche auf den Knien, immer noch lächelnd, während die U-Bahn langsam Fahrt aufnahm und lärmend im Tunnel verschwand. Wo ist der Grenzübergang für DDR-Dichter? Er hatte keinerlei Vorstellung davon, wie es sich anfühlte, bis spätestens Mitternacht in den Osten zurückzukehren, in eine Welt, von der er nichts wusste.

Vor einer dieser ärmlichen Holzhütten, nur zwei Sträßchen weiter, hatte sich bereits das halbe Barrio versammelt. Die Leute standen herum und redeten miteinander, Nachbarn schafften Stühle heran und stellten sie auf die Straße, die Neuankommenden aber gingen, bevor sie sich zu den anderen gesellten, ins Haus, um dem Toten die letzte Ehre zu erweisen. Paul folgte Sigrid, die Hartmut folgte, und hinter ihm kamen Rudi und Andrea. Auch der sanfte Knut mit seinem Engelsgesicht war eingetroffen und schloss sich ihrem Defilee an. Niemand sagte ein Wort. Ein paar Frauen brachten Blumen und Grünes, Bananenblätter, Palmwedel, um sie vor den Sarg zu legen. Der stand, auf Ziegelsteinen aufgebockt und von der rot-schwarzen Fahne der FSLN bedeckt, an der Stirnseite des kleinen Wohnraums, der Eingangstür gegenüber. Das Kopfende schmückte die blau-weiß-blaue Nationalflagge Nicaraguas. *Patria libre – o morir!* Dahinter war ein weißes Bettlaken aufgespannt, um die Bretterwand und die losen Kabel zu verbergen, die zu einem Sortiment von Glühbirnen führten, schnell angebracht, um die Szenerie hell auszuleuchten wie eine Theaterbühne.

Die Mutter des Toten schrie in ihrer Verzweiflung auf, ein markerschütternder Schrei, der Paul erstarren ließ. Zwei Freunde stützten sie, während sie ihren Gott anklagte: »Por qué, señor, por qué? Warum meinen Sohn? Warum hast du ihn mir genommen?«

Der Ehemann blieb gefasst, er redete mit den Gästen, gab jedem die Hand, doch auch er hielt sich nur mühsam aufrecht, als wären seine Knochen aufgeweicht. Der Sohn war in der vergangenen Nacht umgekommen, die Leiche so schnell herbeigeschafft worden, dass sie zusammen mit der Todesnachricht eintraf. Ein Trupp von Contras habe wild um sich geschossen, so erzählten es die Leute, kein Gefecht, sondern ein Hinterhalt, der gute Fernando habe sich nicht wehren können, sondern sei einfach abgeknallt worden im Dunkeln. Nacheinander traten sie an den Sarg heran, zuerst Harmut, der seine Pilotenbrille ausnahmsweise einmal abgenommen hatte, dann Sigrid, die in ihrem karierten Hemd einen Buckel machte wie eine Katze, dann Paul, dann Rudi und Andrea Hand in Hand.

Paul gab sich Mühe, nicht zu kurz und nicht zu lange zu verharren, erschrak jedoch, als er das Fensterchen entdeckte, das in Kopfhöhe des Sarges angebracht war, so dass er hineinschauen konnte, und während Paul hineinschaute, sah der Tote mit weit aufgerissenen Augen von innen heraus. Die Lippen hielt er fest aufeinandergepresst, die Haut war gelblich, wächsern. Auf seinem Gesicht spiegelte sich ein stummes Erstaunen. Der Tod war eingetreten, ohne dass er eine Chance gehabt hätte, ihn zu erfassen oder zu begreifen. Aus dem Leben gerissen, dachte Paul. Abriss. Und Ende Gelände.

Als er benommen draußen vor dem Haus stand, drückte ihm jemand ein Bier in die Hand. Ein Mann, den er nie zuvor gesehen hatte, fasste ihn an den Schultern, schaute ihm in die Augen und umarmte ihn wortlos, als wäre es Paul, der Trost bräuchte. Amanda saß auf einem Stuhl, den Kopf in die Hände gestützt. Zu ihren Füßen hatte sich Paloma eingerollt. Andere standen in lockeren Grüppchen zusammen, schwatzten, lachten, prosteten sich mit Bierflaschen zu. Eine junge Frau trug ein T-Shirt mit der Aufschrift *Venceremos!*. Ein Junge, vielleicht zwölf Jahre alt, hatte sich ein Stirnband umgebunden, mit dem er sich zum *Voluntario SMP*, zum Kriegsfreiwilligen, erklärte, aber er würde noch ein paar Jahre warten müssen, bis sie ihn nähmen.

Der Junge erinnerte Paul an den Russen Fljora aus Elem Klimows *Komm und sieh*, einem Film, der ihn niedergeschmettert hatte, ein paar Monate zuvor. Ohne zu ahnen, was da auf ihn zukommen würde, war er auf Haugs dringende Empfehlung mit Beate, Jürgen und dem Frieder ins Arsenal gegangen, wo immer wieder neue sowjetische Filme liefen oder solche, die jetzt, in der Gorbatschow-Ära, aus den Kellern der Zensur gehoben wurden. Fljora war noch ein Kind im Winter 1943 in Weißrussland, aber er wollte sich den Partisanen anschließen, die ihn zum Entsetzen seiner Mutter auch abholten, dann aber im Lager zurückließen, weil sie nichts mit ihm anzufangen wussten. Fljora wurde zum stummen Zeugen des Grauens, das die deutschen Soldaten anrichteten. Immer wieder hielt die Kamera frontal auf sein Gesicht, das in den zwei Filmstunden sichtbar alterte; am Ende war das Kind ein Greis, hatte die eigene Erschießung – nur ein Spaß der SS – überlebt, seine Familie verloren und gesehen, wie die Deutschen auf ihrem mörderischen Rückzug die Bewohner eines Dorfes in die hölzerne Kirche trieben, um das Gebäude dann mit allen Menschen darin anzuzünden. Einer rettete sich aus dem Turm übers Dach, Fljora gelang es, aus einem Fenster zu klettern, die anderen warfen sich vergeblich von innen gegen die Eingangstür, die so fest verbarrikadiert war, dass sie nicht nachgab. Die Soldaten johlten und schossen in die Flammen, es war ein Fest, eine große Belustigung.

Der Film zeigte die stumpfe Rohheit, zeigte die äußerste, nur Menschen mögliche Brutalität, die trostlose Barbarei, und es quälte Paul besonders, dass diese Soldaten, deren Taten ihm in einem kaum zu ertragenden Realismus vorgeführt wurden, deutsch sprachen. Es waren Deutsche, die die Deutschen spielten, deshalb wirkten sie so echt. Die deutsche Sprache war die Sprache der Täter in diesem russischen Film. Auf einmal verstand er die Exilanten, die es nach dem Krieg nicht mehr geschafft hatten, in dieses Land zurückzukehren, und die zu zittern begannen, wenn sie irgendwo Deutsch hörten. Von wegen Goethe. Von wegen Rilke. Von wegen Thomas Mann. Die deutsche Sprache war nicht mehr zu retten.

Jürgen hatte, um seine Erschütterung zu verbergen, anschließend über den sowjetischen Film doziert, hatte an *Iwans Kindheit* von Tarkowski erinnert, der Klimow stark beeinflusst habe – bis hin zu einzelnen Motiven: der Blick in den Brunnen, die Sümpfe, der Wald als Ort der Bedrohung. Beate hatte den ganzen Abend über gar nichts gesagt, hatte im Kino die Augen zugekniffen und sich die Hände vor die Ohren gehalten, um die Schreie, die aus der Kirche zu hören waren, nicht hören zu müssen, nein, sie müsse das nicht sehen, hatte sie gesagt, wozu?

»Ich weiß doch, worauf es hinausläuft, da muss ich mich nicht zum Voyeur degradieren lassen. Wenn du hinschaust, bist du nicht nur Zeuge, sondern Teilhaber.«

»Unsinn«, hatte der Frieder geantwortet, »Klimow will, dass du hinsiehst, dass du weißt. Er zwingt dich zu sehen. Nur dann kannst du dagegen kämpfen oder dafür, dass sich so etwas nie mehr wiederholt. Deshalb heißt der Film *Komm und sieh!*. Du sollst sehen, egal wie schmerzhaft es ist.«

»Musst du wirklich jedes Grauen gesehen haben, um dagegen zu sein?«, hatte Paul damals gefragt. Doch jetzt musste er zugeben, dass er über den Krieg nichts wusste, was er nicht gesehen hatte, dass es nicht reichte zu wissen, dass es vielmehr darauf ankam, dabei zu sein und Anteil zu nehmen.

Durch die offene Haustür konnte er den hell erleuchteten Sarg sehen, über den sich weinend ein Bruder des Toten geworfen hatte. Víctor, in frisch gebügelter Uniform, stand neben dem Vater und redete auf ihn ein; Paul konnte sich denken, was er sagte: dass der Tote ein Märtyrer sei, der fürs Vaterland und für die Freiheit und für die Revolution sein Leben gegeben habe, dass er unvergessen bleibe oder vielmehr *presente*, dass der Kampf nicht vergeblich sei, *aquí no se rinde nadie!* Er sah, wie Víctor die Mütze abnahm und vor den Sarg trat, sich dann der Mutter zuwandte, um sie zu umarmen, die weiter ihre Klagelaute ausstieß, wie er dem Bruder die Hand reichte und sie lange schüttelte, als wolle er ein Bündnis schmieden.

Paul setzte sich zu Sigrid, sie rauchten zusammen, doch diese Zigarette war anders als die zuvor. Immer wieder bäumte sich das Gebrüll der Mutter auf, Schmerzenslaute wie die eines verwundeten Tieres, die Paul erschauern ließen. Niemand ging weg. Wer kam, der blieb, und auch Paul wäre nicht auf die Idee gekommen, nach Hause zu gehen. Solidarität war eine Frage der Anwesenheit, ganz einfach, und es schien so, als ob die Gemeinschaft, die sich da bildete, gewusst hätte, dass der Schmerz nur gemeinsam zu ertragen war und es also auf jeden Einzelnen von ihnen ankam. Paul nahm sich noch eine Flasche *Victoria*.

»Stell dir vor, so wie hier ist es an allen Stellen, wo um einen Toten getrauert wird. In jedem Barrio in Managua. In León. In Masaya. In Granada. In kleinen Dörfern. Überall so ein Sarg mit Fahne und Fenster. Überall helles Licht. Und überall Menschen, die sich versammeln.«

Wenn die Zigarette zwischen ihnen hin und her wanderte, berührten sich jedes Mal wie zufällig ihre Fingerspitzen. Sigrids Finger fühlten sich kühl an, und sie wichen den seinen nicht aus. Ihm ging es schon längst nicht mehr ums Rauchen, sondern um diese Berührung. Die Zigarette war nur noch ein Vorwand, war wie ein Kuss, den sie sich hin- und herreichten und mit jedem Zug bekräftigten, wenn die Glut knisternd das Papier fraß, bis Paul am heruntergebrannten Stummel gleich die nächste anzündete, um das Spiel fortzusetzen, es durfte nicht enden, die Nacht war lang.

»Man müsste Reagan hierherzerren«, hörte er Rudi ein paar Meter entfernt zu Hartmut sagen, »damit er sieht, was er anrichtet.«

Sigrid verdrehte genervt die Augen und ließ Rauch aus der Nase quellen.

»Kommst du mit mir nach Jalapa? Die brauchen uns dort wirklich. Hier in Managua läuft's doch einigermaßen. Aber dort in den Bergen ist die Not riesig. Und auch die Unwissenheit. Bringst du mich hin?«

Paul nickte, auch wenn er sich nicht sicher war.

»Woher weißt du das eigentlich mit der Schule?«

»Hat Hartmut mir gesteckt. Er hat gesagt, ich soll nicht nur von Makarenko quatschen, sondern jetzt mal Ernst machen. Butter bei die Fische, hat er gesagt. Da im Norden könnte ich mich wirklich bewähren, obwohl er mich nur ungern gehen lassen würde. Aber das sei meine Aufgabe als Revolutionärin.«

»Und das glaubst du ihm? Hier brauchen wir dich doch genauso. Wenn die Camioneta nicht mehr fährt, ist es auch schlecht für die Revolution.«

»Aber noch schlechter für uns Brigadisten. Dann gibt's keine Ausflüge mehr. Keine Spazierfahrten durch Managua. Nein, nein, Hartmut hat absolut recht. Wir sind nicht zum Vergnügen hier.«

»Ein bisschen schon.«

Paul wollte Sigrid nicht ziehen lassen. Zu seinem Erstaunen vermisste er sie. Ihre Stimme. Ihre Augen. Jetzt schon. Das hätte er nie gedacht. Aber klar, sie musste dorthin, wo sie gebraucht wurde. Sie wurde überall gebraucht. Ihn, Paul, würde man dagegen nicht unbedingt vermissen. Was konnte er schon? Er holte sich noch ein Bier und stieß mit Víctor an, der ziemlich wackelig auf den Beinen stand. Um sein Schwanken zu verbergen, umarmte er Paul.

»Mein Freund«, sagte Víctor mit Tränen in den Augen, »du bist mein Freund.«

Felix lag auf dem Bett und schlief unterm hellen Schein der Neonröhre. Luis und David hatten sich eng an ihn angekuschelt und würden durch nichts mehr aufgeweckt werden. Die Söhne! Noch so jung. Amanda würde erst spät zurückkommen, vielleicht die ganze Nacht bei der Totenwache bleiben. Paul setzte sich mit seinem Notizbuch an den Küchentisch, um aufzuschreiben, was er erlebt hatte. Der Kühlschrank brummte, eine Kakerlake kroch an der Kante die Wand hinauf, draußen vor der Tür lärmte eine Zikade im Gebüsch, unglaublich laut, aus dem Nachbarhaus sickerte leise Radiomusik. So also war es, am Leben zu sein und dabei zu wissen, dass es weitergeht.

»Ich bin nicht getötet worden«, schrieb Paul in sein Heft, während er das wächserne Gesicht des erschossenen Soldaten vor sich sah und die Schreie und das Schluchzen der Mutter weiter in seinen Ohren gellten. Das würde er nicht vergessen, niemals, und er hoffte, und so schrieb er es auch auf, als hätte Víctor ihm den Satz diktiert, dass all diese Opfer nicht vergeblich sein würden, dass die Menschen moralisch gestärkt aus dem Krieg hervorgehen würden, dass die

Revolution, die ausgesetzt war, weil alle Kräfte auf die Verteidigung gerichtet werden mussten, siegreich sein würde. Doch die Worte, die er da schrieb, gerannen ihm auf dem Papier. Sie waren leer, Phrasen, die denen nicht halfen, die es traf, denn wer tot ist, ist tot, in wessen Diensten auch immer, und Paul strich all das wieder aus, was er gerade notiert hatte, erschrocken darüber, dass er Sätze hervorbrachte, die er immer gehasst hatte, denn so stand es doch auch landauf, landab auf den Kriegerdenkmälern in deutschen Dörfern, gefallen für Volk und Gott und Vaterland. Von wegen. War das nicht dieselbe Litanei wie das sandinistische *Patria libre – o morir*? Wie viele Tote rechtfertigt das zu verteidigende Ziel? Was rechtfertigt den Tod? Und was die Überlebenden? »Der Tod trifft immer die anderen. Nie dich selbst«, schrieb er. »Jedenfalls, solange du lebst. Du bist immer der Überlebende. Und wenn du es eines Tages nicht mehr bist, dann bist du nicht mehr dabei. Ist das nicht tröstlich?«

10

»Es gab Kämpfer der Internationalen Brigaden, die kamen nach dem Bürgerkrieg nicht mehr aus Spanien raus. Die Grenzen waren zu. Der einzige Weg führte von hier aus über die Berge.«

Paul wusste nicht, ob Beate ihm zuhörte, die gedankenverloren in ihren Haaren wühlte und auf ihre Schuhspitzen starrte, halbhohe, cowboyhafte Wildlederstiefel, an denen eigentlich nur die Sporen fürs Pferd fehlten.

»Stell dir vor: Fünfhunderttausend sind ihn im Winter 38/39 gegangen. Die *retirada*. Rückzug nannten sie das. War aber eher eine Flucht. Und dann wurden sie in französische Internierungslager gesteckt. Und von dort aus abgeschoben. Die deutschen Kommunisten landeten meistens in Dachau. Und wenn sie es in die Sowjetunion schafften, wurden sie von Stalin umgebracht. Es gab für diese Leute auf der ganzen Welt keinen Platz, niemand wollte sie haben. Sie waren verdächtig. Wer für die Freiheit gekämpft hat, ist verdächtig. Das ist immer so, auch heute. Das ist wie ein Geruch, der an dir haftet. Darauf reagieren alle Herrscher allergisch. Diktatoren und Demokraten, Kommunisten und Faschisten.«

Sie saßen auf einer Steinbank im Hafen von Portbou, hinter sich dramatisch übereinandergeschichtete Felsen, vor sich friedlich im Wasser schaukelnde Segelboote, die mit Planen zugedeckt waren und deren Masten bei jeder Bewegung klirrten.

»Walter Benjamin suchte ein Jahr später sein Heil in der anderen Richtung. Ausgerechnet Francos Spanien als letzte Hoffnung, um vielleicht doch noch aus Europa rauszukommen. Aber stattdessen: Ende Gelände. Genau hier. Wahrscheinlich hat er sich umgebracht aus Angst, an die Gestapo ausgeliefert zu werden.«

»Selbstmord aus Angst vor dem Tod? Glaub ich nicht.«

Eine Kaimauer versperrte den Blick aufs offene Meer. Es war noch hell, doch das Wasser schimmerte bereits in einem silbrigen Grau, das weiter draußen immer dunkler wurde, bis es am anderen Ufer in einem schwarzen Streifen endete, der die ganze Bucht umfasste wie ein Trauerrand. Dahinter erhob sich ein schroffer Bergrücken ohne jeden Schatten, kahles Geröll mit verkrüppelter Vegetation. Es war der Rücken eines schlafenden Krokodils, eines riesigen Krokodils mit schuppiger Haut, das mit der Schnauze im Wasser lag. Paul suchte mit den Augen nach Pfaden, über die Walter Benjamin, seine schwere schwarze Ledertasche mit dem letzten Manuskript unterm Arm, gekommen sein könnte. Es war bestimmt heiß damals, im September 1940.

»Wusstest du, dass er schon 1932 in Spanien war? Da hat er auf Ibiza die *Berliner Kindheit* angefangen. Du musst weit weg sein, um über etwas zu schreiben, was dir nah ist. Zeitlich und räumlich. Aber schon damals wollte er sich umbringen. Vielleicht hat er das Mittelmeer nicht ertragen, diese gnadenlose Bläue. Der musst du gewachsen sein.«

»Aber warum hat er sich dann ausgerechnet hier umgebracht? Er hatte die Grenze doch hinter sich, und wenn er Angst vor der Gestapo oder vor Stalins Schergen hatte, dann war die Gefahr jetzt doch eher kleiner.«

»Er hatte keinen Ausreisestempel, war also illegal im Land. Die Guardia Civil hat ihn vernommen und ihn dann in die Pension gebracht, wo er sich in der Nacht das Leben nahm. Weil er fürchtete, am nächsten Morgen zurückgebracht zu werden.«

Paul genoss es, endlich einmal besser Bescheid zu wissen als Beate.

»Vielleicht ist ihm klar geworden, dass er nirgendwo sicher sein würde«, sagte sie. »Dass die Bedrohung gleich blieb, egal wo er war. Es gab kein Entkommen. Die Grenze hat er überwunden, aber was änderte das? Du wagst das Äußerste, schaffst es sogar, aber die Rettung bleibt aus. Und dann der Zusammenbruch. Kann ich verstehen.«

»Oder es war die körperliche Anstrengung. Für so eine Tour über die Berge war er nicht gemacht. Wenn sie ihn zurückgebracht hätten, hätte er es kein zweites Mal geschafft.«

Nebeneinandersitzend schauten sie übers Wasser. Beate schwieg, und Paul ließ in den Pausen zwischen seinen Sätzen viel Zeit vergehen, Pausen, die von Möwengeschrei und dem Klirren der Bootsmasten gefüllt wurden. Die Sätze kamen einzeln wie die Gedanken, Paul sprach sie mehr zu sich als zu Beate hin.

»Er litt unter Atemnot. Herzschwäche. Er musste alle zehn Minuten stehen bleiben, um sich zu erholen. Der Flaneur ist für die Stadt gemacht, fürs Spazierengehen, und nicht für eine Kletterpartie mit der Angst im Nacken. Wahrscheinlich noch nicht mal für den schlichten Weg von

A nach B. Der Flaneur schweift ab, irrt herum, findet, entdeckt. Er hat kein Ziel. Er übt sich darin, sich zu verirren.«

»Das kenn ich auch.«

»Nicht mit Morphium im Gepäck. Die tödliche Dosis hatte er dabei, die hat er auch über die Grenze geschleppt, zusammen mit seinem letzten Manuskript. Das war ihm wichtiger als das eigene Leben, hat er gesagt. Er wollte das Manuskript retten. Bis heute weiß niemand, was drinstand.«

»Vielleicht war's ja der heilige Gral«, stichelte Beate. »Und wenn es ihm so wichtig war – warum hat er sich dann vom Acker gemacht? Dann war ihm der Text doch letzten Endes auch egal. Oder glaubst du im Ernst an die Offenbarung?«

Paul versuchte, sich von Beates miserabler Laune nicht anstecken zu lassen. Den ganzen Tag über war sie schon so seltsam gewesen, fast wie eine eifersüchtige Ehefrau, die instinktiv witterte, was sich in den beiden Wochen im Sprachkurs ereignet hatte. In seiner Jackentasche steckte der ungelesene Brief von Karo, den er nur einmal, als Beate nicht hinsah, kurz herausgeholt und gleich wieder versenkt hatte: Mädchenschrift auf hellblauem Kuvert mit Blümchenrand. Das war schwer zu verkraften. Aber warum fühlte er sich gegenüber Beate schuldig, der er doch wahrlich nichts schuldig war?

sostener – unterhalten, unterstützen
el rigor – Strenge, Härte
el gozo – Freude, Vergnügen, Wonne
la índole – Gemütsart, Charakter, Naturell
relatar – erzählen, berichten

Er hatte darauf gedrungen, über Portbou zu fahren, sie hatte nur widerstrebend eingewilligt, ihn aber spüren lassen, dass sie keine Lust auf einen Benjamin-Gedenktrip habe. Bis Castelló d'Empúries, wo sie gegenüber der burgartigen Basílica de Santa María eine Kaffeepause einlegten, sagte sie kein Wort, schaute nur verbiestert auf die Straße, kein Blick für die Landschaft, kein Blick für ihn. Der Kirche fehlte der rechte Turm, als wäre er vor langer Zeit auf halber Höhe abgesägt worden oder als hätte an dieser Stelle zwischen Himmel und Erde der Glaubenseifer der Bauherren nachgelassen. Das brachte Beate dazu, ihr Schweigen zu brechen, indem sie noch einmal auf das Unfertige zu sprechen kam, das sie schon vor der Sagrada Familia beschäftigt hatte.

»Da fehlt etwas«, sagte sie, indem sie ein Auge zukniff, um Maß zu nehmen und die Höhe der beiden Türme, des vollendeten und des zu kurzen, abzuschätzen, »und du kannst sehen, dass da was fehlt. Du siehst das Nichtvorhandene. Das ist viel interessanter, als wenn die Kirche fertig wäre. Fertige Kirchen gibt es überall, das kann jeder. Aber es sind die Leerstellen, die Geschichten erzählen. Der Mangel gibt dir zu denken. Das, was dir fehlt, macht dich aus.«

»Fehlt dir was?«

»Oh, Mann, du nervst.«

»Mir kommt der Bau vor wie ein Kriegsveteran, dem man ein Bein amputiert hat«, sagte Paul. »Bloß dass die Kirche keine Krücken braucht. Einem Invaliden kannst du übrigens nicht erzählen, dass er interessanter ist, weil ihm was fehlt. Vielleicht erzählt das fehlende Bein eine Geschichte, kann sein, aber es ist ein Unterschied, ob dir etwas abhandenkam, das du mal hattest, oder ob etwas nicht fertig geworden ist und vielleicht noch aussteht als Aufgabe. Mangel ist nicht gleich Mangel. Also ich meine, es ist ein Unterschied, ob du ohne Beine auf die Welt kommst oder ob sie dir abgeschnitten werden.«

»Was weißt du denn davon, Paul. Du fällst doch immer auf die Füße.«

Im Kirchenschiff, das man durch ein mächtiges gotisches Portal betrat, waren sie am Grabmal eines Ritters vorbeigekommen, der, winzig, wie er war, exakt in seine Grabnische passte, so dass er mit Kopf und Füßen an den Pfeilern des ihn überwölbenden Torbogens anstieß. Im Chor hatten sie sich dann vor einer aus Alabaster geschnitzten Muttergottes mit einem speckigen Jesuskind im Arm wiedergefunden, die, inmitten eines Altarungetüms, von pilzartig aufragenden Säulen eingehegt wurde, als hätte einst ein fiebriger Vorgänger Gaudís eine Märchengrotte phantasiert. Den Sockel des Altars bewohnten musizierende Engel, über ihnen tummelten sich, wild durcheinander, Figuren aus der Jesusgeschichte, aus denen Paul nicht schlau wurde, gebückte Gestalten, entsetzte Gesichter, ein Kreuzträger, bittende, verzweifelte Gesten, so dass er nichts Hoffnungsvolles und keinerlei Erlösung darin entdecken konnte, bloß Chaos und Angst und Unübersichtlichkeit. Doch vermutlich entsprach das dem Lebensgefühl der Damaligen in ihrem fünfzehnten oder sechzehnten Jahrhundert oder wann auch immer.

»Keine Ahnung«, sagte Paul.

Über eine sich durch die Berge schlängelnde Straße waren sie dann in das aus nichts als weißen Häusern bestehende Örtchen Port de la Selva weitergefahren und von da an der Küste gefolgt. Figueres ließen sie links liegen, das Dalí-Museum hatte Paul Beate ausgeredet, doch dass der Surrealismus, von Dalís flüssigen Uhren bis zu Magrittes fliegenden Hüten, Kitsch sei, wie Paul leichtfertig behauptete, wollte Beate nicht so stehenlassen.

»Blödsinn«, sagte sie. Ihre Haare umloderten sie wie Flammen. »Das hatte Sprengkraft. Für die Nazis war das entartete Kunst.«

»Von den Nazis geächtet zu werden, heißt erst mal noch gar nichts«, sagte er. »Es kann ja trotzdem Kitsch sein. Halt eine andere Form von Kitsch als der Nazikitsch.«

»Aber der Surrealismus war das Entgegengesetzte zu all diesen gelackten Helden und Bauern und Hirschgeweihen. Der Surrealismus hat den Nazis Angst gemacht. Das Unkontrollierte, das Fremdartige. Das, *was sich über die Logik hinwegsetzt*, wie Peter Weiss geschrieben hat.«

»Als ob sich nicht auch die Nazis über jegliche Logik hinweggesetzt hätten«, entgegnete Paul. »Ist Massenvernichtung logisch? Ist es logisch, die Elite des Landes zu verjagen und zu ermorden? Logik ist nicht das Unterscheidungskriterium.«

»Na gut, dann anders«, setzte Beate noch einmal an. »Der Surrealismus speist sich direkt aus dem Unbewussten. Aus Traumimpulsen. Aber auch aus sozialer Unterdrückung. Er ist ein Aufstand gegen die Normalität. Gegen das Verfestigte, Geschlossene. Er verflüssigt die Sichtweisen und die Verhältnisse. So wie Dalís Uhren.«

»Ich weiß, ich weiß es noch genau«, sagte Paul. »*Auflösung visueller Vorurteile. Blitzhaftes Beleuchten von Gärung und Fäulnis*. So steht es in der *Ästhetik* über Dalí, Magritte, Max Ernst. Aber man muss sorgfältig unterscheiden, ob es sich wirklich um *Attacken gegen Verbrauchtes, Untergehendes* handelt, wie Weiss schreibt, oder bloß um Respektlosigkeiten, um künstlerische Witzeleien, die sich letzten Endes dann doch ganz gut vermarkten lassen. Das sagt Weiss auch. Das musst du immer neu entscheiden. Was von Dalí heute noch übrig ist, tut niemandem weh. Das löst kein Erschrecken mehr aus. Das passt auf jede Kaffeetasse und jedes T-Shirt.«

»Was kann Dalí dafür, dass er so abgenutzt worden ist? Dann kannst du auch Mozart und Beethoven von der Kleinen Nachtmusik bis zur Fünften und was weiß ich ad acta legen. Aber dann ist nicht das Kunstwerk Kitsch, sondern der Gebrauch, der davon gemacht wird. Kitsch ist blöder Konsum.«

»Wahrscheinlich kannst du alles runterrocken durch inflationären Gebrauch.«

»Peter Weiss nicht. Da musst du dich durchbeißen. Der sperrt sich dagegen, konsumiert zu werden.«

»Walter Benjamin auch.«

»Alles Gedachte.«

Danach fiel Beate wieder in ihr Schweigen zurück, Paul fragte nicht nach, das Mittelmeer blitzte unwahrscheinlich blau zwischen den Bäumen, mal führte die Straße direkt am Meer entlang, mal war es hinter einem Olivenwäldchen nur zu ahnen oder der Blick wurde durch Gartenmauern verstellt, dann schraubten sie sich über enge Kurven aufwärts ins Landesinnere, nur um sich gleich darauf wieder abwärtszuwinden, der nächsten Ortschaft und der blendenden Wasserfläche entgegen. So waren sie auch das letzte Stück nach Portbou heruntergekommen, Beate fuhr immer ein bisschen zu schnell, nahm die Haarnadelkurven etwas zu optimistisch, so dass sie in der Mitte bremsen musste, Paul wurde übel davon und das machte auch ihn schweigsam, er konzentrierte sich voll und ganz auf die Straße und war froh, als Beate endlich im Schritttempo ins Hafengelände einbog, parkte, ausstieg und sich auf die Bank setzte, ohne sich um ihn zu kümmern.

»Benjamin war vier Jahre vor dem Bürgerkrieg in Spanien und dann wieder, als er vorüber war. Er wollte dem Krieg und der Verfolgung ausweichen, doch es gab kein Entkommen für ihn.«

»Simone Weil, diese verrückte Heilige, wollte unbedingt kämpfen in Spanien, obwohl sie zu schwach war, um ein Gewehr zu halten, und so kurzsichtig, dass sie den Feind auch auf zwei Meter Abstand nicht getroffen hätte. Die Anarchisten haben sie deshalb in die Küche gesteckt. Auch da braucht man Leute. Aber sie trat in eine Schüssel mit heißem Öl, die sie nicht gesehen hatte, und kam ins Lazarett.«

»Na, dann doch lieber Benjamin, der wenigstens wusste, dass er nicht zum Kämpfer taugte.«

»Intellektuelle sind nicht dazu da, Krieg zu führen. Dafür gibt es Soldaten. Denker sollen denken. Schreiber sollen schreiben. Was denn sonst. Das ist auch eine Art zu handeln. Hemingway hat es richtig gemacht. Er hat Material gesammelt für seinen Roman.«

»Und Orwell. Und Kisch. Und Toller. Und Renn. Und Regler. Und Kantorowicz.«

»Und so weiter. Bericht erstatten. Das ist die Aufgabe.«

Und da, als hätte sie sich damit selbst das Stichwort geliefert, fing Beate an zu erzählen, während Paul einen Rioja aus seinem Rucksack holte und entkorkte. Beate trank gierig und lang, als wäre es Wasser und sie knapp vorm Verdursten. Ihr Aufenthalt in Madrid sei ziemlich kompliziert gewesen, sagte sie, mal davon abgesehen, dass sie viele Tage im Prado verbracht habe, in der Goya-Sammlung vor allem, mit der berühmten *Erschießung der Aufständischen*, einem Bild, das sie durch seine schiere Größe beeindruckt habe, »dreieinhalb auf zweieinhalb Meter, da watest du im Blut«. Und dann die »schwarzen Gemälde« mit dem »Hexensabbat« und dem Hund.

»Kennst du *El perro*? Tolles Bild! Vom Hund ist nur der Kopf zu sehen, hinter einer braunen Dünung. Er schaut nach oben ins Leere, in eine gelbliche, nebelige Fläche. Das pure Nichts. Aber der Hund sieht total neugierig aus. Vielleicht wittert er ja was, wo wir Menschen nichts erkennen können. Der Hund hat mich getröstet.«

Stunden habe sie vor *El sueño de la razón* verbracht, um sich gründlich all die Eulen und Fledermäuse hinter der am Tisch schlafenden Gestalt anzuschauen. Das Getier sei ihr gar nicht so monströs vorgekommen, eher neugierig als bedrohlich. Sind Eulen denn nicht die Boten der Weisheit? Manche schienen ihr gar zu lächeln, und darunter sitze eine ziemlich groß geratene Katze, die absolut freundlich und verständig den Träumer betrachte. Der Schlafende ruhe mit dem Kopf in den Armen unmittelbar auf einem angefangenen Manuskript, aber so, dass er wirke, als ob er währenddessen hochkonzentriert in ein Mikroskop blicke. Man könne sehen, dass er etwas geschrieben habe und darüber dann eingeschlafen sei, zwei Stifte lägen daneben, allerdings lasse sich nichts entziffern. Das wäre wohl nur dem Schläfer möglich, falls er da wirklich hinter seinen Armen ein Mikroskop verstecke.

»Also, ich glaube nicht an die Ungeheuer«, sagte Beate. »Das sind flatterige Phantasiegestalten, die Eulen der Minerva, nächtliche Flugwesen, Träume eben, und alles in Bewegung. Wenn der Schläfer aufwacht, wird er weiterschreiben. Das Getier ist seine Inspiration. Er macht Pause.«

Regelrecht geflüchtet sei sie in den Prado, Tag für Tag, kaum dass er um zehn Uhr öffnete, denn die WG ihrer Freundin Ulrike habe sich als Lesben-WG herausgestellt, vier Frauen plus Ulrike, alle in seltsame Spielchen verwickelt, und sie, *la pelirroja*, mittendrin. Man habe sie aufs Freundlichste aufgenommen, bekocht und umsorgt, doch ihr sei dabei nicht wohl gewesen, ihr kam jede Geste, jeder Blick und jedes noch so harmlose Wort erotisch aufgeladen vor. Das sei nach ihrem Javier-Schock nicht gerade das gewesen, was sie gebraucht hätte, alles sei voller Bedeutungen und Vermutungen gewesen.

»Die Spannung steigerte sich dann Tag für Tag. Erotik ist auch eine hermeneutische Unterstellung«, sagte Beate. »Wenn du da drinsteckst, im Deutungszusammenhang des Begehrens, kommst du nicht mehr raus.«

Vor allem eine unglaublich attraktive Jurastudentin mit langen dunklen Haaren und langen schlanken Händen habe es ihr angetan, sie hätte nie gedacht, dass eine Frau eine so starke Wirkung auf sie haben könnte. Sie hätten sich gegenseitig angefasst, gierig, neugierig, und endlich sei sie mit Gabriela im Bett gelandet.

»Das ist mir noch nie passiert. Es war, ich weiß auch nicht, es war schön, ja, aber ich wollte das nicht, will das nicht, ich bin nicht so, ich steh doch eher auf Männer, denke ich. Ich will keine WG, ich will keine Bindung, ich will nicht irgendwie sein müssen oder mich zu irgendeiner Identität bekennen. Es ist passiert, es hat mich überwältigt, aber damit hat es sich auch. Ich bin am nächsten Tag nach Barcelona zurückgefahren und noch einmal zu Javier gegangen. Der hat mich zerknirscht empfangen, der Basketballriese war verschwunden, keine Spur mehr von ihm, Javier lag mir zu Füßen und weinte, ich wusste nicht, ob wegen diesem Tom oder wegen mir oder wegen sich selbst, ich hab ihn angeschrien, was er sich einbilde und ob er es überhaupt jemals ernst gemeint habe mit mir und wie es jetzt weitergehen solle, was er sich vorstelle. Er hat gesagt, das mit Tom sei ein Irrtum gewesen, aber es sei ihm klar geworden, dass er schwul sei, und ich solle ihn bitte verstehen, er hoffe, wir würden Freunde bleiben und Pipapo, jetzt wisse ich zumindest, was ich von ihm erwarten könne und was nicht. Da bin ich aufgestanden und gegangen, habe die Tür hinter mir zugedonnert, endgültig, er hat mich betrogen von Anfang bis Ende, unehrlich sich selbst und mir gegenüber, feige bis zum Gehtnichtmehr.«

Beate holte tief Luft und sah Paul mit ihren grünen Augen an, als ob sie jetzt erst bemerkt hätte, dass er es war, der da neben ihr saß und die zweite Flasche Wein entkorkte, weil sie die erste fast allein ausgetrunken hatte. Zum Glück hatte er von dem Vorrat in Torroella de Fluvià noch ein paar Flaschen eingesteckt als Reiseproviant. Den Gedanken an Renate, der sich dadurch einstellte, schob er weg, Renate hatte jetzt und hier nichts zu suchen, sie hatte überhaupt nichts zu suchen bei ihm, denn er rückte näher an Beate heran, so dass er ihren Schweiß riechen konnte, und legte ihr eine Hand auf den Nacken, streichelte ihre Schultern und den Hals bis hinauf zum Haaransatz. Der Hals fügte sich in seine Handkuhle, während die Fingerspitzen nach den Haaren tasteten.

»Lass«, sagte Beate, »lass uns woandershin«, und ging zurück zu ihrem Kadett, so dass Paul nichts anderes übrigblieb, als ihr zu folgen, mit der Weinflasche in der Hand, und auf der Beifahrerseite einzusteigen, da fuhr sie auch schon los, zurück ins Städtchen und den Berg hinauf, den sie gekommen waren, bog dann aber links ab in eine kleine Nebenstraße weit oberhalb des Hafenbeckens, das sie unter sich liegen sahen, um an der Spitze der nächsten Haarnadelkurve auf einer Parkfläche anzuhalten.

»Schau«, sagte sie, als hätte sie diesen Ausblick für ihn vorbereitet, das offene, dunkle Meer zu ihren Füßen, den Bergrücken linker Hand und auch die steile Treppe, die sich die Felswand hinab tief unten im Schattenreich verlor, wo übers Wasser langsam die Nacht herankroch, während die Brandung den Fuß der Felsen mit weißer Gischt umsäumte. Das Tosen der Wellen war bis oben zu hören. Wind und Wetter hatten die Treppe angefressen, die Kanten zerbröselt, die Stufen aufgesprengt. Beate glitt über das lockere Gestein abwärts, als würde sie schweben, während Paul, die Weinflasche in der Hand, ihr vorsichtig folgte und mit jedem Schritt fürchtete, den Halt zu verlieren, bis die Treppe plötzlich endete, wo das letzte Stück des Abstiegs über die nackten Felsen führte. Als er endlich unten ankam auf einem kleinen, steinigen Strand, konnte er Beate zunächst nicht finden, entdeckte sie dann aber in einer Felsgrotte, wo sie sich auf ihrer Jacke niedergelassen hatte. Wortlos reichte er ihr die Flasche.

»Bringst du uns zu essen?«, fragte sie mit tonloser Stimme. »Ich hab 'ne Tasche mit Sachen im Kofferraum. Und den Schlafsack.«

Als er wiederkam, eine halbe Stunde später, außer Atem,

großer Gott, war das steil, hatte er seinen Rucksack auf dem Rücken, die Tasche in der einen, Beates Schlafsack in der anderen Hand. Sie saß immer noch an derselben Stelle, als hätte sie sich überhaupt nicht bewegt, doch die Flasche war leer. Er rollte die Isomatte aus, seinen und ihren Schlafsack, suchte die Taschenlampe im Rucksack und die letzte Weinflasche, packte ein Baguette, Manchego, Chorizo, Oliven, Tomaten aus und legte alles auf einen Felsbrocken, der sich als Tisch anbot. Beate blieb regungslos, während er Käse und Wurst mit seinem Taschenmesser zerteilte, Brot abbrach und ihr ein gut belegtes Stück reichte. Sie nahm den Wein, hielt sich daran fest, wippte mit dem Oberkörper vor und zurück, murmelte etwas vor sich hin, was Paul nicht verstand, weil sie nicht mit ihm sprach, sondern nur mit sich selbst, also kroch er in den Schlafsack, doch er kam nicht dazu, den Reißverschluss zuzuziehen, denn als hätte sie nur darauf gewartet, schlüpfte Beate zu ihm und presste sich an ihn und küsste ihn, er griff unter ihr T-Shirt und nach ihren Brüsten, griff in ihre Haare, und schon rissen sie sich die Kleider vom Leib und fielen übereinander her, ausgehungert, verzweifelt, liebend, die Brandung schlug ihnen den Takt, die weiße Gischt schäumte auf, als wolle das Meer sie zudecken, und sie klammerten sich aneinander fest wie Ertrinkende, doch sie ertranken nur in sich selbst, im Ich, im Du, alles war Haut, war Leib, war Lust und Auflösung, war Nacht, bis sie erschöpft und verschwitzt einschliefen, absanken in einen tiefen, gemeinsamen Schlaf und in eine unendliche Umarmung.

Als Paul wieder wach wurde, war es schon hell, die Sonne stand schon hoch am Himmel. Die Wellen rauschten unverdrossen, doch Beate war nicht mehr da. Ihren Schlafsack hatte sie mitgenommen, nur den Proviant zurückgelassen und die leeren Flaschen. Paul rannte auf den Strand hinaus, um nach oben zu schauen, die Felswand und die Treppe hinauf, die ihm bei Tageslicht noch schwindelerregender erschien, doch da war keine Spur von ihr, und als er laut ihren Namen rief, antwortete ihm allein das geduldige Meer. Weit draußen schob sich die Silhouette eines riesigen Frachters vor die Sonne. Es roch nach Fäulnis, nach Algen, nach Salz und Verwesung. Die Möwen, die in Löchern in der Felswand brüteten, kreischten und tobten um ihn herum, vielleicht betrachteten sie ihn als Feind, den es zu verjagen galt, so dass er sich in die Grotte zurückzog, seine Sachen zusammenpackte und sich aufmachte, die Treppe hinauf, langsam, vorsichtig und ohne nach unten zu schauen.

Der Parkplatz war leer. Kein Kadett, keine Beate. Nur ein riesenhafter, zottiger Hund lag platt auf dem Asphalt und folgte ihm mit den Augen, ohne den Kopf zu heben. Paul trottete auf dem schmalen Gehweg neben einem Betonmäuerchen die Straße nach Portbou hinunter, LKWs donnerten fröhlich hupend an ihm vorbei, die Häuser der Stadt nahmen ihn auf, alte Pinien in Vorgärten, Einfahrten, Garagentore, Balkone, auf denen Menschen standen und zu ihm herunterschauten, eine schmale Gasse mit Platanen, Zebrastreifen, bröckelnder Putz, rege Betriebsamkeit, Verkehr, Pläne, Vorhaben, eine Telefonzelle, ein mit den Fahnen europäischer Länder geschmücktes Hotel, ein Kiosk, ein düsteres Café und dann endlich der Bahnhof, ein langgezogenes Gebäude wie eine Fabrikhalle, das seinen Zugang gut verbarg, um daran zu erinnern, wie schwer es einst gewesen war, von hier wegzukommen. Über eine seitliche Zufahrt fand Paul dann doch aufs Gelände und auf den Bahnsteig, wo auch schon der Regionalzug stand, ein uraltes Dieselungetüm, das ihn über die Grenze nach Cerbère brachte. *Retirada*, dachte er, als der Waggon in den Tunnel eintauchte und dort im Dunkel unter der Grenze hindurchfuhr, die irgendwo über ihm auf dem Höhenkamm verlief.

11

Hoch über den Bäumen und dem Dunkel des Tiergartens strahlte die Quadriga im Licht der Scheinwerfer. »Die Mauer muss weg! Die Mauer muss weg!« Schon aus der Ferne hörten sie die Rufe der erregten Menschenmenge vor dem Brandenburger Tor. Die Pferde nahmen Tempo auf und zogen die Sieges- oder die Friedensgöttin – Paul hatte wieder mal keine Ahnung – im Galopp in eine Zukunft, die irgendwo im Osten liegen musste. Ein Parforceritt durch die Nacht, ein fliegender Schlitten über der Menschenmenge, ho, ho, ho! Oder hatte sich Walter Benjamins Engel der Geschichte hierher verirrt und wurde jetzt zusammen mit den Pferden und dem Streitwagen, auf dem er stand, rückwärts und westwärts geblasen, mit schreckgeweitetem Blick zurück auf Grenze und Todesstreifen? Dann wären die Engelsflügel der Göttin die Segel, die den Sturm der Perestroika, der aus Moskau blies, auffingen. Das eiserne Kreuz im Lorbeerkranz fehlte ebenso wie der preußische Adler, das immerhin war Paul bekannt. Doch er konnte nicht wissen, wohin der Sturm blies und dass auch Kreuz und Adler bald wieder dort oben ankommen würden.

»Hey, geil«, sagte er nur. »Da ist was los!«

Die Mauer hatte sich in ein Musikinstrument verwandelt. Hämmer und Meißel entlockten ihr ungeahnte Töne,

Schmerzenslaute, Stöhnen, ein freudiges Picken und Klopfen und Pochen allerorten, wo Menschen mit ihren Werkzeugen versuchten, Stücke aus dem Beton zu schlagen. *Mauerspechte* würden sie demnächst getauft werden, aber noch war der Name nicht gefunden. Wie eine Ameisenarmee rückten sie der Grenzanlage zu Leibe, um Bröckchen für Bröckchen abzutragen. Noch waren die Klopfer keine Händler und die Mauersplitter keine Waren. Was fest war, sollte beweglich werden. Was massiv war, sollte porös werden. *Mister Gorbachev, tear down this wall!* Einstweilen kratzten die Mauerstürmer aber bloß an der Oberfläche, ritzten dem Monster die Haut, schlugen die Namen und Sprüche und bunten Bilder heraus, die sich im Lauf der Jahre in Schichten übereinandergelegt hatten, chaotisch, kaum zu entziffern im wilden Durcheinander der Zeiten und Zeichen. Gorbi hatte schon den Querstrich vom G und den i-Punkt verloren, daneben ging es einem bunten Männchen mit herausstehendem Zahn an den Betonkragen, ein Penissymbol verlor die Spitze, und auch Harry und Nancy, die ihre Anwesenheit auf Englisch mit dem Hinweis *were here* dokumentiert hatten, mussten damit leben, wohl bald vergessen zu sein. Bevor die Mauer verschwand, wurden ihre Schriftzüge gelöscht, die Spuren der Erinnerung, die sie trug. *Mattscheibe* hatte jemand auf ein weiß grundiertes Viereck geschrieben, an dem auch schon genagt wurde. Wie ein mächtiger Generalbass der Zerstörung dröhnten unter all den in verschiedenen Tonhöhen gellenden Klopflauten die Schläge eines schweren Vorschlaghammers, dumpfe Erschütterungen, die mit jedem Einschlag vom Johlen der Menge begleitet wurden. Die! Mauer! Muss! Weg!

Beate blieb stehen, um sich Notizen für die Reportage zu

machen, die sie morgen früh schreiben würde. Diese Nacht war nicht zum Schlafen da, das wusste auch Paul.

»Vielleicht sollte die DDR statt Hammer und Zirkel ab sofort Hammer und Meißel ins Staatswappen aufnehmen. Als Zeichen für Abbau und Erneuerung. *Auferstanden aus Ruinen!* Darfst du benutzen für deinen Artikel.«

»Dann wäre der Hinweis auf die Klasse der Intelligenz raus aus dem Staatswappen«, sagte Beate. »Stimmt ja auch. Zum Wegkloppen braucht man nicht allzu viel Verstand. Jedenfalls keinen Zirkel.«

»Sind eh ziemlich muffige Symbole aus der Zeit der Zünfte. Als ob das Proletariat in den Fabriken mit dem Hammer arbeiten würde.«

»Warum machst du eigentlich nicht selber was für den RIAS?«

»Ich hab frei, bin erst am Montag wieder im Dienst.«

Beate schrieb sich Mauersprüche auf. *Wer hier durchkommt, kriegt von mir ›ne Mark.* Der Mann würde arm werden in dieser Nacht! Daneben stand: *Die kürzeste Entfernung zwischen Menschen ist ein Lächeln.* Paul entzifferte die Worte *Hitler-Stalin-Pakt, AIDS, Roma, Dududu, Deutschland, Ami-Söldner, Libertà, Stones, Anke ich liebe dich.* Hakenkreuze tauchten immer wieder auf in der Ursuppe des kollektiven Bewusstseins, auch Hammer und Sichel ploppten hoch im Tohuwabohu der Zeichen.

Am Brandenburger Tor waren die Graffiti kaum noch zu sehen hinter der dichten schwarzen Menschenmenge, die sich davor drängte und bereits auf den Grenzwall geklettert war, der hier nicht aus der Mauer, sondern aus einem mehrere Meter breiten Plateau bestand. Panzersperre, vermutlich. Manche hockten an der Kante und halfen den Nachfolgenden hinauf auf die Bühne der Weltgeschichte, denn dies waren nun die Bilder, die um die Welt gingen, und das konnten die, die da oben standen und tanzten, durchaus ahnen. Sie waren dabei. Sie waren die Darsteller eines Films, in dem die gegenwärtige Gegenwart zu sehen sein würde, weil die Gegenwart immer erst als Vergangenes in einer zukünftigen Gegenwart zu erkennen ist. Das, was jetzt gerade geschieht, ist einfach nur da, als Eindruck, als Erlebnis, als Unmittelbarkeit. Doch in den Bildern und Filmen, die es festhalten, wird es sich in eine Wahrheit verwandeln. So wie es dann aussehen wird, wird es auch gewesen sein. Sogar Paul hatte das verstanden. Eine schwarz-rot-goldene Fahne wurde geschwenkt, ein Banner mit der Aufschrift *Freiheit* entrollt, erhobene Arme, geballte Fäuste, Sektflaschen. Um ihn nicht zu verlieren, griff Beate wieder nach Pauls Hand, zog ihn hinter sich her durchs Gewühl, bis sie vorne ankamen, wo er ihr mit einer Räuberleiter hinaufhalf, bevor er sich selbst hinaufzog, darin war er gut. Beate trug eine enge rote Hose und dieselben Cowboystiefel, die ihm damals in Portbou aufgefallen waren, als hätte sie nur darauf gewartet, dass er ihr mit den Händen einen Steigbügel machte und sie endlich ihr Pferd besteigen könnte.

Von oben sahen sie auf die Menschenmenge herab, die vom Osten aus den Platz geflutet hatte. Normalerweise durfte er nur von Uniformierten betreten werden, die unterm Tor Wache standen. Jetzt versuchten sie, eine Polizeikette zu bilden, um die Menschen zurückzudrängen, doch auch vom Westen her eilten immer mehr dazu, sie sprangen vom Grenzwall herunter, das beleuchtete Tor zog sie an wie Nachtfalter, sie wollten es berühren, die Säulen anfassen, als wäre die Wirklichkeit nur so als Wahrheit zu begreifen, weil wirklich nur das ist, was man auch anfassen kann. Die rote Fahne schwebte über ihnen und über der Quadriga die DDR-Fahne, wie gehabt mit Hammer und Zirkel. Die Grenztruppen teilten sich nun jedoch auf und rückten sehr langsam, Schritt für Schritt und Minute für Minute nach Osten und nach Westen vor, so dass sich zwischen ihnen allmählich der leere Raum vergrößerte und das Brandenburger Tor wieder in den Dämmerzustand zurücksank, aus dem es zu erwachen begonnen hatte. Noch einmal gelang die Teilung, auch wenn nicht ganz klar war, ob tatsächlich alle Westler in Richtung Westen und die Ostler nach Osten zurückgedrängt wurden. Vielleicht stellten sich neue Mischungsverhältnisse her, indem so mancher die Seite gewechselt hatte und das Tor nun aus der anderen Perspektive betrachtete.

»Warum bist du eigentlich abgehauen damals in Portbou?«, fragte Paul.

Sie saßen auf dem Grenzwall und ließen die Beine herunterhängen, den Blick aufs Tor gerichtet, das aller Gegenwart und aller Geschichte trotzte, das unerschütterlich dastand, unzerstörbar sogar im Krieg, denn Paul kannte Fotos aus dem Jahr 1945, wo es sich aus einer rauchenden Trümmerlandschaft erhob, beschädigt zwar, voller Einschusslöcher und abgebrochener Kanten, aber doch sicher auf seinen sechs Beinpaaren stehend. Vom Engel und der Kutsche war nicht viel, von den Pferden waren nur anderthalb geblieben, die Körper durchsiebt, die Beine gebrochen, logisches Ende der Nazidiktatur, die 1933 so triumphal mit einem Fackelzug der SA durchs Brandenburger Tor begonnen hatte. Zu all diesen Bildern würde nun auch dieses gehören, auf dem Paul und Beate zu finden sein würden, das Bild dieser Nacht, die jetzt schon, wie ringsum zu hören war, historisch genannt werden durfte. Eine historische Nacht!, sagten die Menschen auf der Mauer, ein historischer Augenblick!, als gäbe es Geschichte immer nur dann, wenn sich etwas ereignet, während sie doch tatsächlich wie die Zeit selbst immerzu vorhanden ist und leise vor sich hin rieselt oder auch ganz erstarrt in epochaler Bewegungslosigkeit.

»Ich hab dich geliebt«, sagte Paul, und es fiel ihm überhaupt nicht schwer, den Satz auszusprechen, den er jahrelang nicht hatte aussprechen können, er kam ihm nun wie von selbst über die Lippen, als wäre auch in ihm drin eine Schleuse aufgegangen, als hätte sich etwas gelöst und gelockert, ein innerer Mauerfall, ein Zerbersten und Zerfallen aller Verhärtungen, eine Öffnung verschlossener Pforten, von denen er gar nicht gewusst hatte, dass es sie gab. Jetzt war er es, der nach Beates Hand griff, und so saßen sie da, mit baumelnden Beinen und Hand in Hand, und blickten über das Meer der Ereignisse wie auf einen Sonnenuntergang am Strand. Die Grenzposten hatten den Platz ums Brandenburger Tor herum nun vollständig geräumt und standen mit auf dem Rücken verschränkten Armen nur wenige Meter entfernt und versuchten, mit den Menschen oben auf dem Grenzwall zu sprechen. Gehen Sie nach Hause, Bürger! Die Einreise in die DDR ist zum gegenwärtigen Zeitpunkt nicht gestattet.

»Warum bist du abgehauen in Portbou?«

Beate sah ihn von der Seite an und nestelte sich mit der freien Hand die Haare hinter die Ohren.

»Weil ich mich geschämt habe. Weil ich betrunken gewesen bin. Sonst wäre das nie passiert.«

»Aber war es nicht gut, dass es passiert ist? Wenn du getrunken hast, machst du, was du wirklich willst und was du dir im nüchternen Zustand verbietest.«

»Oder du bist einfach nur geil.«

»Ich hab dich gemeint. Ich wollte dich.«

»Ich dich auch, Paul. Aber ich war mir nicht sicher. Du musst dem Begehren misstrauen. Als ich aufgewacht bin, ging gerade die Sonne auf. Du hast geschlafen, ich hab dein Gesicht gesehen, und du sahst aus wie ein Kind. Zufrieden. Glücklich. Wie ein junger Kater. Da habe ich gedacht, ich hätte das nie tun dürfen. Ich habe dich missbraucht. Ich kann dich nicht glücklich machen.«

»Aber du machst mich doch glücklich. Das hab ich damals gewusst, im Schlaf, und jetzt weiß ich es wieder.«

»Ich bin … Ach, Scheiße. Vielleicht bin ich einfach nur geflohen.«

»Portbou. Fluchtort. Oder?«

»Und jetzt, Paul?«

»Küsst du mich? Das machen die Menschen doch in dieser Nacht.«

»Ja«, sagte Beate. »Sieht ganz so aus.«

»Weißt du«, sagte Paul, als sie sich wieder voneinander lösten, »ich habe seit der Nacht in Portbou auf dich gewartet. Aber ich habe es nicht gewusst. Ich habe gedacht, ich vergesse dich. Ich will das nie wieder. Ich mach mich frei. Scheiß auf die Liebe. Das ist doch nur Einbildung. Das gibt's doch gar nicht. Nur im Film und in romantischen Gedichten. Das hält dich nur vom Leben ab. Mach dein Ding. Als Liebender wirst du ausgenutzt und ausgebeutet. Also lass es sein.«

»Und?«

»War, glaube ich, nicht gut. Und war auch nicht ehrlich.«

»Hattest du 'ne Freundin?«

»Nicht direkt.«

»Aber indirekt?«

»Es gab 'ne seltsame Geschichte in Nicaragua. Ich weiß nicht, ob das was mit Liebe zu tun hatte. Ich war angezogen von der Frau. Aber die ist dann verschwunden. Wahrscheinlich tot. Hat mich total fertiggemacht.«

»Trauerst du ihr nach?«

»Ja, nein, ich weiß nicht. Ich trauere um sie. Ich bin nicht fertig damit. Und du?«

»Mich hat die Abtreibung umgehauen. Nicht so sehr das Körperliche, das war übel genug. Das Wesen war winzig klein, eine Blase, aber auf dem Ultraschallbild konnte ich den Herzschlag erkennen. Es war etwas, das lebt. Weißt du, was das heißt, wenn du das wegmachst? Wie du dich da fühlst? Ich hatte eine Woche lang fiese Blutungen, die nicht aufhörten, aber das kann man überstehen, das geht vorbei, und auch die Schmerzen. Schmerzen sind nicht so schlimm, das kannst du aushalten. Aber ich bin nicht drüber weggekommen, wie es wäre mit einem kleinen Kind, stelle mir immer vor, wie alt es jetzt wäre. Ein Mädchen stelle ich mir vor, wie sie gehen lernt, wie sie sprechen lernt. Das nicht gelebte Leben, Paul, das ist so viel größer als das, was man lebt. Wenn du dir überlegst, was wir alles nicht tun, weil wir Angst davor haben oder zu bequem sind. Wir stecken fest inmitten unserer Möglichkeiten, die uns wie ein unerforschtes Universum umgeben. Wir sehen immer nur das, was war, und viel zu selten das, was hätte sein können. Aber das Kind, das es nicht gibt, das kann ich sehen. Das ist da als nicht existierendes Kind.«

»Und ich bin vielleicht daran schuld, dass Sigrid verschwunden ist. Das war die Frau in Nicaragua. Ich hätte es verhindern können. Oder auch nicht. Keine Ahnung. Es ist, als ob ich sie getötet hätte.«

»Du verpasst in jedem einzelnen Augenblick auf der Welt unendlich viele Möglichkeiten. Du kannst immer nur eine einzige realisieren. Alle anderen zerfallen. Das hat nichts mit Schuld zu tun. Das ist so. Aber du kannst trotzdem trauern um das, was du nicht verwirklicht hast.«

»Schuld ist, wenn du etwas versäumt hast, was du hinterher nicht wiedergutmachen kannst. Wenn du eine Möglichkeit verpasst hast oder vielmehr eine Notwendigkeit. Dann ist es eben vorbei.«

»Aber was hättest du verhindern können? Erzähl!«

12

Amanda blieb zu Hause, die Fensterläden und sogar die Haustür hielt sie tagsüber geschlossen, das hässliche Federvieh und auch der schreiende Hahn mussten draußen bleiben. Schon seit einer Woche litt sie an einer Grippe oder etwas in der Art, Kopfschmerzen, Mattigkeit. Sie saß am Küchentisch, erschöpft schon vom Aufstehen und vom Frühstückmachen, der Kaffee erkaltete unberührt. Vor ihr stand ein Topf mit Kartoffeln, die sie schälen wollte. Das Messer hielt sie in der Hand, doch sie rührte sich nicht, als hätte sie Messer und Kartoffeln vergessen. Felix war wie immer früh zur Arbeit aufgebrochen, die beiden Kleinen bereits in der Schule, Paloma lag mit halbgeschlossenen Augen und weit ausgestreckten Beinen auf dem Boden vor dem Kühlschrank und seufzte nach Hundeart. Paul setzte sich zu Amanda an den Tisch und aß, bevor er zur Baustelle ging, eine dieser kleinen, dicken, sehr süßen Bananen.

»Ich bin so müde, Pablo«, sagte Amanda. »Todmüde. Lebensmüde. Ich kann nicht mehr. Ich werde in der Kooperative aufhören. Ich mache nur noch bis zum Ende des Jahres.«

Sie stützte den Kopf in die Hände, saß in derselben Haltung da wie vor ein paar Wochen auf der Totenwache, regungslos, die schwarzen Augen glänzten fiebrig im blassen

Gesicht, und sie sagte so lange nichts mehr, dass Paul schon dachte, sie habe ihn vergessen, aber dann sprach sie doch weiter, langsam, monoton, Wort für Wort. Nur die Aufgabe, die Kinder großzuziehen, halte sie noch am Leben, vor allem David brauche sie, ohne dessen Liebesbedürfnis hätte sie längst aufgegeben.

»Ich bin jetzt achtunddreißig und schon eine alte Frau«, sagte sie. »Vielleicht habe ich noch ein paar Jahre, das würde ich mir wünschen, wenigstens so lange, bis David aus dem Haus ist. Auch Luis braucht mich noch. Aber ich weiß nicht, ob ich durchhalte. Das Leben ist wie ein Roulette-Spiel. Du bist so eine Kugel, drehst deine Runden, bis nichts mehr übrigbleibt, ziehst die Kinder groß, und die machen dann dasselbe. Und wenn die Kinder groß sind, hat der Mensch keine Aufgabe mehr. So geht das immer weiter, Generation für Generation. Es ändert sich nichts. Du rackerst dich ab. Bei der Arbeit und zu Hause. Deshalb muss ich aufhören. Ich will mehr Zeit für die Kinder haben. Das ist alles, worum es noch geht.«

»Aber was ist mit der Revolution? Mit dem Aufbau der neuen Gesellschaft? Damit es besser wird, für alle? Das lohnt sich doch! Das war doch immer deine Sache! Damit sich eben doch was ändert! Das ist doch nicht vergeblich. Und die Kooperative gehört dazu!«

»Ach Pablo, das ist alles schön und gut, ich bin Sandinistin, keine Frage, aber auch ein altes Weib. Ich habe keine Kraft mehr. Ich bin verbraucht.«

Paul steckte sich den Rest der Banane in den Mund, griff sich eine zweite aus dem Obstkorb und ärgerte sich. Über Amanda. Sie war für ihn der Prototyp der Revolutionärin. Die Näherei konnte er sich ohne sie gar nicht vorstellen.

Wozu machte er das alles, wenn eine Frau wie sie nicht mehr wollte? Wofür dann die neue große Halle? Was war mit den anderen Frauen? War deren Zuversicht, deren Fröhlichkeit auch bloß gespielt? Eine Doppelbelastung hatten doch alle, viele Kinder sowieso, die meisten hatten mehr als Amanda und dazu noch nichtsnutzige Männer, Säufer, Angeber, Machos, auch da hatte es Amanda mit ihrem Felix gut getroffen. Was, wenn alle lieber kündigen würden, als im nächsten Jahr in die neue Produktionsstätte umzuziehen und an Industrienähmaschinen zu sitzen, die ihnen ein ganz anderes Pensum abverlangen würden? Machten sie als Brigade, die hier etwas aufbaute, vielleicht auch etwas kaputt?

Mit fünfundzwanzig, sagte Amanda, sei sie ein ganzes Jahr lang krank gewesen mit schrecklichen Schmerzen in den Gelenken. »Typhus«, sagte sie, jedenfalls meinte Paul, das so verstanden zu haben. Aber schlug Typhus auf die Gelenke? Bis dahin sei sie jung gewesen, lebenslustig, fröhlich und auch fromm, sie habe zu Gott gebetet, dass er sie gesund mache, und das habe er dann nach einem Jahr auch endlich getan, aber sie sei nie wieder so geworden wie zuvor, nie wieder wirklich fröhlich, habe unter Depressionen gelitten, finstere, schwarze Wochen, die immer wieder auf sie herabstürzten, die über sie hereinbrächen wie schlechtes Wetter. Dagegen habe ihr der liebe Gott nicht geholfen. Die Revolution, der gesellschaftliche Aufbruch, die Hoffnung auf eine bessere Welt aber auch nicht.

»Und jetzt, wo es nur noch um den Krieg geht und ums Überleben, was soll ich da noch hoffen? Dass es auch morgen genug zu essen gibt und dass meine Söhne nicht eingezogen werden. Das ist alles.«

»Aber«, mampfte Paul mit Banane im Mund, »du bist

doch immer zuversichtlich! Du kannst die anderen mitreißen, machst ihnen Mut. Du wirkst immer so überzeugt und siegessicher.«

Amanda griff mit der Linken eine Kartoffel, um sie sorgfältig zu betrachten.

»Das täuscht, Pablo. Und ich bin auch nicht besonders produktiv. Andere produzieren viel mehr, die Jüngeren, die noch mehr Kraft haben. Die nähen zwanzig Hosen am Tag, ich schaff nur zehn. Auch deshalb will ich aufhören. Warum soll ich denen, die mehr und Besseres leisten, den Arbeitsplatz wegnehmen? Das gehört schließlich auch zur revolutionären Verantwortung, dass du merkst, wann du abtreten solltest. Die Kinder haben Probleme in der Schule, ich will ihnen helfen. Und Hausarbeit gibt es wirklich genug.«

Paul wusste ansatzweise, wie anstrengend das Leben in Nicaragua war. Das Sauberhalten des Hauses. Das Schlangestehen für Lebensmittel. Der Verkehr. Die Sorge um die Kinder. Der Machismo. Das Kleinganoventum. Die Lügen. Der Krieg. Der bloße Alltag. Aber auch die zermürbenden ideologischen Auseinandersetzungen, der Kampf um die Wahrheit, die es nicht gibt, das Am-Leben-Halten der Hoffnung. Am Vortag hatte er seine Wäsche gewaschen, T-Shirts, Handtücher, Jeans, alles eingeweicht, eingeseift und übers Waschbrett gezogen, gedrückt, geschrubbt, ausgewrungen, ausgespült und dann das Ganze noch einmal von vorne, er war schweißgebadet, als er endlich fertig war, und hatte wundgescheuerte Finger. Dagegen war die Arbeit auf dem Bau ein Klacks, und die ging ihm, wenn er ehrlich war, inzwischen ziemlich auf die Nerven.

Sanft nahm er Amanda das Messer aus der rechten Hand, nahm eine Kartoffel nach der anderen aus dem Topf, schälte und schälte, während Amanda ihm zusah, ohne sich zu regen und ohne ein weiteres Wort zu sagen. Als er fertig war, warf er die Schalen auf den Hof, wo die Hühner sich bedienten.

»Das wird schon alles«, sagte er. »Du darfst nicht aufgeben.«

»Ach, Pablo«, sagte Amanda.

Die schlafende Paloma klopfte mit ihrem Schwanz den Boden und zuckte mit den Pfoten, als liefe sie im Traum herum. Paul stellte sich hinter Amanda und legte ihr die Hände auf die Schultern. Sie lehnte sich mit dem Kopf an ihn an und schloss die Augen.

Alle paar Wochen kamen neue Brigadisten an, deren Namen er sich schon gar nicht mehr merkte. Die *casa grande* besuchte er nicht mehr, und wenn er mit Hartmut und Sigrid zum Flughafen fuhr, um die Grünschnäbel abzuholen, die immer ganz aufgeregt waren und voller Sorge um ihr Wohlbefinden, saß er genauso ungerührt und unnahbar in der Camioneta wie Sigrid, und die Neuen hockten mit noch ungestillter Abenteuerlust und in ängstlicher Erwartung hinten auf der Pritsche.

Hartmut fuhr zuerst zum Platz der Revolution im Stadtzentrum, um den Nationalpalast, die Ruine der Kathedrale – seit dem Erdbeben fehlte das Dach, der Boden war von Gras und Grünzeug überwuchert – und vor allem das Carlos-Fonseca-Memorial gleich gegenüber zu besichtigen: ein pyramidaler, weiß gestrichener Betonklotz, der in einem Wasserbecken ruhte, überragt von einem etwas höheren, schornsteinartigen Gebilde, das eine Schale mit ewiger Flamme trug. »Presente« stand in Großbuchstaben unter Fonsecas Namen. Dieses Wort hatte Paul auch auf Demonstrationen immer wieder gehört. Wenn der Toten gedacht wurde, skandierte die Menge es in seine Silben zerlegt: »Pre-sen-te!«, und so sang es auch Carlos Mejía Godoy in seinem Lied über den »Comandante Carlos«: *Nicaragua entera te grita pre-sen-te!*

Hartmut kicherte, wenn er darauf aufmerksam machte, dass Revolution und Religion miteinander verschmolzen, und unter den Neuankömmlingen fand sich dann immer einer, der dieses Bedürfnis verteidigte, das müsse man doch verstehen, es sei doch viel besser, das Christentum aufzugreifen, es als emotionales Potential zu nutzen und umzuformen, als sich die konservativen Kräfte der Kirche zum Gegner zu machen.

»Jaja«, sagte Hartmut dann mit seinem Meckerlachen, »unser Comandante, unser Jefe, unser Mesías«, und las mit übertriebenem Pathos vor, was da stand: »Carlos es de los muertos que nunca mueren. Er ist einer von den Toten, die niemals sterben. Hosianna! Das glauben sie wirklich, unsere Freunde.«

Und dann fuhren sie an dem mit Stacheldraht bewehrten Gelände der US-Botschaft vorbei und weiter über die Pista de la Resistencia, wo Hartmut anhielt, um den immergleichen Vortrag über den heroischen sandinistischen Widerstand gegen Somozas Truppen zu halten, der an dieser Stelle deshalb so erfolgreich gewesen sei, weil das S-förmige Straßenpflaster sich hervorragend zum Barrikadenbau geeignet habe.

»Es waren ironischerweise Pflastersteine aus einer Fabrik, die Somoza gehörte«, erklärte Hartmut. »Er hat deshalb ein Gesetz erlassen, dass alle Straßen damit zu pflastern wären. Er hielt sich das Land als Privatunternehmer zum eigenen Wohlstand. Aber das mit dem Straßenpflaster ging in diesem Fall nach hinten los. Hinter den Barrikaden hockten die Kämpfer der FSLN mit ihren Kalaschnikows und hielten Somozas Truppen so lange vom Sturm auf das angrenzende Barrio ab, bis sie all ihre Leute abgezogen hatten. Große Sache. Große Blamage für den Diktator. Und jetzt sind die Pflaster- zu Gedenksteinen geworden.«

Die Neuankömmlinge brachten Briefe mit, vor allem aber Zeitungen, den *Tagesspiegel*, die *Wahrheit* der SEW, die Paul schon wegen ihres idiotischen Namens ablehnte, und die letzten Ausgaben des *Spiegels* mit der Geschichte vom Tod des Ministerpräsidenten Schleswig-Holsteins in einer Hotelbadewanne in Genf, mit Analysen zum *Schwarzen Montag* an der Börse und mit der Frage, wie stark Gorbatschow noch sei, der, wie Paul jetzt erst erfuhr, dreiundfünfzig Tage lang aus der Öffentlichkeit verschwunden war, was er im Nachhinein damit erklärte, er habe sich nach dem dreißigtägigen Urlaub sammeln, die Rede zum siebzigsten Jahrestag der Oktoberrevolution schreiben und über Gegenwart und Zukunft nachdenken müssen. Gorbatschow wirke fahrig und nervös, las Paul, die Menschen im Land seien unzufrieden, in Moskau erzähle man sich Witze wie diesen: Die Perestroika sei wie die Liebe zwischen einem Impotenten und einer Frigiden. Von oben kommt nur guter Wille, unten spürt man nichts.

Die Welt drehte sich weiter, auch wenn man nicht hinguckte. Vor einem Monat hatte Honecker die Bundesrepublik besucht, jetzt wurde in Deutschland heftig über die Büchnerpreisrede von Erich Fried diskutiert, der gesagt habe, Büchner hätte sich heute wohl zur ersten Generation der Baader-Meinhof-Gruppe geschlagen. Ein Desperado unter Desperados, dachte Paul, der sich Büchner jedoch nicht als Terroristen vorstellen konnte.

Neue Brigadisten kamen, andere reisten ab, es war ein ständiges Kommen und Gehen. Alle paar Wochen gab es ein Abschiedsfest in der Kooperative. Viele, lange nach Paul gekommen, waren schon wieder weg, nur der harte Kern war geblieben: Hartmut natürlich, die unverzichtbare Cornelia, die sich inzwischen in Finanzen und Bilanzen der Kooperative einarbeitete, Alfred, das verstaubte Arbeitstier, Elisabeth, mit der Paul kaum mehr als ein paar Worte gewechselt hatte, Rudi und Andrea, die noch ein ganzes Jahr dranhängen wollten, auch der sanfte Knut mit dem Kindergesicht und Sigrid, die aber ihre Sachen schon gepackt hatte für ihre Übersiedlung in den Norden, und Paul hatte versprochen, sie zu begleiten.

»Ich fahr mit dir bis San Rafael del Norte, die halbe Strecke.«

»Okay.«

»Ich hab meinen Platz eher hier.«

»Ja, klar.«

»Und eigentlich wollte ich noch an die Atlantikküste, nach Bluefields. Und auf diese Karibikinsel, Corn Island.«

»Logo, kein Problem.«

»Und weißt du, ich find's eh nicht gut, dass du dir das antust. Bleib hier, das ist besser.«

»Ich bin nicht feige, Paul. Und ich werde dort gebraucht.«

Nach der Arbeit trafen sie sich fast jeden Abend an Yolandas Fresco-Bude auf ein kühles Getränk. Neuerdings gab es da auch Alkoholisches, Säfte mit Schuss und so einen klebrigen Likör, Ananas oder so etwas Ähnliches. Auch auf der Baustelle war Sigrid wieder öfter zu sehen, weil sie vor ihrer Abreise die Camioneta noch einmal generalüberholen wollte. Dann tranken sie dort ihr Abendbier, hockten vor der Bauhütte, stießen mit ihren Flaschen auf den Tagesausklang an und genossen den Sonnenuntergang, diesen kurzen Augenblick, bevor die schwarze Nacht herunterfiel.

»Wir werden dich vermissen«, sagte Paul.

»Übertreib nicht, ihr kommt schon klar«, sagte Sigrid und verschwand im Inneren der Hütte, um dort zwischen dem Werkzeug herumzukramen. Paul hörte es klirren und poltern, bis sie wieder in der Tür erschien und ihm einen Pflasterstein von der Pista de la Resistencia hinhielt.

»Den hab ich mir mal mitgenommen als Souvenir. Hebst du ihn für mich auf? Ist zu schwer, um ihn einzupacken.«

»Klar«, sagte Paul. »Aber du weißt ja: Das weiche Wasser bricht den Stein.«

Zwei Tage später brachen sie auf. Hartmut fuhr sie zum Busbahnhof, wo das übliche Gedrängel herrschte, doch dieses Mal hatten sie keine Chance, sich in den Bus nach Matagalpa hineinzukämpfen, ja auch nur in dessen Nähe zu gelangen, also stiegen sie wieder in die Camioneta.

»Ich bring euch zur Tramperstelle am Stadtrand«, sagte Hartmut und ließ auch schon den Motor an, der deutlich leiser lief als früher. Seit Sigrid ihn durchgecheckt hatte, machte er ein schönes nadelndes, gesundes Geräusch, so dass Hartmut Freude daran hatte, das Gaspedal durchzudrücken.

»Du wirst uns fehlen«, sagte er mit der Zigarette im Mundwinkel.

»Wenn was kaputtgeht, komm ich euch besuchen«, sagte Sigrid.

Der Zigarettenrauch waberte an der Windschutzscheibe entlang. Paul zündete sich auch eine an. Sie fuhren an den grasenden Rindern im Stadtzentrum vorbei, an den Propagandaplakaten, die immer noch den achten Jahrestag der Revolution feierten, und an den im Brachland verstreut überdauernden Gerippen von Betonbauten, bei denen Paul nie wusste, ob es sich um Überreste von Gebäuden handelte, die dem Erdbeben zum Opfer gefallen waren, oder um Bauprojekte, die einmal begonnen, dann aber direkt und lange vor der Fertigstellung in den Verfall übergegangen waren. Vor einer langen Betonmauer voller Graffiti hielt Hartmut an, fuhr dann langsam von Bild zu Bild. Der Tod als Knochenmann mit Sense hatte sich in die Stars and Stripes gehüllt, eine riesige Hand feuerte eine riesige Pistole ab, ein Mädchen im grünen Kleid schwenkte die Nicaragua-Fahne, drei alte Männer mit Knebelbärten, halb Leninköpfe, halb US-Präsidenten, blickten würdevoll in eine nur ihnen sichtbare Zukunft, ein Pferdekopf fletschte wütend die Zähne wie auf Picassos *Guernica*, auch das schreiende dämonische Wesen und vor allem die Fackel, die es vorwärtsstieß, um besser zu erkennen, schienen von Picasso entlehnt, ein Hubschrauber schreckte mit seinem Lichtkegel Soldaten auf, die wie Ameisen auseinanderstoben, eine Musikkapelle spielte, ein verzerrtes Gesicht stieß einen Schrei aus, ein braunhäutiger Junge mit rotem Basecap schrieb etwas in ein Schulheft, Bauern reckten die Fäuste, es gab Bajonette, Messer, Panzer, es war ein wildes, buntes, kämpferisches Durcheinander, ein Ringen der Guten mit den Bösen, genau wie auf dem Pergamon-Altar, dachte

Paul, nur anders. Eigentlich eher wie die Berliner Mauer, aber in lateinamerikanischem Stil und ohne Todesstreifen.

Am Stadtrand ließ Hartmut sie an einer Straßenkreuzung aussteigen. Auf einer Wiese im Schatten uralter Baumriesen hockten grüppchenweise Reisende, die mit ihren Säcken, Körben, Kisten und Handkarren aussahen wie ein rastender Flüchtlingstreck. Soldaten in Uniform hatten ihre Gewehre auf ihren Rucksäcken abgelegt und lagen schlafend im Gras. Wer hier saß oder lag und wartete, schaute nicht auf die Uhr. Ab und zu hielt ein LKW an oder ein Pick-up, dann gab es kurzes Geschrei, Städtenamen wurden ausgerufen, und wem das Ziel passte, der kletterte hinauf. Sigrid und Paul waren neben zwei dicken Frauen mit Körben die Einzigen, die einen LKW in Richtung Sébaco bestiegen. Auf der Ladefläche war genug Platz, so dass sie sich gemütlich einrichten und sogar die Beine ausstrecken konnten. Ein Geldeintreiber mit rundem Indio-Gesicht und peruanischem Andenhut verlangte nuschelnd dreitausend Córdobas, mehr, als der offizielle Bus auf dieser Strecke gekostet hätte, und für die meisten Nicas viel Geld, auch wenn es umgerechnet nach aktuellem Wechselkurs keine fünfzig Pfennig waren.

Der LKW schepperte und klapperte und blies fetten Ruß in die Luft. Ein kurzes Stück ging es am Managuasee entlang, der sich im Sonnenglanz hinter einem Palmensaum nicht anmerken ließ, wie giftig und tot er war. Sie durchquerten das Städtchen Tipitapa inmitten von Viehweiden und Erdnussfeldern, dann eine weite Ebene, wo Zuckerrohr und Baumwolle wuchsen, und kamen endlich ins fruchtbare Sébacotal mit seinen Reisfeldern. Dort erwischten sie den Linienbus nach Matagalpa, in den sie sich hineinquetschten, obwohl da eigentlich niemand mehr hineinpasste, doch nach ihnen passten dann noch einmal zehn Menschen hinein, es ließ sich nicht nachvollziehen, wie sie das schafften, denn schon Paul hatte kaum ein Fleckchen finden können, auf dem er seine Füße unterbrachte, und wenn er, um die Position zu wechseln oder weil ihm ein Bein einschlief, den Fuß anhob, musste er damit rechnen, ihn nicht wieder abstellen zu können, weil ein anderer sofort den frei gewordenen Platz für sich oder ein Gepäckstück beanspruchte.

Der Fahrer hatte das Radio aufgedreht und beschallte sie mit mexikanischer Marimba-Musik. Die Türen blieben offen, die vergilbten Vorhänge vor den Fenstern flatterten im Wind. Paul war so festgekeilt, dass er sich nicht bewegen konnte, Sigrid stand irgendwo hinter ihm, »Sigrid«, rief er, aber er bekam keine Antwort. Es galt, sich an all die Körper, die ihn umgaben, anzuschmiegen, ein Leib mit ihnen zu werden, immerhin war es auf diese Weise unmöglich umzufallen. Paul stand Rücken an Rücken mit einem Soldaten, der etwas kleiner war, so dass sich die Krümmungen der beiden Wirbelsäulen gut ineinanderfügten, konvex, konkav, was einen soliden Halt bewirkte, während rechts von ihm ein Campesino stand, der scharf nach Schweiß, Sonne und Feldarbeit roch und dessen linkes Knie Paul deutlich unter dem eigenen als spitzen, schmerzhaften Druckpunkt spürte, während sein rechtes Bein sich mit einem anderen verschlungen hatte, das er keiner bestimmten Person zuzuordnen vermochte. Angenehmer empfand er die Berührungen der jungen Frau, deren Gesicht er nicht erkennen konnte. Sie balancierte eine Plastikschüssel mit Paprikaschoten auf dem Kopf, die einen angenehm süßen Duft verströmten. Paul gab sich in ihrer Richtung erotischen Phantasien hin, er bildete sich ein, die Frau würde sich voller

Genuss an ihn pressen, und presste, so gut er konnte, zurück, doch tatsächlich war es eher der Soldat, der den Körperkontakt auskostete. So fuhren sie durch eine immer hügeliger werdende Gegend, die Berge um Matagalpa und die Kaffeeplantagen waren bereits zu erkennen, die Straße wurde kurvenreicher, der Bus fuhr viel zu schnell, schüttelte die Insassen gut durch und erzeugte so immer wieder neue Berührungsverhältnisse. Im Gepäcknetz direkt neben sich entdeckte Paul ein Gewehr, eine Kalaschnikow vermutlich, und eine Panzerfaust. Die Waffen lagen achtlos zwischen all den anderen Gepäckstücken.

An den Zwischenstopps kam Bewegung in die kompakte Leibermasse. Frauen, die Fresco in der Tüte verkauften, ihren Eimer auf dem Kopf, arbeiteten sich durch den Bus, ein paar Kinder dazu, die selbstgemachte Papitas und Tortillas anboten und die, wenn sie es einmal querdurch schafften, im Vorteil waren gegenüber denen, die draußen blieben und ihre Waren schreiend durch die Fenster hereinreichten in der Hoffnung, das Geld fände schon irgendwie den Weg durch viele Hände zu ihnen. Auch der Fahrscheinkontrolleur schaffte es, sich von vorne bis ganz hinten durchzuschlängeln.

Nach Matagalpa ging es steil bergab, die Stadt lag in einer Senke zwischen hohen Bergen, und je näher der Bus dem Stadtzentrum kam, umso besser und wohlhabender wurden die Viertel. Oben waren die Straßen geschottert, etwas weiter unten mit Somoza-Pflaster befestigt, ganz unten dann asphaltiert. Am oberen Rand wohnten die Armen in Bretterbuden, unten gab es gemauerte und verputzte Häuser, mit einer, manchmal sogar zwei Etagen, keine Schmuckstücke, aber im Unterschied zu Managua besaß Matagalpa ein richtiges Stadtzentrum mit Geschäften, Plätzen, Kirchen, einem Flüsschen und einem großen Markt, an dem der Bus hielt und alle Fahrgäste entließ.

Der Soldat blieb auch nach dem Aussteigen in Pauls Nähe, hatte die Augen aber auf Sigrid gerichtet, die sich den Pferdeschwanz richtete und wie immer ihr blaukariertes Hemd trug. Womöglich hatte er sie auch im Bus die ganze Zeit angestarrt, während er sich an Paul rieb. Er heiße Manolo, sagte er, und sei als Reservist auf dem Weg zurück in die Berge, um dort seine letzten fünf Monate abzudienen. Ohne zu fragen, schloss er sich ihnen an, ging, das Gewehr auf dem Rücken und die Panzerfaust unterm rechten Arm, zwischen ihnen über den Markt, wo sich Melonen auftürmten, Kokosnüsse, Kaffee und Zwiebeln in dicken weißen Säcken, Knoblauch, bergeweise Bananen, Reis und Bohnen, Orangen mit grüner Schale, Mangos, Guaven, Papayas und hunderte von Küken in einem großen Korb.

Manolo redete ohne Pause und so schnell, dass Paul nicht viel verstand, aber er war auch gar nicht gemeint, sondern vielmehr Sigrid. Manolo umarmte sie, um ihren blonden Pferdeschwanz zu berühren, was sie seltsamerweise geschehen ließ. Erst als er sie zu küssen versuchte, schob sie ihn weg. Er hatte die Gabe, alles wegzulachen, so dass man ihm nicht böse sein konnte. An den Marktständen sprach er alle Frauen an, lobte ihre Schönheit und behauptete bei jeder einzelnen, dass er sie liebe, jetzt und sofort und für immer, wenn sie nur wollten und ihn heirateten. Die Panzerfaust lehnte er gegen einen Haufen Melonen, um mit beiden Händen ins Haar einer jungen Verkäuferin zu greifen, bei einer anderen, der er an die Brüste fasste, handelte er sich eine Ohrfeige ein, doch er lachte nur darüber. Er bewegte sich in der Gewissheit, als Soldat, der in den Krieg zog, das Recht zu haben, sein Leben zu genießen, und so sahen es offenbar auch die Frauen und ließen ihn gewähren. Das Militär war sowieso allgegenwärtig in der Stadt, schwere LKWs der Volksmiliz, Jeeps, Transportfahrzeuge und Soldaten in Camouflage-Kampfanzügen, die lässig herumstanden, rauchten oder ein Eis am Stiel leckten. Der Krieg machte Pause in Matagalpa, doch die Bedrohung war spürbar, so ruhig es auch schien.

Noch als Sigrid und Paul in einer Hospedaje am Parque Rubén Darío zwei Zimmer für die Nacht bezogen, blieb Manolo bei ihnen, um sein Gepäck und seine Waffen bei Paul unterzustellen, er wolle noch ein bisschen durch die Stadt ziehen, sagte er, doch dann, nachdem Sigrid sich zurückgezogen hatte, machte er ein Bier auf und reichte auch Paul eine Flasche *Toña*, holte Hähnchenschlegel und Tortillas aus seinem Rucksack und teilte alles brüderlich auf. Nebeneinander saßen sie auf Pauls Bett, schmatzend, mit fettigen Fingern, Paul im T-Shirt und mit kurzen Hosen, Manolo in seiner Uniform. Paul erzählte von der Baustelle in Managua, Manolo jammerte, weil er heute noch weiterfahren müsse in die verfluchten Berge, dabei sei er ein Wassermensch, der dort oben nichts verloren habe. Er stamme von der Insel Ometepe im Nicaraguasee.

»Das ist der Mittelpunkt der Welt«, sagte er. »Da sind vor langer Zeit Nord- und Südamerika zusammengewachsen. Damals gab es den See noch nicht, nur die beiden hohen Vulkane, die heute aus dem Wasser ragen. Die haben die Kontinente zusammengeklammert. Ringsum war Dschungel. Da trat eines Morgens, irgendwo in den Wäldern, ein

Mädchen aus seiner Hütte und weinte. Die Nacht war heiß und lang gewesen, dunkel und drückend und voll wilder Tiere. Das Mädchen konnte gar nicht mehr aufhören zu weinen. Eine große Traurigkeit hatte es ergriffen. Der Dorfälteste merkte das. Er gab ihm eine hölzerne Schale und sagte: Weine, bis die Schale voll ist. Während sie weiterweinte, ging er weg und kam mit einem Adlerei zurück. Da war die Schale auch schon voll. Der Alte füllte die Tränen in das Ei, verschloss es wieder mit einem Zauberspruch, gab es dem Mädchen und sagte: Nimm das Ei mit deinen Tränen und gehe, bis du zwei Zwillingsvulkane siehst. Das Mädchen machte sich auf den Weg. Es lief durchs ganze Land, von Norden bis Süden und vom Atlantik bis zum Pazifik, hin und her und immer weiter, bis es endlich, nach vielen Monaten, die Zwillingsvulkane entdeckte und in das Tal zwischen den beiden Bergen ging. Da war das Mädchen so erschöpft, dass ihm das Ei herunterfiel und zerbrach. Die Tränen strömten heraus und hörten nicht mehr auf zu fließen. So entstand der Nicaraguasee. Da bin ich groß geworden. Ich habe schon als Kind in Tränen gebadet. Mir kann Traurigkeit nichts anhaben.«

»Ich war mal da«, sagte Paul. »Wir haben eine Rundfahrt mit dem Boot gemacht. Mit unserer Brigade. Durch viele kleine Inseln durch. Wie ein Labyrinth. Das war wunderschön.«

»Es gibt dort Süßwasserhaie«, sagte Manolo. »Die einzigen auf der ganzen Welt. Und Schildkröten gibt es. Und unter ihnen gibt es eine, die war früher eine Frau. Sie wollte ihrem Mann entkommen, den sie nicht liebte, der aber jede Nacht mit ihr schlafen wollte. Deshalb verließ sie ihr Bett und das Haus, lief zum See und sprach: Panzer, du sollst wachsen. So wurde sie zur Schildkröte und schwamm mit den anderen Schildkröten hinaus. Wenn dann alle zurückkehrten, um an Land die Eier abzulegen, kam auch sie an Land und verwandelte sich wieder in ihre menschliche Gestalt. So überstand sie die Nächte. Bis eines Tages ihr Mann am Ufer stand und die Schildkröteneier stahl. Da war sie so entsetzt, dass sie sich nicht mehr zurückverwandeln konnte. Sie hatte vergessen, was sie sagen musste: Panzer, du sollst schwinden. Seither muss sie Schildkröte bleiben. Das war vor vielen hundert Jahren. Aber Schildkröten werden sehr alt. Manchmal weint sie, weil sie gerne wieder eine Frau wäre. So sind auch ihre Tränen ein Teil des Nicaraguasees.«

»So ein trauriger See«, sagte Paul. »Kam mir gar nicht so vor.«

Manolo leckte sich das Hühnerfett von den Fingern, schulterte Rucksack und Gewehr, griff die Panzerfaust und zog eine leere Patronenhülse aus der Hosentasche, die er Paul zum Abschied überreichte. »Als Andenken«, sagte er. »Vergiss mich nicht, und grüß deine schöne Freundin.« Nur ein paar Hühnerknöchelchen, die er auf den Boden gespuckt hatte, blieben von ihm zurück.

la afabilidad – Freundlichkeit
la amistad – Freundschaft
la salida – Aufbruch
la energía – Tatkraft
el hecho – Tat
la acción – Handlung
megalómano – größenwahnsinnig

Sigrid klopfte kurz darauf. Sie wollte ins Carlos-Fonseca-Museum und zu der Schule, die Fonseca hier in seiner Heimatstadt besucht hatte, da könne man seine Zeugnisse anschauen zum Beweis, dass er immer einer der Besten gewesen sei. Das Museum bestand vor allem aus Schrifttafeln, Fotos aus allen Lebensphasen, einer Gipsbüste, seinen getönten Brillen, mit denen er aus seiner Kurzsichtigkeit ein Markenzeichen gemacht hatte, seiner Schreibmaschine und ein paar Waffen, alles wahnsinnig langweilig, fand Paul und zog Sigrid aus dem muffigen, dunklen Raum nach draußen.

»Lass uns was trinken oder einfach nur rumlaufen, solange es noch hell ist.«

Sie gingen an der Kathedrale vorbei, kamen an ein Flüsschen, schlugen sich weiter durch, indem sie mal rechts, mal links abbogen, immer bergauf, bis sie vor dem Portal des Cementerio Municipal standen, einem tempelartigen, von Zypressen umstandenen Pavillon. Der Friedhof war ähnlich aufgebaut wie die Stadt: Die Armen lagen ganz oben unter schlichten Kreuzen, die Reichen unten in villenartigen Gebäuden mit Fenstern und Erkern und schweren, mit Schlössern gesicherten Eingangstüren. Über Schotterwege und ramponierte Treppen ging es zwischen den Gräberreihen bergauf.

»Komm mal her!«, rief Sigrid von weiter oben und zeigte, als Paul außer Atem bei ihr ankam, auf eine Grabplatte mit weiß gestrichenem Betonsockel und einem großen kupfernen Schild.

»Berndt Koberstein«, las Paul.

»Das war ein Brigadist, aus Freiburg, glaube ich«, sagte Sigrid.

»Letztes Jahr gestorben. 31.8.1956 bis 28.7.1986. Der war noch keine dreißig.«

»Ist von den Contras erschossen worden. *Caído en Zompopera.*«

»Verdammte Scheiße«, sagte Paul. »Und hat einen Grabspruch von Che Guevara.«

»*Sean siempre capaces de sentir* ...«, begann er zu lesen, und gemeinsam übersetzten sie Che ins Deutsche: »*Immer in der Lage zu sein, jede Ungerechtigkeit tief zu empfinden, die gegen irgendjemanden irgendwo auf der Welt begangen wird, ist die schönste Eigenschaft eines Revolutionärs.*«

»Na ja«, sagte Paul.

»Wieso«, sagte Sigrid. »Stimmt doch.«

»Ja, schon, aber ist doch Kitsch, oder? Wenn du jede Ungerechtigkeit empfinden würdest, kannst du dich bloß noch umbringen. Da kommst du aus'm Heulen gar nicht mehr raus.«

»Aber als Anspruch ist es korrekt. Dass du empathiefähig bist, würde ich sagen. Dass du nicht nur aus dem Verstand heraus handelst, als Technokrat, sondern auch aus dem Gefühl. Wenn das fehlt, dann geht die Revolution schief, dann fehlt ihr eben auch was.«

»Und am Ende bist du tot. Meinst du, das ist es wert? Wenn du schon dein Leben opferst, dann doch nicht aus Mitgefühl.«

Sie gingen hangabwärts in Richtung Ausgang, mit Blick auf die imponierende Berglandschaft, die sich im Abendlicht rot einfärbte. Unten im Tal, mitten in der Stadt, leuchtete der Rasen eines Baseballstadions im Flutlicht, die Spieler standen strategisch verteilt in Erwartung des nächsten Schlages, winzig klein aus der Entfernung, bunte Puppen, wie festgepinnt. Die Schreie der Zuschauer waren deutlich zu hören.

»Du wählst nicht den Tod als deinen persönlichen Einsatz«, sagte Sigrid, »du opferst dich nicht, so ein Quatsch. Che Guevara wollte auch nicht sterben.«

»Vielleicht hat er den Tod gesucht?«

»Oder auch nur das Risiko akzeptiert. Du entscheidest dich für eine Sache und setzt dich dafür ein. Und du bist bereit, dafür einen Preis zu zahlen. Humanistische Entschlossenheit hat Makarenko das genannt. Sich selber opfern zu wollen wäre bloß eine andere Form von bürgerlichem Narzissmus. Aber es geht nicht um den Einzelnen, es geht ums Kollektiv. Disziplin, Klassenbewusstsein, Verantwortungsgefühl, Tatkraft. Das sind Makarenkos Tugenden in der Erziehung. Du musst die Menschen verändern, wenn du die Welt verändern willst.«

»Und wer verändert die Veränderer?«, fragte Paul, hatte aber das ungute Gefühl, da ein ziemlich abgedroschenes Zitat von wem auch immer zu verwenden. »Wer setzt sie als Erzieher ein?«

»Auch die Lehrer können nur im Kollektiv erfolgreich sein. Indem sie sich selbst kontrollieren und erziehen. Indem sie weiterlernen. Das Kollektiv ist immer weiser als jeder Einzelne.«

»Na ja«, sagte Paul, denn das war doch nun auch ein Klischee, »ich weiß nicht. Die Erfahrung in den sozialistischen Ländern spricht nicht unbedingt dafür.«

»Weil das keine *guten* Kollektive sind. Weil die Erziehung dort eher in Richtung Unterwürfigkeit geht. Weil da die Befehlsketten von oben nach unten verlaufen und nicht von unten nach oben. Sozialismus beginnt an der Basis. Es gibt keine Alternative. Der Mensch ist nur in Gesellschaft Mensch.«

Wenn Sigrid in Schwung kam, neigte sie zum Dozieren. Sie konnte stundenlang schweigen und allen die kalte Schulter zeigen, aber wenn ein Thema sie packte, dann war sie nicht zu bremsen, fing in Schleifen immer wieder von vorne an, so auch jetzt, wo sie, es war schon dunkel geworden, nebeneinander durch die Straßen gingen. Sie sprach vom Pädagogenkollektiv, vom Lernen durch Kritik, davon, dass jeder, der es nur wolle, Lehrer werden könne, weil jeder alles werden könne, wenn er bereit sei zu lernen, es gebe kein pädagogisches Talent, viel wichtiger sei Erfahrung, dass sie deshalb nach Ocotal fahre, um dort an der Schule zu lehren, aber mehr noch, um zu lernen, sie müsse wissen, wie die Menschen dort lebten, wolle mit ihnen leben, um sie etwas lehren zu können, Lesen und Schreiben und Rechnen seien das eine, klar, dass es auch darum gehe, aber viel wichtiger sei die Ausbildung der Persönlichkeit, die Gemeinschaftlichkeit.

»Aber all das«, sagte Paul, »könntest du doch auch in Managua machen. Hast du doch auch. Warum musst du dafür ins Kriegsgebiet?«

»Weil die Menschen dort alleingelassen sind. Weil die Schulen verteidigt werden müssen gegen die Angriffe der Contras. Weil Solidarität dort wirklich spürbar wird. Da ist es etwas wert, wenn jemand von außen kommt.«

»In Managua doch auch!«

»Aber es kostet dich nichts.«

»Muss es was kosten? Es reicht doch, wenn du hilfst.«

Am Parque Rubén Darío, einer kleinen grünen Oase mit bunten Statuen und Jahrmarktsbetrieb, holten sie sich bei einer Getränkeverkäuferin zwei Biere und setzten sich auf eine Bank mit Blick über die Straßenkreuzung. Ein paar Meter weiter hatte ein Junge seinen Schuhputzstand aufgebaut, einen vierbeinigen hohen Hocker für die Kunden und davor eine längliche Kiste, die seine Utensilien enthielt und auf der er saß während der Arbeit.

Er rief etwas in Pauls Richtung und deutete auf seine Stiefel, winkte ihm zu, gestikulierte wild, bis Sigrid zu Paul sagte: »Na, geh schon.«

Paul fühlte sich unwohl, als er auf dem Hocker Platz nahm und seine Füße vor dem Jungen absetzte, der diensteifrig mit verschiedenen, immer feineren Bürsten zu hantieren begann, dann sorgfältig die Wichse auftrug und mit einem Tuch weiterarbeitete, er nahm sich Zeit, spuckte mit Nachdruck auf die Stiefelspitzen, polierte heftig, bald glänzten die Stiefel wie noch nie. Er mache das nur abends, sagte er, vormittags gehe er zur Schule, aber es sei eine gute Arbeit. Was Schuheputzen in Managua koste, wollte er wissen, aber das wusste Paul nicht zu sagen und zahlte dem Jungen aus seinem schlechten Gewissen heraus das Doppelte des lächerlichen Preises, den er verlangte. Er spürte, dass er es insgeheim genoss, in diesem Herr-Knecht-Verhältnis der gnädige Herr zu sein, der dem Diener Arbeit und Lohn gewährte, schämte sich aber zugleich dafür, denn wenn er irgendetwas nicht war auf dieser Welt, dann einer dieser Herren, die es selbstverständlich finden, sich die Schuhe putzen zu lassen, während sie die Zeitung lesen, und dem, der sie bedient, keine Beachtung schenken.

»Na bravo«, sagte Sigrid, als er wieder neben ihr saß, die Beine ausstreckte, mit den Füßen wackelte und das Leder blitzen ließ. »Steht dir.«

Und dann, nach längerem Schweigen: »Schläfst du heute Nacht mit mir?«

Die Unterkunft sah auf den ersten Blick stattlich und einladend aus. Im geräumigen Foyer hatte sich die Familie des Eigentümers in ihren Schaukelstühlen vor dem Fernseher eingerichtet, alle schaukelten um die Wette und grüßten im Chor. Der Hausherr erhob sich mühsam, um ihnen die Zimmerschlüssel zu überreichen, die Mama nickte ihnen freundlich zu. Am hinteren Ende des Raumes führte eine steile, enge Treppe hinauf ins Obergeschoss, in dem die Kammern nach nicaraguanischer Art mit verschalten Dachlatten voneinander abgetrennt wurden, nicht mehr als ein Sichtschutz, sie kannten das schon. Sigrid folgte ihm in sein Kabuff, Paul schob rasch mit den geputzten Stiefeln die Hühnerknochen unters Bett und löschte das Licht, im Dunkeln zogen sie sich aus, umarmten sich stehend und kippten eng umschlungen um, rollten auf das Bett, das nicht gerade frisch roch, Sigrids Haut fühlte sich feucht und warm und glatt an, er tastete nach ihren Rundungen, Schultern, Hüfte, Brüsten, die sie ihm berührungssüchtig entgegenstreckte, nach ihrem Bauch und der struppigen hellblonden Scham, und er erschauerte, als sie beide Hände um ihn legte und nicht wieder losließ, bis er in sie eingedrungen war und sie in einen gemeinsamen Rhythmus gefunden hatten, ein sich wiegendes Schaukeln wie in einem Kinderbettchen, indem sie ihm mit dem Becken entgegenkam und er in sie hineinstieß, immer tiefer, immer heftiger, immer erregter, denn er spürte auch ihre Erregung, sie stöhnte, während ihre Hände sich in seinen Hintern krallten, bis er so gewaltig kam, dass es ihn vom Kopf bis in die Zehenspitzen durchschüttelte, er schleuderte alles aus sich heraus, was in ihm war, eine gewaltige Reinigung des Organismus, eine Erneuerung sämtlicher Körperzellen, so kam es ihm vor, er hätte gerne laut geschrien, versuchte aber, möglichst kein Geräusch zu machen, denn man hörte ja alles in diesen Häusern, hörte die schlurfenden Schritte der Nicas mit ihren Badelatschen auf dem Flur, den Zimmernachbarn, der ein Liedchen pfiff, das Rauschen einer Toilettenspülung und von unten aus dem Fernseher das regelmäßig aufbrandende Gelächter von der Tonspur einer US-Serie.

»Das ist keine Hospedaje«, sagte Sigrid, als sie nebeneinander auf dem Rücken lagen und gemeinsam eine Zigarette rauchten, »das ist ein *alojamiento*. Das kannst du getrost mit Loch übersetzen.«

Sie spitzte den Mund und blies den Rauch als dünne Säule senkrecht nach oben. Paul machte ein Fischmaul und paffte Ringe, die im Aufsteigen immer größer wurden, und stellte sich wieder einmal vor, die Zeit würde genau jetzt anhalten, so dass seine Rauchringe und Sigrids Rauchsäule sich nicht mehr bewegen würden und über ihnen festgenagelt wären in der Luft, und Sigrid und er lägen immer so nebeneinander, erschöpft, verschwitzt, glücklich, und es gäbe kein Danach und kein Vorbei und Sonstwohin, sondern nur dieses Hier und Jetzt, dessen sie niemals überdrüssig werden würden.

»Ich fahr mit dir in dein Jalapeña.«
»Jalapa heißt die Stadt.«
»Ich begleite dich.«

Und während über ihnen die Rauchringe eben doch verschwanden und Sigrid ihr Gesicht in seiner Achselhöhle vergrub, stellte er sich vor, er stünde als Lehrer in einem überfüllten Klassenraum und würde den Kindern von Berlin erzählen, der Stadt, die von einer Mauer in zwei Teile geteilt wird. El *muro* würde er an die Wandtafel schreiben. Stellt euch vor, eine Mauer läuft quer durch Jalapa und ihr könnt eure Freunde auf der anderen Seite nicht mehr besuchen. Aber das würden die Kinder sich nicht vorstellen können. Warum klettern die Menschen denn nicht einfach rüber, würde einer von ganz hinten nach vorne schreien, ich würde das machen, mit einer Leiter! Und er, Pablo, würde dann *escalera* an die Tafel schreiben und eine Leiter daneben malen.

»Hast du sie geliebt, diese Sigrid?«, fragte Beate.

»Keine Ahnung«, sagte Paul, »vielleicht. Ich glaube schon. Obwohl. Eigentlich kannte ich sie gar nicht so richtig. Sie hat nie über sich gesprochen.«

»Frau mit Geheimnis. Verstehe.«

»Hartmut, unser *responsable*, hat mir mal gesagt, dass sie als Älteste von vier Geschwistern aufwuchs und dass ihre Mutter starb, als sie sieben oder acht war. Von da an musste sie sich um die Kleinen kümmern. Mir hat sie nie was davon erzählt. Ihre Kindheit war kurz. Der Vater arbeitete auf dem Bau, sie war für den Haushalt verantwortlich, wenn sie von der Schule kam. Das reichte nur für den Hauptschulabschluss und danach die Lehre als Automechanikerin. Das Abi hat sie später nachgeholt.«

Im Tiergarten waren sie hinter der Philharmonie in den 48er gestiegen, dann von der Nationalgalerie aus mit dem überfüllten 19er Nachtbus in Richtung Kreuzberg gefahren und schließlich, vom Hunger getrieben, in einer Dönerbude in der Yorckstraße gelandet. Die Uhr an der Wand zeigte viertel vier. Draußen reihten sich die Trabbis aneinander, hupend wie bei einer Türkenhochzeit. Der Konvoi aus dem Osten nahm kein Ende. Aus einigen Fahrzeugen ragten Köpfe und Arme seitlich heraus, aus anderen, mit Schiebedach, schraubten sie sich nach oben, keine kleine Leistung bei diesen winzigen Autos.

»Hey! Bei euch sieht's ja genauso aus wie bei uns – nur bunter!«, rief einer in die Nacht.

Die Ostler hielten es mit ihrer Freude in den engen Kabinen nicht aus, sie mussten ihr Glück und ihre Fassungslosigkeit der ganzen Welt mitteilen, indem sie Fähnchen schwenkten oder schrien, und die Welt bestand hier an dieser Stelle aus Paul und Beate, die direkt hinter der Scheibe des Imbisses auf Barhockern saßen und das Getümmel beobachteten. Pauls Hochstimmung war verflogen, sein Gefühl, eins zu sein mit der Menge und an einer Vereinigung teilzuhaben, hielt nicht mehr an, vielleicht lag es an der Müdigkeit, denn so langsam gingen sie ihm auf den Geist, die Schreihälse. Aus seinem Döner tropfte Soße. Zwiebeln, Kraut und ein Fleischstückchen fielen auf den Boden, wo er sie mit der Schuhspitze in die Ecke beförderte. Er holte sich ein Bier aus dem Kühlschrank. Selbstbedienung.

»Bringst du mir einen O-Saft mit?«

Beate klappte ihr Notizbuch auf und schrieb wieder, flüssig, schnell, Zeile um Zeile. Sie musste die Sätze im Kopf schon bereitliegen haben. Paul beobachtete ihre Zungenspitze, mit der sie unermüdlich ihre Lippen befeuchtete, ganz so, als würde sie die Wörter einzeln ablecken, Wörter, die ihr aus dem Mund tropften und von da direkt aufs Papier. »Geschichte ist immer erst dann Geschichte, wenn alles vorbei ist«, entzifferte Paul, bevor sie umblätterte, und dann, auf der nächsten Seite oben: »Aber wann ist schon alles vorbei?«

»Wie meinst du das?«, fragte er. »Manchmal ist ganz plötzlich alles vorbei. Und du würdest dir wünschen, dass du alles nochmal zurückdrehen könntest.«

»Es ist nie alles vorbei.«

»Dann gibt es also deiner Meinung nach gar keine Geschichte?«

»Es gibt keinen Stillstand. Es gibt keinen festen Punkt, von dem aus du das Geschehen betrachten kannst. Geschichte ist eine Illusion.«

»Und was ist mit unserer Geschichte? Gibt's die auch nicht?«

»Ich weiß es nicht, Paul. Wir sind beide davongelaufen. Erst steckt man mittendrin und versteht nichts, weil der Überblick fehlt. Und später fehlt dir die Unmittelbarkeit. Dann hast du nur noch ein paar unscharfe Erinnerungen und baust dir daraus deine Geschichte zusammen.«

»Also gibt es sie doch. Als deine Erzählung. Geschichte als Gegenstand einer Konstruktion. Benjamin.«

»Aber du bist dabei nicht nur der Erzähler, du bist zugleich die Figur aus deiner Geschichte. Es gibt dich also zweimal. An zwei verschiedenen Punkten. Damals und heute. Also nirgends. Oder so wie die Teilchen aus Heisenbergs Unschärferelation. Du könntest überall sein. Verstehst du?«

»Nicht ganz«, sagte Paul und biss in seinen Döner. »Ich bin doch hier.«

»Als der, der hier ist, oder als der, dem bewusst ist, dass er hier ist?«

»Keine Ahnung.«

»Und wo sind deine Gedanken? Bist du überhaupt hier?«
»Ach, komm.«

Der Döner war ein bisschen matschig und zu zwiebelig, aber was sollte man machen. Vielleicht lag es an der späten Stunde. Früher, in seiner Anfangszeit in Berlin – so lange war das nun auch wieder nicht her, aber immerhin, er hatte auch eine Geschichte –, da holte er sich seinen Döner ein paar hundert Meter weiter die Yorckstraße runter, gleich hinterm Yorckschlösschen. Da gab es einen Libanesen, der Hackfleischröllchen in ein ganz besonderes, weiches Brot steckte, das er dann, wenn er es gefüllt hatte, toastete. Das war streng genommen kein Döner, sondern etwas anderes, viel besser, Paul hatte sich immer so ein Teil geholt, wenn er da vorbeikam, aber irgendwann schmeckte es nicht mehr so gut, vielleicht hatte die Qualität nachgelassen, vielleicht gab sich der Libanese nicht mehr so viel Mühe, vielleicht hatte er sich daran auch nur übergessen, also ging er nicht mehr so oft und bald gar nicht mehr hin, und eines Tages gab es den Libanesen nicht mehr. Das war der Lauf der Dinge. Auf die Begeisterung folgt die Routine, auf die Routine die Ernüchterung, und dann ist auch schon alles vorbei.

»Da drüben hat Gottfried Benn gewohnt. Wusstest du das?«

Paul zeigte auf das Haus an der Ecke zum Mehringdamm.

»Praxis für Haut- und Geschlechtskrankheiten. Da saß er mit halbgeschlossenen Augen im Halbdunkel und wartete auf Eingebung.«

»Benn! *Wo die Geschichte spricht, haben die Personen zu schweigen.* Den Satz hab ich nie vergessen. Das war Benns Geschichtsauffassung. Der Mensch hat zurückzutreten hinter das Schicksal, hinter die Elementarkraft der Geschichte. Und damit meinte er 1933 den neuen Staat.«

»Wenn einer, der es überhaupt nicht mit der Geschichte hat, sich dann doch einmal darauf einlässt, dann geht es auch gleich schief.«

»Hätte er es lieber mal bei seinem lyrischen Ich belassen. Das will nicht geschichtlich werden.«

»Kennst du das mit den Flimmerhaaren? So beschreibt Benn den poetischen Moment, wenn Dichtung entsteht. Dann fühlt er sich wie eine Amöbe, die im Meer treibt und am ganzen Körper von Flimmerhaaren bedeckt ist. Die Flimmerhaare fächeln ihm Nährstoffe zu – oder im Fall des Dichters: Wörter. Ein Ganzkörpersinnesorgan. Das geht ohne Hirn, ohne Planung. Und mit Geschichte hat es schon gar nichts zu tun. Diesem Flimmerwesen fallen mit den Wörtern die Jahrtausende zu. Direkt aus der Ursuppe.«

»Wenn das mal nicht geschichtlich ist.«

Beate wandte sich wieder ihrem Notizbuch zu und schrieb. Ihre Zunge arbeitete wie ein Pendel, das den Takt schlägt. Sie sieht wirklich aus wie Pumuckl, dachte Paul, die Mutter meines Kindes, die Nichtmutter vielmehr beziehungsweise die Mutter des Nichtkindes oder die mögliche Mutter des möglichen Kindes oder wie soll man das nennen, diese nicht stattgehabt habende Möglichkeit.

Offensichtlich ist die pure Möglichkeit, auch wenn sie nicht eingetroffen ist, etwas, das existiert. Etwas hat sich ereignet und das Leben verändert, indem es nicht eingetroffen ist. Die Möglichkeit besitzt ihre eigene Wirklichkeit. Paul wusste, dass er sie jetzt nicht stören durfte. Handeln heißt leiden, dachte er. War das nicht auch von Benn? Das konnte nur einer sagen, der das Dämmerlicht bevorzugte und am liebsten zu Hause blieb. Aber die Deutschen um Benn herum entwickelten ein ganz anderes Verhältnis zum Handeln. Sie blieben leider nicht zu Hause. Handeln hieß für sie, Leid zuzufügen, und so waren sie zu einem Volk von Tätern geworden, zu Menschheitsverbrechern, stumpf für all die Zerstörung und den Massenmord, den sie begingen. Erst später, in der Bundesrepublik, entwickelte sich in seiner, in Pauls Generation aus der ererbten Schuld heraus die Skepsis und aus der Abwehr der Täter eine generelle Ablehnung des Tuns. Weil ihnen jede Form von Machtausübung verdächtig geworden war, blieben sie die Untätigen, die Zauderer, die Zuschauer auf der Tribüne der Weltgeschichte, und wenn sie dann doch aktiv wurden, dann nur, um das Schlimmste zu verhindern, die Cruise Missiles, die Atomkraftwerke, die WAA, die Volkszählung.

Auch das sogenannte Engagement der Intellektuellen war immer ein bloßes Verhinderungsengagement gewesen. Das Misstrauen gegenüber Karrieren, das Desinteresse an beruflichem Aufstieg, die Selbstgenügsamkeit in Existenzen als Taxifahrer oder Privatgelehrter oder einer auf Jahrzehnte ausgedehnten Studentenzeit ließ sich ebenfalls auf diese historisch begründete Handlungsverweigerung zurückführen, dachte Paul, während draußen auf der Straße heftig mit einer schwarz-rot-goldenen Fahne gewedelt wurde, in deren Mitte ein kreisrundes Loch klaffte. Der Denkfehler bestand in der Annahme, Untätigkeit garantiere die eigene Unschuld, wer nichts tue, könne auch kein Täter werden. Aber so kommt man nicht durchs Leben. Wer es versäumt, im richtigen Moment zu handeln, ist schon schuldig geworden. Das hatte er in Nicaragua gelernt, schmerzhaft genug, und genau in diesem Augenblick, in der Dönerbude, in den frühen Morgenstunden des zehnten November 1989, begriff er es endlich. Eine neue Zeit hatte begonnen, in der man nicht mehr in ferne Weltgegenden reisen musste, um sich zu engagieren. Das ganze Sehnsuchtspotential, das in der Mittelamerikasolidarität steckte, richtete sich aufs Handeln, aufs Tun. Dafür war Paul nach Nicaragua gefahren. Doch jetzt konnte er sehen, wie die Geschichte auch hierzulande in Bewegung geriet, wo die Menschen Fahnen schwenkten mit Löchern in der Mitte. Löcher schwenken, dachte er. Das ist auch eine Tat.

13

Sie standen früh auf und verließen die Hospedaje, ohne die Bohnen mit Reis angerührt zu haben, die in einer großen Schüssel bereitstanden. Paul konnte *gallo pinto* nicht mehr ertragen. Er musste sich eingestehen, dass er sich insgeheim nach den guten alten Berliner Schrippen sehnte, nach einem Frühstück mit Filterkaffee und Marmelade oder Nutella. Großer Gott, Nutella! Der Bus, der über San Rafael del Norte und Ocotal nach Jalapa fuhr, stand mit laufendem Motor am Parque Rubén Darío, ein uralter Bus mit geteilter Windschutzscheibe und kleinem, ovalem Rückfenster, die untere Hälfte lindgrün, die obere cremeweiß lackiert. Seltsamerweise war er fast leer. Wie es aussah, wollte niemand in den Norden, nur ganz hinten auf der Rückbank saß ein Soldat und winkte ihnen zu.

Manolo schien außer sich vor Freude, sie wiederzusehen. Er umarmte sie und musste sie immer wieder betasten, Sigrid und Paul im Wechsel, als ob er nur so glauben könnte, dass sie es wirklich waren. Dabei hatten sie ihm doch gesagt, dass sie heute Morgen weiterfahren würden. Er hatte den Bus am Abend verpasst, die Nacht mit Freunden in einer Kneipe verbracht, vielleicht hatte er auch eine Frau gefunden, die sich seiner erbarmte, er wirkte wie auf Speed, und jetzt hoffte er, doch noch rechtzeitig zu seiner Truppe zu kommen, jedenfalls war er bester Stimmung, total aufgekratzt, die Panzerfaust und das Gewehr lehnten neben ihm im Eck.

»Wein ist gefährlich«, sagte er. »Wisst ihr, warum? Ich erzähl's euch. Als Gott den ersten Weinberg anlegte, kam der Teufel vorbei und fragte: Was machst du da? Einen Weinberg, sagte Gott. Und der Teufel: Kann ich dir helfen? Gott sah ihn an und dachte, er ist zwar der Teufel, aber was soll schon schiefgehen. Es sind ja nur Weinreben. Also ließ er ihn machen. Der Teufel tötete schneller, als Gott schauen konnte, einen Guardabarranco. Das ist der Nationalvogel Nicaraguas, wisst ihr? Das Blut spritzte er über die erste Reihe der Weinreben. Na ja, dachte Gott, vielleicht ist das ja gar keine so schlechte Idee. Schließlich kennt Gott sich ja aus mit Tieropfern. Aber dann tötete der Teufel schneller, als Gott schauen konnte, einen Löwen und ein Schwein, und auch das Blut dieser Tiere goss er über dem Weinberg aus. Dann sagte der Teufel: So, das war's. Jetzt müssen wir bloß noch abwarten und die Früchte reifen lassen. Seither ist es so, wenn die Menschen Wein trinken: Nach dem ersten Glas fangen sie an zu singen. Das liegt am Vogelblut. Dann spüren sie das Blut des Löwen und streiten und prügeln sich. Und wenn endlich das Schweineblut wirkt, liegen sie im Dreck und grunzen nur noch.«

Manolo lachte. »Estoy crudo«, sagte er.

»Er hat einen Kater«, übersetzte Sigrid, weil Paul sie verständnislos ansah.

»Ach so! Katerblut gehört also auch dazu.«

Manolo redete ununterbrochen in seinem vernuschelten Spanisch auf sie ein und packte, während der Bus sich mit letzter Kraft schwer atmend die Berge hinaufkämpfte,

Kuchen aus, ein zähes, sehr süßes Gebäck aus Datteln und Nüssen, das in Bananenblätter eingeschlagen war.

»Bedient euch!«

Nur wenn er abbiss, verstummte Manolo für ein paar Sekunden, um dann, kauend, weiterzusprechen.

»Seid ihr in Matagalpa dem Mann ohne Kopf begegnet? Der läuft da seit fünfhundert Jahren herum. In den frühen Morgenstunden. Er war ein spanischer Missionar, der die Indios gegen die Eroberer verteidigte. Ich weiß nicht, ob er für sie gekämpft hat oder bloß gebetet. Egal. Jedenfalls wurde er von seinen Landsleuten enthauptet. Die verstanden da keinen Spaß. Seither läuft er nachts herum, weil er vor Schmerz nicht schlafen kann. Er blutet immer noch aus dem Hals, doch wer ihm begegnet, wird von allen Schmerzen befreit. Er muss nur versprechen, die nächste Kirche aufzusuchen.«

Paul nahm den Redefluss bloß als Geräusch wahr, ein Vogelzwitschern, ein Wasserplätschern, das sich mit dem gequälten Jaulen des Motors vermischte. Er schloss die Augen, döste vor sich hin und überließ Sigrid die Kommunikation, aber auch ihr war so früh am Morgen anscheinend nicht nach Reden zumute. Vielleicht, dachte Paul später, hätte er sie einfach in den Arm oder zumindest ihre Hand nehmen sollen, sie festhalten und nicht wieder loslassen, dann wäre es womöglich anders ausgegangen. Doch er reagierte zu spät, er reagierte überhaupt nicht oder nur, indem er sich auf den Boden zwischen den Sitzen warf.

Er machte die Augen auf, weil der Bus plötzlich anhielt. Der Motor erstarb, und auch Manolo verstummte. Am Straßenrand stand ein alter Pick-up mit verchromten Radkappen und blitzenden Schmuckleisten, ein Auto aus einem

Film der fünfziger Jahre. Schick, dachte Paul und dachte auch noch: Wie unpassend, dass ich das denke. Es ging hier nicht um Schönheit, das war klar, denn jetzt entdeckte er die fünf Maskierten, die sich quer über die Straße in einer Reihe aufgebaut und ihre Gewehre auf den Busfahrer gerichtet hatten. Sie hatten sich schwarze Halstücher vors Gesicht gebunden und steckten in Uniformen, deren einzelne Teile nicht so recht zueinander passten, Jacken in Braun oder Grün oder Camouflage. Einer trug eine schusssichere Weste überm T-Shirt und eine schwarze weite Hose mit vielen Taschen. Mit dem Schaft seiner Pistole klopfte er an die Tür, die der Busfahrer auch gleich öffnete. »Salir!«, schrie er in Manolos Richtung, und tatsächlich rannte Manolo durch den Bus nach vorne, stieß den Kämpfer, der auf den Stufen stand und mit der Pistole fuchtelte, hart gegen die Brust, so dass der, völlig überrascht von diesem Angriff, stolperte und rückwärts auf die Straße fiel. Manolo stieg aus und ging schreiend auf die anderen zu, die ihre Gewehrläufe jetzt auf ihn richteten. Er lief um den Bus herum, immer weiterredend und gestikulierend, vielleicht versuchte er auf der anderen Seite Deckung zu finden, so dass Paul ihn nicht mehr sehen konnte. Er hörte nur das Gebrüll, dann einen dumpfen Schlag gegen den Bus, der das Fahrzeug erschütterte, und dann Schüsse, viele Schüsse, eine Maschinengewehrsalve, ein Fenster ging klirrend zu Bruch, und das war der Augenblick, in dem Paul sich auf den Boden warf, während Sigrid aufheulte und schrie: »Diese Arschlöcher! Diese Schweine!«, und nach vorne rannte und hinaus, Paul hörte ihre Schritte und ihr Geschrei und wie die Männer der Contras zurückschrien, und da ließ der Busfahrer den Motor wieder an, die Tür schloss sich mit einem schweren Seufzer, der Bus fuhr los, Paul richtete sich vorsichtig auf und schaute hinten aus dem Fenster, sah den Körper Manolos mit dem Gesicht nach unten am Straßenrand liegen, sah die Banditen neben dem Pick-up und Sigrid, die sie zu Boden geworfen hatten und die mit Armen und Beinen um sich schlug. Dieses Bild brannte sich in ihn ein. Als würde der Projektor im Kino stottern und der Film stehen bleiben, und dann wäre auf der Leinwand zu sehen, wie das Zelluloid in der Hitze des Scheinwerfers schmilzt, so dass das Bild von der Mitte her zuerst braun wird, dann aufplatzt und zerfließt, doch für immer im Gedächtnis haften bleibt. Dann einzelne Szenen wie Schnappschüsse. Manolo, ohne Regung, Arme und Beine seltsam verdreht. Eine Gewehrsalve in die Luft. Zwei Uniformierte, die auf Sigrid knien. Noch bevor der Bus die nächste Kurve erreichte, sah er, wie sie ihr die Arme auf den Rücken drehten und dort festhielten. Das war das Letzte, was er von Sigrid sah, dann schrie auch er: »Stop! Pare el autobús!«, doch der Fahrer scherte sich einen Teufel um ihn, er gab Gas und fuhr mit aufheulendem Motor weiter und schien geradezu um die Kurven zu fliegen, so leicht war er geworden in seiner Erleichterung, große Bäume rechts und links, dichte Vegetation. Pauls Rufe »Anhalten! Anhalten!« gingen allmählich in ein leises Wimmern über. Er hockte hinten auf der Bank, wo sein kleiner Rucksack neben dem größeren von Sigrid und dem olivgrünen von Manolo stand, daneben Panzerfaust und Gewehr, auf dem Sitz lagen Bananenblätter und ein Rest vom Dattelkuchen, darunter standen Sigrids Sandalen. Sie musste barfuß aufgesprungen und losgelaufen sein.

So erreichten sie San Rafael del Norte. Der Bus stoppte vor einer Kathedrale, die genauso aussah wie die in Matagalpa, wuchtiger spanischer Kolonialstil, so dass Paul für einen Moment glaubte, sie wären dorthin zurückgekehrt oder gar nicht erst losgefahren, das alles wäre nur ein schlechter Traum gewesen, ein Traum des Irrsinns, und Sigrid würde gleich einsteigen, und es wäre nichts passiert. Rechts und links des Giebels, oben auf dem Kirchendach, hockten zwei Engel einander gegenüber und starrten auf das Kreuz in ihrer Mitte. Aber nicht Sigrid stieg ein, sondern Soldaten des EPS, Ejército Popular Sandinista, sie hatten rote Baskenmützen auf dem Kopf und wirkten ruhig und besonnen. In Pauls Verzweiflung mischte sich Erleichterung, als ein Offizier zu ihm kam, ihm eine Hand auf die Schulter legte und ihn bat auszusteigen. Der Busfahrer zeigte auf einer Karte die Stelle, an der sich der Überfall ereignet hatte. Paul konnte nur das berichten, was er gesehen hatte, und das war nicht viel. Banditen! Die Contras sind Banditen! Von Manolo wusste er noch nicht einmal den Nachnamen. Der Offizier versprach, sofort einen Trupp dorthin zu schicken, wo sie die Verfolgung der Contras aufnehmen würden. »Wir kriegen sie«, sagte er. »Aquí no se rinde nadie. Wir holen deine Freundin zurück.« Er schaute sich Pauls Papiere an und ließ sich Sigrids Reisepass geben, der in ihrem Rucksack steckte. »Wir finden sie«, sagte er noch einmal, nachdem er die beiden »I« für Internacionalista im Visum gesehen hatte. »Und dich bringen wir zurück nach Managua.«

Im Militärjeep dauerte die Fahrt nur knapp vier Stunden. Paul hockte auf der Rückbank und ließ sich widerstandslos durchschütteln. Er war wie ausgeleert, nicht anwesend. Er schaute kaum hinaus. In den Händen hielt er Sigrids Sandalen und dachte dabei an die Hausschuhe einer Tante, die nach deren Tod unter ihrem Bett gestanden hatten, als könne sie jeden Moment zurückkehren und in sie hineinschlüpfen. Er dachte an das Löwenfell, das Herakles als Umhang getragen hatte und von dem auf dem Pergamon-Fries nur eine Tatze übriggeblieben war, die Herakles' Standort zwischen Hera und Zeus markierte oder vielmehr die Leere, die er dort hinterließ. Herakles, der *Fürsprecher des Handelns*, wie es in der *Ästhetik* hieß, von dem wir uns nun, da er fehlte, ein eigenes Bild zu machen hatten.

arrepentirse – bereuen
la tristeza – Trauer
el dolor – Schmerz
esperar – hoffen
buscar – suchen
la intención – Absicht
la falta de consideración – Rücksichtslosigkeit

Am liebsten hätte er sich für immer bei Amanda verkrochen, sich dort in sein Bett gelegt und die Decke über den Kopf gezogen. Das tat er auch, eine Hand zwischen Palomas Ohren, die sich, mit der Schnauze auf Sigrids Sandalen, die er dort abgestellt hatte, neben ihm auf dem Boden ausstreckte. Er hörte, wie Hartmut ins Haus kam und ein paar Sätze mit Amanda wechselte, dann stand er auch schon neben ihm und sagte: »Komm mit.« Er sagte es so bestimmt, dass Paul sich mechanisch erhob wie ein Schlafwandler, der einen Befehl aus den tiefsten Regionen seines Unbewussten erhält. Er trottete hinter Hartmut her und stieg in die Camioneta.

»Wir fahren zur Botschaft. Das geht nur über offizielle

Wege. Wir können ja schlecht den ganzen Dschungel absuchen. Wir müssen hoffen, dass die Armee Glück hat und eine Spur findet.«

»Sie haben es versprochen«, sagte Paul.

Hartmut schaute ihn durch seine verspiegelte Brille lange an, kaute auf seinen ewigen Sonnenblumenkernen herum und gab ihm einen Klaps auf den Nacken.

»Kopf hoch, Compañero! Die müssen was für uns tun in der Botschaft, auch wenn sie keinen Bock darauf haben. Sie wollen es sich nicht mit den Amis verderben. Letztes Jahr im Mai sind in Jacinto Baca acht Deutsche von den Contras entführt worden. Da haben wir mit verschiedenen Organisationen die Botschaft besetzt, damit endlich was passiert. Sie haben dann sogar Wischnewski als Vermittler eingeschaltet, und der dicke Ben Wisch hat die Leute rausgepaukt. Aber mit den Amis kannst du nicht verhandeln. Die Contras sind ihre Leute.«

Paul nickte, ohne zu begreifen. Er bewegte sich wie in Trance und bekam auch vom Besuch in der Botschaft nicht viel mit. Sie saßen an einem riesengroßen dunklen Tisch dem Büroleiter des Botschafters gegenüber, der sich eifrig Notizen machte und versprach, alle diplomatischen Hebel in Bewegung zu setzen. Man müsse das über Bonn laufen lassen, direkt übers Auswärtige Amt, wenn jemand die Möglichkeit hätte, auf die Amerikaner Eindruck zu machen, dann sei das immer noch Genscher, selbstverständlich würden sie alles tun, was in ihrer Macht stehe, sie sollten morgen oder übermorgen wieder vorbeikommen, dann wisse man mehr.

Hartmut verkniff sich alle sarkastischen Kommentare. Erst auf der Rückfahrt schimpfte er vor sich hin.

»Was steht schon in deren Macht? Wenn die Amis ihnen sagen, tut uns leid, wir wissen von nichts, dann sagen sie, oh, Entschuldigung, dass wir gestört haben. Die Kohl-Regierung hat keine besonderen Sympathien für Brigadisten und internationale Solidarität. Sie tun halt ihre Pflicht, weil es sich um eine deutsche Staatsbürgerin handelt.«

Paul wollte nur noch nach Hause. Keine Reisen mehr durchs Land, kein Sightseeing, keine Karibik. Nichts mehr. Gar nichts. Die Arbeit auf der Baustelle war ihm jetzt gerade recht, trotz gedrückter Stimmung. Es musste weitergehen.

»Du kannst nichts dafür«, versuchte Cornelia ihn zu trösten. »Du hättest es nicht verhindern können.«

»Ich hätte sie davon abhalten müssen, überhaupt in den Norden zu fahren.«

»Es war ihre Entscheidung.«

»Ich hätte sie festhalten müssen.«

»Das konntest du nicht. Du bist nicht für sie verantwortlich.«

»Doch, schon. Ich hab mich bloß feige auf den Boden geworfen.«

»Ich weiß nicht, ob das feige ist, wenn du Angst hast um dein Leben.«

»Ich hab sie alleingelassen.«

»Aber was hätte es gebracht, wenn du ihr hinterhergelaufen wärst? Dann hätten die Contras dich auch einkassiert. Oder sofort erschossen.«

»Das wäre besser gewesen.«

Cornelia nahm seinen Kopf und drückte ihn an ihren Busen wie eine Mutter, die ihr kleines Kind tröstet. Paul bekam kaum noch Luft zwischen ihren Brüsten, doch er fühlte sich geborgen, seufzte und umklammerte Cornelia, um in dieser Position so lange wie möglich zu verharren. Nichts mehr sehen, nichts mehr hören müssen.

Hartmut schaffte es tatsächlich, am übernächsten Tag einen Termin im Nationalpalast bei Daniel Ortega zu bekommen, der sie in seinem Büro empfing und die Faust ballte und schimpfend auf und ab lief und ihnen zusicherte, das Batallón de Lucha Irregular Coronel Santos López sei damit beauftragt worden, die Verfolgung der Contras aufzunehmen, und er sei sich sicher, dass diese Truppe auch Erfolg haben werde, die Contras müssten zurückgedrängt werden, denn erst dann sei Frieden möglich, der Frieden, für den die Sandinisten einstünden gegen den Imperialismus, der wieder einmal seine hässliche Fratze erhebe und die nicaraguanische Revolution zerstören wolle, aber das werde er, Ortega, niemals zulassen, und er werde es auch nicht dulden, dass den Freunden der Revolution ein Leid geschehe. Ja, er erinnere sich, Sigrid und Pablo schon einmal begegnet zu sein, und wieder fragte er nach dem Fortgang ihres Projektes, so dass Hartmut ihm berichtete, die Produktion in der Näherei werde im Januar mit den neuen Industrienähmaschinen aufgenommen werden, worauf Ortega auf sie zukam, ihnen die Hand schüttelte, »muy bien, muy bien« sagte, und damit war die Audienz beendet.

»War's das jetzt?«, fragte Paul auf der Rückfahrt.

»Mehr können wir hier nicht tun«, sagte Hartmut.

»Dann war's das wohl.«

»Unsere Leute in Berlin versuchen, von dort aus Druck zu machen. Die Bundesregierung muss sich da reinhängen, das ist ihre verdammte Pflicht. Und das werden sie auch.«

Am Abend saßen sie zusammengedrängt auf der Bank vor der Bauhütte. Alfred hatte einen Scheinwerfer angebracht und hockte jetzt, in sich zusammengesackt, am Rand. Elisabeth stellte ein paar Kerzen auf, was Paul sentimental und unangenehm fand, aber er sagte nichts dazu. Knuts staunender Gesichtsausdruck war einem Schrecken gewichen, der direkt aus dem Staunen hervorging, weil er dafür die Augen nur noch ein bisschen mehr aufreißen musste. Paul rauchte eine Zigarette nach der anderen, indem er sich ganz und gar auf das Ein- und Ausatmen konzentrierte und den Rauch in einer dünnen Säule hinausblies, wie Sigrid das gemacht hätte. Rudi reichte ihm wortlos seine Selbstgedrehten, die dünn und krümelig waren, so dass Paul ständig Tabakfussel ausspucken musste. Er nahm lieber von den Marlboros aus der Schachtel, die Hartmut offen liegen ließ. Cornelia streichelte Paloma den Bauch und brach, ganz der Hündin zugewandt, das Schweigen.

»Es ist doch wohl klar, dass wir jetzt erst recht weitermachen. Aquí no se rinde nadie!«

Paloma seufzte wohlig aus den Tiefen ihrer Eingeweide heraus, da, wo ihr Wohlfühlzentrum war. Hartmut verteilte die Arbeitsaufträge für den nächsten Tag. Paul holte den Pflasterstein von der Pista de la Resistencia aus der Bauhütte und reichte ihn herum.

»Der gehört Sigrid. Ich bewahre ihn für sie auf.«

Die beiden Dönerspieße drehten sich gemächlich um ihre Achse und schwitzten vor sich hin. Mit einem langen Messer rückte der Dönermann ihnen zu Leibe, schnetzelte die krosse Außenseite herunter. In der Linken hielt er den Wetzstahl und zog die Klinge kreuzweise darüber, kaum hatte er einen Fleischstreifen abgesäbelt. Paul bewunderte die Eleganz dieser Bewegung zwischen Schneiden und Schärfen, Schärfen und Schneiden, der anzumerken war, dass der Dönermann sie schon viele tausend Mal geübt hatte. Das Geschäft ging gut in dieser Nacht, Grenzöffnung macht hungrig, und wer glaubhaft versicherte, aus dem Osten herübergekommen zu sein, der bekam seinen Döner umsonst. »Klein willkomm«, sagte der Türke und fragte höflich: »Mit scharf? Welche Soße?«

»Weiß nich«, sagte die Frau mit den blondgefärbten Haaren, die ihren Döner entgegennahm und sich damit zu Paul und Beate stellte. »Ich bin die Yvonne.« Yvonne kam aus Treptow, wie sie erzählte, sie wohne in der Sonnenallee, direkt am Grenzübergang, und habe aus ihrem Fenster die Menschen gesehen, die dorthin strömten. Da sei sie einfach mitgegangen zur Kontrollstelle, habe dort ihren Ausweis gezeigt, einen Stempel bekommen und schon sei sie so gegen 23 Uhr, vielleicht ein bisschen später, drüben gewesen, also hier, völlig unspektakulär, und dann da herumgelaufen in Neukölln, wo es absolut menschenleer gewesen sei und eigentlich genauso grau und öde wie bei ihnen drüben, also im Osten, aber dann habe ein Taxi neben ihr gehalten, der Fahrer habe sie gefragt, ob er sie mitnehmen dürfe, in die Stadt, und da sei sie eingestiegen. Der Taxifahrer habe ihr dann gesagt, so ein Medienmogul feiere heute seinen fünfzigsten Geburtstag, er habe auch dessen Namen genannt, Simoni oder so ähnlich, und er habe den Auftrag, ein paar Leute aus dem Osten dorthin zu bringen, ob sie was dagegen hätte. Nee, habe sie gesagt und sei wenig später in den Kindl-Festsälen gelandet, wo sie im Partygewühl plötzlich Harald Juhnke gegenübergestanden sei, den sie aus dem Westfernsehen kannte, der habe ihr dann auch gleich ein Autogramm gegeben.

»Hier, seht mal«, sagte Yvonne und legte eine Juhnke-Autogrammkarte auf den Tisch. »Das war wie im Traum. Unglaublich! Herr Diepgen war auch da.« Sie sei dann auf die Bühne gebracht worden, wo der Jubilar sie umarmt und nach ihrem Namen gefragt habe. Dann habe er gerufen: »Das ist die Yvonne, die soeben aus Ostberlin zu uns gekommen ist. Ich bitte um Beifall für unsere Yvonne!«, worauf der ganze Saal in Jubel ausgebrochen sei. Nein, sie wisse nicht, wer das gewesen sei, habe von ihm aber noch einen Korb mit Südfrüchten bekommen, schwerreich müsse der Mann sein, bestimmt tausend Gäste, so etwas habe sie noch nie gesehen. Ob jemand eine Orange haben wolle? Nein? »Na gut, dann bin ich mal weg«, rief sie und war schon wieder draußen auf der Straße.

Beate schrieb alles auf. Klar, dass diese Geschichte ihren Artikel bereichern würde. Wann ist schon alles vorbei? Diese Nacht jedenfalls würde nicht so schnell zu Ende gehen. Paul bereute nun doch, dass er kein Aufnahmegerät mitgenommen hatte, dann hätte er einen kleinen Beitrag für den RIAS abliefern und hundertfünfzig Mark verdienen können, das wäre doch mal was anderes als die läppischen Geschichten, die er normalerweise dort produzierte. Zuletzt hatte er den Vorsitzenden des Berliner Mietervereins interviewt, aber wer wollte jetzt etwas über zu hohe Mieten erfahren, die Mieten waren ja immer zu hoch und der Wohnraum immer zu knapp, und der Mieterverein war dazu da, das zu kritisieren, das war nun wahrlich nichts Neues. Nicht für solchen Kleinkram hatte Hanns-Peter Herz ihn eingestellt, sondern vor allem als redaktionellen

Mitarbeiter, dessen Arbeitstag damit begann, Zeitungen zu lesen und an der Morgenkonferenz teilzunehmen, wenn die Themen des Tages festgelegt wurden. Später dann saß er in einem fensterlosen Raum, der »Tonabnehmer« hieß, um Korrespondentenberichte entgegenzunehmen.

Vielleicht wäre Paul ohne die Arbeit beim RIAS völlig versackt. In der ersten Zeit nach der Rückkehr aus Nicaragua war er weder zur Uni gegangen noch zu sonst etwas fähig gewesen. Im Berliner Dauergrau fehlten ihm Licht und Wärme, der Geruch von Holzfeuer und Gegrilltem, das wuchernde Grün und das Flirren des Pazifik, er fror an Leib und Seele. Die Wohnung verließ er nur für die Treffen der Mittelamerikagruppe, wo er Jürgen wiederbegegnete, der sich als Computerspezialist unverzichtbar gemacht hatte. Paul hoffte jedes Mal, dort etwas über Sigrid zu erfahren. Doch es gab keine Neuigkeiten, nur die Nachricht, dass Víctor vom Polizeidienst suspendiert und verhaftet worden sei. Vielleicht hatte er Glück und würde im Zuge der bevorstehenden Amnestie gleich wieder entlassen, aber die Anklage war schwerwiegend. In Somozas Guardia sei er für Folterungen zuständig gewesen und habe sich dabei als echter Sadist erwiesen. Es gab Opfer, die das bezeugten. Auch Todesfälle wurden ihm zur Last gelegt. Was Sigrid betraf, vermutete man, der Contras-Trupp halte sich in Honduras versteckt, doch niemand wusste, ob Sigrid dorthin verschleppt oder zurückgelassen worden war und ob sie überhaupt noch lebte. Es ist nicht schwer, eine Leiche in den Bergen verschwinden zu lassen. Auch die diplomatischen Bemühungen verliefen sich in der Undurchdringlichkeit des Dschungels. Das Auswärtige Amt hatte die USA um Unterstützung gebeten, doch die Amis hatten nicht weiterhelfen können oder wollen, obwohl sie doch direkte Kontakte zu den Contras unterhielten.

Auch von der Kooperative hörten sie nichts Gutes; das Gebäude war zwar fristgemäß fertig geworden, Hartmut schickte Bilder vom Einweihungsfest und einen Super-8-Film, auf dem Paul auch Amanda mit Paloma erkannte. Sie hatte doch nicht gekündigt, aber die Briefe, die Paul von ihr bekam, klangen nach wie vor deprimiert und ohne Hoffnung. Seitdem die Frauen im neuen Gebäude produzierten, hatte das Glück sie verlassen. Die vom Staat garantierte Abnahme für den regulierten Markt funktionierte nicht mehr. Die Verkaufsstellen im Norden des Landes wurden ständig von den Contras zerstört. Am freien Markt wuchs die Konkurrenz aus Südamerika, wo Fabriken besser und billiger produzierten. Die europäische Solidarität ließ nach, so dass weniger Kleidungsstücke in den Dritte-Welt-Läden verkauft wurden. So fehlte mit den Erlösen das nötige Geld für den Einkauf von Stoffen, während sich fertige Hemden und Hosen, für die es keine Abnehmer gab, in der Lagerhalle stapelten. Die war jetzt immerhin groß genug. Die Brigadisten waren allesamt abgereist, nur Hartmut und Cornelia vor Ort geblieben. Hartmut managte eine andere Brigade, Cornelia sorgte als eine Art Prokuristin der Kooperative dafür, dass die Frauen so einigermaßen über die Runden kamen, ohne Insolvenz anmelden zu müssen.

Jürgen hatte sich kein bisschen verändert, er trug immer noch dieselbe olivgrüne Mütze, mit der er vermutlich auch schlief, und die ewig ungeputzte Nickelbrille. Bei den Gruppentreffen stand er bucklig am Rand, so wie er in Beates Küche am Küchenschrank gelehnt hatte. Es war klar, dass er die graphische Gestaltung der Broschüre übernahm, mit der sie weitere Spendengelder einwerben wollten. Paul wurde zum Redakteur ernannt, weil er im Ruf stand, schreiben zu können, vermutlich deshalb, weil er in der *casa grande* so hartnäckig versucht hatte, sich Notizen zu machen.

Also trafen sie sich bei Jürgen zu Hause vor dem Computerbildschirm. Paul brachte Floppy Discs mit Texten mit, die meisten aber mussten sie erst noch abtippen, weil sie mit der Schreibmaschine geschrieben worden waren. Ein paar Artikel steuerte auch Paul bei, er schrieb über die nicaraguanische Wirtschaftspolitik, über das Leben im Barrio und über die Totenwache. Fotos gab es reichlich, da konnten sie auswählen: die Frauen an ihren Nähmaschinen, Frauen und Mädchen in weißen Sonntagsblusen und schmucken Kleidern hinten auf der Camioneta wie auf einer Theaterbühne, Kindergesichter, Baupläne und Baustelle, Ochsenkarren, Wellblechhütten, die *casa grande*, Inflationsgeldscheine, das Innere eines kleinen Ladens, der FSLN-Berg, Managua. Jürgen tippte mit zwei Fingern kryptische Befehlszeilen in die Maschine, und schon wurden die Bilder größer oder kleiner und wechselten ihren Ort auf den Seiten. Für Paul war das nach wie vor eine wundersame, magische Handlung, weil er überhaupt nicht verstand, wie das funktionierte und wie aus einem Rechner Text und Bild und Layout hervorgehen konnten. Ließ sich denn alles, was war, auf Zahlen oder vielmehr auf den binären Code herunterbrechen, wie Jürgen ihm zu erklären versuchte? Weil immer mehr Texte und immer neue Ansprüche dazukamen und bald auch noch ein anderes Projekt, der Bau einer Gesundheitsstation in Las Pilas, dargestellt werden sollte, wuchs die Broschüre zum Buch heran, zu einem Buch jedoch, das nie fertig werden wollte, so dass es ihnen im

Sommer 1989 schon wieder überarbeitungsbedürftig erschien.

Die Sandinisten hatten sich auf freie Wahlen eingelassen, die im Februar stattfinden sollten. Die Oppositionszeitung *La Prensa*, die lange Zeit verboten gewesen war, weil sie, wie es hieß, und Paul zweifelte daran nicht, von der CIA finanziert wurde, um Lügen zu verbreiten, durfte ihre antisandinistischen Positionen wieder propagieren. Das gehörte zum Friedensprozess, für den die Sandinisten alles opferten, sogar ihre Macht, wie Paul fürchtete, denn schließlich war auch Violeta Chamorro als Witwe des von Somoza ermordeten Zeitungsverlegers eine Hoffnungsfigur für viele Nicaraguaner, proamerikanisch, antisandinistisch, bürgerlich, und weil ein Frieden mit den USA nur mit ihr möglich sein würde, würde sie auch gewählt werden, es war Wahnsinn, sich auf freie Wahlen einzulassen, wozu macht man denn eine Revolution, wenn man sich am Ende einfach abwählen lässt?

»Egal, wie es ausgeht – du musst dich demokratisch legitimieren«, sagte Jürgen. »Ist doch wohl klar.«

»Es ist doch Irrsinn, die Revolution dafür aufs Spiel zu setzen«, sagte Paul. »Die Leute sind kriegsmüde. Sie haben die Inflation satt. Sie wollen Stabilität. Die wählen gegen die Revolution, nur damit der Krieg aufhört.«

»Dann ist es eben so. Du kannst das nicht aufhalten, indem du dich in eine Diktatur verwandelst. Schau dir doch Kuba an. Meinst du, Fidel Castro würde dort eine freie Wahl gewinnen?«

»Dann haben die Contras und die Amis gewonnen. Jahrelanger Terror, und am Ende wird die Regierung abgewählt, weil das der einzige Weg ist, damit das Morden aufhört.

Ist das vielleicht demokratisch? In Kuba machen sie es genauso. Wirtschaftsblockade, damit aus dem Land nie etwas wird.«

»Aber wenn das Volk halt nicht will? Ist es dann böse? Dann muss sich Fidel Castro wohl ein anderes Volk wählen. Eins, das für eine bessere Zukunft immerzu auf alles verzichtet. Das ist doch auch das Problem der Sowjetunion. Wie viele Jahrhunderte kannst du den Leuten vormachen, dass wir irgendwann in einem segensreichen Kommunismus landen? Vergiss es.«

Jürgen hatte neuerdings eine ostdeutsche Freundin, Frauke aus Friedrichshain, Biologiestudentin an der Humboldt-Universität. Diese Beziehung verwandelte ihn in einen Radikaldemokraten, der das demokratische Prinzip unabhängig vom Ergebnis und ohne Rücksicht auf dessen Zustandekommen verteidigte: Das Volk hat immer recht, weil es das Volk ist.

»Wir nennen unsere Broschüre *Solidarität ist die Zärtlichkeit der Völker* – dann musst du dem Volk auch vertrauen.«

»Solidarität heißt aber nicht, es wider besseres Wissen ins Verderben rennen zu lassen«, entgegnete Paul.

»Vor allem heißt es, sich an der Wirklichkeit zu orientieren, und das heißt, zu akzeptieren, was Sache ist. Eine Revolution bedeutet nicht, mit dem Kopf gegen die Wand zu rennen, sondern Möglichkeitsspielräume auszunutzen.«

Jetzt war es Paul, der »Vergiss es« sagte. »Das ist doch Larifari. Möglichkeitsspielräume. Quatsch. Wenn du nicht entschlossen bist und dein Ding nicht durchziehst, kannst du's gleich lassen mit der Revolution.«

»Bist du zum Bolschewiken geworden, oder was?«

Sooft er konnte, fuhr Jürgen mit einem Tagesvisum zu Frauke nach Friedrichshain, musste aber spätestens um 24 Uhr wieder am Grenzübergang eintreffen, so dass dieses Liebesverhältnis einen verhetzten, unerfüllten Charakter annahm. Kennengelernt hatten sie sich bei einem Mittelamerikatreffen in Pankow, wo sich West- und Ostberliner Solidaritätsgruppen austauschten, doch wichtiger als der ferne Internationalismus war Frauke die Arbeit in der Friedensbewegung und für die Umweltbibliothek, die sich in Kellerräumen der Zionskirchgemeinde trotz Stasiüberwachung behauptete. Frauke nahm ihn mit zum Zionskirchplatz, so dass Jürgen sich ein bisschen wie ein ostdeutscher Dissident fühlte, und bald lud er dann auch Paul ein, zu einem Bluesgottesdienst in Rummelsburg mitzukommen, da werde zwar gepredigt und ein richtiger Gottesdienst abgehalten, aber im Zeichen von »Schwerter zu Pflugscharen«, und die Hauptsache sei eben doch die Musik.

Paul war schwer beeindruckt von der Band, aber noch viel mehr von der Atmosphäre, einer Kirche voller junger Menschen, Frauen in Parkas und Männer, unter denen er und Jürgen die einzigen Bartlosen zu sein schienen. Alle hatten eine Bierflasche in der Hand, saßen dicht gedrängt auf den Kirchenbänken, aber auch auf dem Fußboden und auf den Emporen des mächtigen neugotischen Ziegelsteinbaus. Manche zündeten sich sogar eine Zigarette an, als wären sie in einer Bar. Dem Pfarrer, einem Mann mit Glatze und Knebelbart, der ein bisschen wie Lenin aussah, machte das nichts aus. So eine Lässigkeit im Umgang mit unorthodoxer Jugend kannte Paul aus dem Westen nicht. Da gab es nur diese ranschmeißerischen Evangelen, die ihren Gottesdienst mit Wandergitarre und Liedern der

Marke »Danke für diesen guten Morgen« aufzumotzen versuchten.

Auf Fraukes Einladung hin waren Paul und Jürgen am Ersten Mai nach Ostberlin gefahren. »Das müsst ihr mal miterlebt haben«, meinte sie. Die ganze Studentenschaft werde Jahr für Jahr dazu verurteilt, an der Maiparade teilzunehmen. »Das Volk zieht an der Führung vorbei, und dann gibt's Bratwurst auf dem Alexanderplatz.«

Von der Samariterstraße, wo Frauke wohnte, zogen sie über die Frankfurter, die bei Frauke und Jürgen Stalinallee hieß, zur Karl-Marx-Allee, wo auf einer Tribüne die SED-Führung versammelt war. Honecker trug einen Sommerhut und einen hellen Anzug mit Nelke im Revers und winkte mit einem huldvollen Dauerlächeln in die Menge, die zurückwinkte. Volksfeststimmung mit Luftballons und roten Fahnen. Alle winkten sich zu und schwenkten kleine »Winkelemente«, wie Frauke die schwarz-rot-goldenen Handfähnchen nannte. Auch Paul hob die Hand zum Gruß; er wollte das mal ausprobiert haben, es gehörte sich so. Normalerweise sind die, die oben auf der Tribüne stehen, die Beobachter, sei es im Fußballstadion, sei es beim Pferderennen. Deshalb stehen sie ja dort, um einen besseren Überblick zu haben. Hier aber waren sie vielmehr die Beobachteten. Stundenlang mussten sie da oben ausharren und sich sehen lassen, ab und zu wurde Honecker ein Blumenstrauß gereicht oder ein kleines Kind, das er dann wohlwollend in die Wange zwickte. Doch auch das Volk wurde beobachtet, allerdings nicht von der Tribüne herab, sondern von all den Videokameras, die deutlich sichtbar an Laternenmasten und an den Fassaden der Plattenbauten hingen.

»Kennt ihr die Typen neben Honecker?«, fragte Frauke. »Sindermann, Schabowski und die beiden rechts, das sind Harry Tisch und Willi Stoph. Volkskammerpräsident, Berliner SED-Chef, Gewerkschaftsboss, Vorsitzender des Ministerrats.«

»Jaja, wissen wir«, sagte Jürgen.

Paul sagte nichts. Von Schabowski hatte er noch nie gehört. Die anderen kannte er aus der *Aktuellen Kamera*.

»Da jetzt 'ne Bombe rein«, sagte Frauke. »Dann wären wir sie los auf einen Schlag.«

Ende September fuhren sie in einem alten Lada ins Berliner Umland. Frauke zeigte ihnen das Oderbruch, wo sie auf Dämmen zwischen den weiten Wiesen spazieren gingen und von dort aus in uralte Höfe hinabschauten, in denen sich bellende Hunde, aber keine Menschen aufhielten. Die Anwesen wurden von Lattenzäunen eingehegt, die Paul weniger an seine Kindheit als an Kindheitsfotos seiner Eltern erinnerten. Es gibt Geschichte, dachte er da, jedenfalls gibt es eine Vergangenheit, die nicht vergeht und sich staut wie das Wasser hinter den Dämmen. Eng umschlungen gingen Frauke und Jürgen durchs Zentrum von Wriezen, Fraukes Geburtsort, vorbei an einer Kirchenruine und an einer Bäckerei, in der Frauke eine Tüte mit Marzipankartoffeln erstand, die nach allem Möglichen schmeckten, aber nicht nach Marzipan. Paul kam sich neben dem Liebespaar überflüssig vor und drängte zur Rückfahrt, er fühlte sich so unwohl wie Gulliver im Land der Liliputaner, alles schien ihm winzig und überschaubar, das Städtchen, die Autos, die vereinzelten Passanten, selbst der Himmel hing niedrig über der kleinen Welt.

Eine Woche danach kam Gorbatschow zum vierzigsten Jahrestag der DDR nach Ostberlin, und aus dem Nachrichtenticker des RIAS lief am Abend, nach Gorbatschows Gespräch mit Honecker, die Agenturmeldung, die den Generalsekretär der KPdSU mit dem Satz »Wer zu spät kommt, den bestraft das Leben« zitierte. Paul verstand das als Aufforderung zu Veränderungen, ohne zu begreifen, dass auch dieser Satz selbst schon viel zu spät kam angesichts der unrettbaren Lage. Die Leipziger Montagsdemonstrationen schwollen weiter an wie auch der Strom der Flüchtlinge über Ungarn, am vierten November folgte die Großkundgebung auf dem Alexanderplatz, deren Reden Paul im Tonabnehmer für die O-Ton-Nachrichten präparierte, indem er einzelne Sätze von Christoph Hein, Jens Reich und Marianne Birthler herausschnitt und sich wunderte, dass zwischen den Oppositionsstimmen auch Geheimdienstchef Markus Wolf, der SED-Mann Schabowski und der Anwalt Gregor Gysi zu Wort kommen durften. Heiner Müller, der einen Aufruf zur Gründung unabhängiger Gewerkschaften verlas, endete mit einem Satz, den Paul sorgsam isolierte: »Wenn in der nächsten Woche die Regierung zurücktreten sollte, darf auf Demonstrationen getanzt werden.« Ein paar Tage später trat die Regierung tatsächlich zurück und mit ihr die ganze SED-Führung, und jetzt, in dieser Nacht, die keine Demonstration mehr war, sondern eine Befreiung, wurde tatsächlich getanzt auf den Straßen. Es war alles ganz einfach. Alles war Gegenwart, Entgrenzung, glücklicher Augenblick, auch wenn die Müdigkeit sich jetzt nach dem Essen wuchtig bemerkbar machte.

»Irgendwann ist alles vorbei«, sagte Beate, nachdem Paul für beide bezahlt hatte und als sie in ihre Jacken schlüpften.

»Nicht, solange alles offen ist«, sagte Paul. »Halt's aus. Halt's offen.«

»Stimmt«, sagte sie. »Nur beim Sozialismus ist es umgekehrt. Der ist umso schneller vorbei, je mehr er sich öffnet.«

»Bist du sicher?«

»Wart's ab, lass dich überraschen.«

»Mit uns ist es nicht vorbei«, sagte er an der Kreuzung, die von feiernden Menschen blockiert wurde. Die Trabbis, die sich den Mehringdamm hinauf stauten, hupten nicht aus Ungeduld.

»Es fängt erst an«, sagte Beate. »Bringst du mich nach Hause?«

»Nichts ist jemals vorbei«, sagte er, als sie in den 19er Nachtbus stiegen, der sich sehr langsam und vorsichtig durch die Menschenmenge durcharbeitete. »Noch nicht mal die Vergangenheit.«

»Das ist doch von Faulkner«, sagte Beate, die wie immer das letzte Wort haben musste. »Jedenfalls so ähnlich.«

Quellenverzeichnis

Benjamin, Walter: Illuminationen. Ausgewählte Schriften. Suhrkamp Taschenbuch, Frankfurt/Main 1980.

Benn, Gottfried: Gesammelte Werke, Hrsg. von Dieter Wellershoff. Zweitausendundeins, Frankfurt/Main 2003.

Becher, Johannes R.: Danksagung. In: *Sinn und Form.* Heft 2, Berlin 1953.

Brecht, Bertolt: Immer wieder, wenn ich diesen Mann ansehe. In: *Die Gedichte von Bertolt Brecht in einem Band.* Suhrkamp, Frankfurt/Main 1981.

Braun, Volker: Hinze-Kunze-Roman. Suhrkamp, Frankfurt/Main 1985.

Braun, Volker: Mein Eigentum. In Lustgarten Preußen, Suhrkamp, Frankfurt/Main 1996.

Eich, Günter: Träume. In: *Günter Eich, Gedichte.* Suhrkamp, Frankfurt/Main 1973.

Enzensberger, Hans Magnus: Der kurze Sommer der Anarchie. Suhrkamp, Frankfurt/Main 1972.

Foucault, Michel: Die Ordnung des Diskurses. Suhrkamp, Frankfurt/Main 1972.

Gorbatschow, Michail: Ausgewählte Reden und Schriften. Dietz Verlag, Berlin 1986.

Haug, Wolfgang Fritz: Vorlesungen zur Einführung ins »Kapital«. Argument-Verlag, Berlin 1985.

Haug, Wolfgang Fritz: Neue Vorlesungen zur Einführung ins »Kapital«. Argument-Verlag, Hamburg 2006.

Haug, Wolfgang Fritz: Warenästhetik und kapitalistische Massenkultur. Argument-Verlag, Berlin 1980.

Kittler, Friedrich: Aufschreibesysteme 1800/1900. Wilhelm Fink, München 1985.

Makarenko, A. S.: Eine Auswahl. Verlag Volk und Welt, Berlin 1967.

Marx, Karl und Friedrich Engels: Manifest der kommunistischen Partei. Marx Engels Werke, Band 4. Dietz Verlag, Berlin.

Marx, Karl und Friedrich Engels: Der achtzehnte Brumaire des Louis Bonaparte. Marx Engels Werke, Band 8. Dietz Verlag, Berlin.

Marx, Karl und Friedrich Engels: Randglossen zum Programm der deutschen Arbeiterpartei. Marx Engels Werke, Band 19. Dietz Verlag, Berlin

Marx, Karl und Friedrich Engels: Ludwig Feuerbach und der Ausgang der klassischen deutschen Philosophie. Marx Engels Werke, Band 21. Dietz Verlag, Berlin.

Sartre, Jean Paul: Das Sein und das Nichts. Versuch einer phänomenologischen Ontologie. Rowohlt, Reinbek 1962.

Weinert, Erich: Im Kreml ist noch Licht. In: *Gesammelte Gedichte*, Bd. 5, Berlin und Weimar 1975.

Weiss, Peter: Die Ästhetik des Widerstands. Suhrkamp, Frankfurt/Main 1985.

Comandante Carlos Fonseca. Revolutionärer Song von Carlos Mejía Godoy.

Auferstanden aus Ruinen. Beginn der Nationalhymne der DDR von Johannes R. Becher.

Das weiche Wasser bricht den Stein. Song der niederländischen Band Bots.

Für mich solls rote Rosen regnen. Chanson von Hildegard Knef.

Keine Atempause. Song der Band Fehlfarben.

Major Tom (Völlig losgelöst). Song von Tom Schilling.

Nicaragua Nicaragüita. Song von Carlos Mejía Godoy & Los de Palacaguina.